追踪野生动物

【美】埃诺斯·米尔斯 著　董继平 译

青海人民出版社

图书在版编目（CIP）数据

追踪野生动物 /（美）埃诺斯·米尔斯著；董继平译. -- 西宁：青海人民出版社，2021.8
（自然物语丛书. 第四辑）
ISBN 978-7-225-06205-1

Ⅰ. ①追… Ⅱ. ①埃… ②董… Ⅲ. ①随笔—作品集—美国—现代 Ⅳ. ① I712.65

中国版本图书馆 CIP 数据核字（2021）第 185273 号

自然物语丛书（第四辑）

追踪野生动物

（美）埃诺斯·米尔斯 著

董继平 译

出 版 人	樊原成
出版发行	青海人民出版社有限责任公司
	西宁市五四西路 71 号 邮政编码：810023 电话：（0971）6143426（总编室）
发行热线	（0971）6143516 / 6137730
网　　址	http://www.qhrmcbs.com
印　　刷	陕西龙山海天艺术印务有限公司
经　　销	新华书店
开　　本	850mm×1168mm　1/32
印　　张	11.5
字　　数	220 千
版　　次	2022 年 1 月第 1 版　2022 年 1 月第 1 次印刷
书　　号	ISBN 978-7-225-06205-1
定　　价	48.00 元

版权所有　侵权必究

埃诺斯·米尔斯

总 序

董继平

自然文学,也称"生态文学""环保文学"。自古以来,自然就作为人类的书写对象而频频出现在各类文本中:起伏的群山、连绵的森林、奔流的江河、辽阔的草原、静谧的湖泊、变换的季节、习性各异的动物和千姿百态的植物……由此,自然成为世界文学史上一大永恒的主题,千百年来,由自然产生的杰作不在少数,那些名篇佳作或天马行空，或流光溢彩，或细致入微，影响甚大且余音不绝，这一传统延续至今。

在中国，至少有两部世界级的自然文学名著深深地影响过国人：一部是法国博物学家、文学家法布尔（Jean-Henri Casimir Fabre,1823—1915）所著《昆虫记》，在其中，作者以锐利的眼光、细腻的笔触娓娓讲述了昆虫之美，把普通人所鲜知的昆虫世界活脱脱地展现在读者眼前；另一部是美国诗人、超验主义作家梭罗（Henry David Thoreau,1817—1862）所著《瓦尔登湖》，在其中，作者用心灵之语向世人述说他在湖畔的生活，以及一个思想者、一个孤独的隐士融入自然的精神状态。其实，优秀的外国自然文学作品远不止这两部，只不过由于我们长期的忽视，未及发现和挖掘而已。

近代自然文学的产生、发展和繁荣自有其根源，绝非偶然。从工业时代开始，人类为摆脱低下、落后的生产方式而不断追求现代化，随着这一进程不断加速，自然生态也深受其影响，不断恶化，在面对日趋严重的生态破坏的时候，人们就更加渴望回归自然的怀抱，以科学、理性的态度去善待大自然。在这种情况下，近代自然文学应运而生。

美国自然文学的缘起

在世界自然文学的发展过程中，没有哪个国家像美国自然文学那样发达、那样繁荣，其自然文学的成就之大、场面之壮观，在全球范围内可谓一枝独秀，在区区 200 年的时间里人才辈出，佳作纷呈，形成了群星璀璨、层出不穷的局面,让人目不暇接。美国自然文学的问世与发展,自有其渊源。当年,与欧洲那片老大陆相比,美洲这个新大陆尚属蛮荒之地,但在1789年美国建国以后的那几十年里,工业飞速发展,经济建设一路突飞猛进,经济实力渐渐迎头赶上欧洲老牌工业国。

然而,正是在那几十年的飞速发展中,美国为现代化进程付出了牺牲自然环境的沉重代价,其自然资源遭到了掠夺性开发,生态环境遭到极大破坏。比如,那条1869年竣工通车的横跨美国大陆的铁路,一方面带活了沿线的经济,为美国的进步和发展做出了巨大贡献;另一方面却让曾经在大陆上到处漫游的野牛加速消失。这条铁路建成通车之后,大批猎人便蜂拥来到原来野兽出没的蛮荒之地,致使美洲野牛种群急剧减少。这样的情况,美国第二十六任总统西奥多·罗斯福在他的《美洲野牛的故事》一文中有过详细的描述:

"……铁路对于猎人不可或缺,为他们提供了前所未有的廉价交通工具;同时,市场对野牛皮长袍的需求也有增无减,原本数量巨大的野牛又相对容易猎杀,于是就吸引了一群群冒险者赶来狩猎,掀起了一场世所罕见的野牛大猎杀,结果在极短的时间内,这种原本众多的大型动物被消灭了,这是前所未有的——好几百万头野牛遭到了杀戮……在那场大规模杀戮开始后的15年内,巨大的野牛群体几乎消失殆尽。如今在美国大陆上,据说很可能只剩下500群野牛,而且自从1884年以来,已经没有一群野牛的数量超过100头了。"

面对自然环境的日趋恶化,一批有识之士便开始为保护自然而积极奔走、大声疾呼，美国人民也逐渐认识到日益逼近自己生活的诸多生态问题。大约在19世纪50年代至20世纪20年代这70年间，美国社会兴起了一场声势浩大的自然环保运动，其影响之大、覆盖面之广、持续时间之长，均令世界瞩目。在这场运动中，一些相关人士著书立说，大力宣传自然生态环保观念，在客观上促成了自然文学的蓬勃发展。此间不仅大家辈出，而且逐渐形成了美国文坛上的"自然文学"这一特殊文体。到了20世纪下半叶，环境保护运动在美国达到了鼎盛，同时也在全世界范围内不断扩展，随着这一运动的不断深化，自然文学愈加受到人们关注，并形成了一个庞大的作者群体，这些作家均以自然为写作主题和对象，着重以科学的方式来揭示和探讨人与自然的关系，号召人们走进荒野，倡导人们与自然建立亲密联系，保护大自然的完整和野性，呼吁人们以更平等、更和谐的方式来处理人类与自然之间的关系。

美国自然文学的三位先驱

尽管有些文学史家把约翰·史密斯（John Smith, 1580—1631）所著的《新英格兰记》和威廉·布雷德福（William Bradford, 1590—1657）的《普利茅斯开发史》认为是美国自然文学的雏形，但真正意义上的第一位先驱者当属博物学家威廉·巴特拉姆（William Bartram, 1739—1823）。巴特拉姆也算出生于自然文学世家，他的父亲是"美国植物学之父"——约翰·巴特拉姆，因此威廉·巴特拉姆从小便受家学的熏陶，一边在父亲的植物园中徜徉，一边倾听鸟语、享受花香。从严格意义上讲，威廉·巴特拉姆算得上美国自然文学的第一位大家，在其代表作《旅行笔记》中，他以细致而生动的笔触描述了尚处于原始状态的美国东南部的自然风景，用亲身感受讲述了那里的自然荒野之美。这部著作于 1791 年一问世，便在欧洲引发了强烈的反响，颇得好评，即便柯勒律治那样的英国浪漫主义大诗人也对其大加赞赏。更重要的是，他在《旅行笔记》中告诉我们，地球上的一切生物都绝非呆若木鸡，相反，它们都很聪明："如果你留心一下任何动物就会发现，它们的效率高得让人震惊。它们行动前会精心策划，而且富有恒心、毅力和计谋。"这样的观点，无非是想让我们尊重自然和自然中的生命。

当然，美国自然文学的先驱者不止巴特拉姆，除他之外，还有热爱鸟类、毕生沉浸于荒野的亚历山大·威尔逊（Alexander Wilson，1766—1813）和约翰·詹姆斯·奥杜邦（John James Audubon,1785—1851）。威尔逊是自然主义者，苏格兰裔，热爱描写和绘画鸟类，被后来的博物学家尊为"美国鸟类学之父"。他所著 9 卷描述鸟类的著作《美国鸟类学》内有彩页，比另一位先驱者奥杜邦的著作要早将近 20 年。如今在北美大陆上，有多种鸟类就是以他的名字来命名的，比如威尔逊鸫和威尔逊鹬。约翰·詹姆斯·奥杜邦是美国著名画家、博物学家，法国裔，他深入荒野研究鸟类，其绘制的鸟类图鉴被尊为"美国国宝"。他一生留下了无数画作，他的每部作品不仅是科学研究的重要资料，也是不可多得的艺术杰作。他出版了《美洲鸟类》和《美洲的四足动物》

两本画谱,其中《美洲鸟类》被誉为"19世纪最伟大和最具影响力的著作"。这两位先驱的作品对后世野生动物绘画产生了深远的影响,同时也对普通公众产生了巨大的吸引力,至今仍被频频引用。

超验主义和自然文学团体的形成

真正形成团体并在一定哲学观念的影响下投身于自然的作家,则是美国文学史上那批著名的超验主义者。

超验主义(transcendentalism)兴起于19世纪30年代的美国新英格兰地区,又被称为"美国文艺复兴",深刻地影响了后来的美国文学和哲学的发展。超验主义的核心观点:主张人能超越感觉和理性而直接认识真理,强调直觉的重要性,认为人类世界的一切都是宇宙的一个缩影——"世界将自身缩小成为一滴露水"(爱默生语)。

超验主义的领袖拉尔夫·沃尔多·爱默生(Ralph Waldo Emerson,1803—1882)在他那篇著名的《论自然》中提出了他对自然的观点,他不仅认为"自然是精神之象征",还认为"我们从自然中学到的知识,远远超出我们能够任意交流的部分",对后世影响甚大。不仅如此,他还认为,宇宙是大自然与人的灵魂的结合,人通过灵魂与自然和谐一致。只有接近自然、感受自然,人的灵魂才能真正体会到存在的价值。

超验主义的另一位主将亨利·大卫·梭罗(Henry David Thoreau,1817—1862)则更是身体力行,他在爱默生的影响下深入自然,只身来到寂静的瓦尔登湖，搭建起小木屋，把自己的灵魂寄托在湖泊和山林之中。那时，他或在荒野中散步，或在树林中观察，或在湖畔沉思，悠然地体验和描写自然之美，把人与自然的关系都隐没在那些朴素的文字中。根据《美国遗产》杂志1985年的一项调查报告显示，在"十本构成美国人性格的书"中，梭罗的《瓦尔登湖》位居榜首，可见其影响之大。除了《瓦尔登湖》，梭罗还写下了许多涉及自然的散文和日记，他用淡淡的笔调娓娓倾诉自己的自然情怀，文字尽显自然之美，同时充满诗意和哲理。比如他的长篇散文《秋色》《散步》等篇什便是这方面的杰作。

爱默生和梭罗自不待言，在超验主义阵营中，还有一位中国读者几乎都不知道的女作家——玛格丽特·富勒（Sarah Margaret Fuller，1810—1850）。作为这个阵营中的女将，她在1843年的夏天摆脱了尘世的喧嚣，把自己的灵魂浸入北美五大湖区那湛蓝的水中，以优美的笔调写下了自然散文集——《湖上夏日》。

同一时期还出现了一位中国读者耳熟能详的美国自然文学作家，那就是大诗人沃尔特·惠特曼（Walt Whitman，1819—1892）。惠特曼也深受爱默生的影响（有评论家认为他也是超验主义者），写下了不少涉及自然的诗篇和随笔。他在诗集《草叶集》中，极力赞颂自然的神奇、壮丽和伟大。他认为，大自然具有灵性，大自然的一切，包括山川、星辰和草木等都有"目的性"，它们无时不在做着"向上运动"，而且大自然中的一切都是平等的。惠特曼的散文集《典型的日子》更是体现了自然之灵，尽管这部作品以日记形式写成，但字里行间散发出泥土和青草的芳香，让作者那种静静地观察、倾听、体验自然的形象跃然纸上。

两个名叫约翰的自然文学大师

19世纪的最后20年里，美国自然文学界出现了两位大师——"两个约翰"："鸟之王国中的约翰"——约翰·巴勒斯（John Burroughs, 1837—1921）和"山之王国中的约翰"——约翰·缪尔（John Muir, 1838—1914）。"两个约翰"是美国早期环保运动的领袖，他们分别奔走于美国东部和西部，为建立和谐的自然秩序而不懈努力。

巴勒斯是博物学家、鸟类学家，生活在东部的卡茨基尔山区，擅长描述鸟类生活，各种鸟儿在他的文字中栩栩如生，被誉为"美国乡村的圣人"和"美国自然文学之父"。他以自己长期生活的哈得孙河谷和卡茨基尔山区为中心，把自己探索自然的经历和体验写成了文字，先后出版了《醒来的森林》等25部作品集，均为传世之作。其自然文学作品影响巨大，就连曾任美国总统的西奥多·罗斯福都尊敬地宣称自己是"读着巴勒斯的书长大的"。

缪尔则是地质学家，也是一个永远在路上的行走者，这位"美国国家公园之父"以考察、研究和描写美国西部山区的风物见长，山峦与森林在他的笔下熠熠生辉。经过他的奔走呼吁，美国西部一些原本计划开发的美丽山林得以保存下来，比如约塞米蒂山谷，就是在他的大力呼吁之下，才没有遭到过度开发，后来还被辟为国家公园。

"两个约翰"著述众多,成就巨大,对美国乃至世界的生态环保思想产生了深远的影响,成为美国文化的重要遗产。

世纪之交的作家和作品

从 19 世纪末到 20 世纪初,美国自然文学达到了一个前所未有的巅峰:除了"两个约翰",还涌现出了一大批杰出的自然文学家。尽管其职业各不相同,但他们都有一个共同的爱好,那就是热爱大自然。

女作家玛丽·奥斯汀(Mary Austin, 1868—1934)则独辟蹊径,她避开自然文学中通常描写的山水,而是深入美国西南部沙漠,研究印第安人的生活方式,以女性细腻的笔触向人们展示了荒漠之美与灵性。其代表作为《少雨的土地》。

19 世纪至 20 世纪之交是美国自然文学的一个高峰,许多作家和博物学家纷纷投身于自然文学创作,就连西奥多·罗斯福(Theodore Roosevelt, 1858—1919)——老罗斯福总统那样的政治家也客串了一把作家,推出了好几部具有影响力的著作。罗斯福是第一位对环境保护有着长远考量的美国总统,他在执政的 7 年间,采取了一些有利于国家经济建设和资源保护的措施。首先,他将 7800 公顷土地转为国有,从而为后人保存了大量的森林、公园、矿藏和水力等自然资源。其次,在 1904 年 3 月 14 日,他在佛罗里达州设立了第一个国家鸟类保护区,成为野生动物保护系统的雏形。再次,1905 年,他敦促美国国会批准成立美国林业服务局,管理国有森林和土地。最后,在他当政期间

(1901—1908），美国设立的国家公园和自然保护区的面积共约78.5万平方公里，超过了所有前任总统设立之总和，其中著名的有大峡谷国家公园等。

埃诺斯·米尔斯（Enos Abijah Mills，1870—1922）——"落基山国家公园之父"，他在落基山中生活了20余年，充当自然导游，长期跟野生动物打交道，写下了10多部自然文学著作。他还前往美国各州发表演讲、举办讲座，号召人们保护自然生态和野生动物，不遗余力地促进美国政府建立落基山国家公园。正是在他的力促之下，落基山国家公园才在1915年得以开张迎客。米尔斯在书中娓娓道来，讲述自己与野生动物亲密接触的经历，读来让人倍感亲切。同时，他的作品融合了科普信息、田野观察和个人逸事，为读者提供了一种与众不同、别开生面的自然指南。

小塞缪尔·斯科维尔（Samuel Scoville Jr.，1872—1950），美国博物学家、自然文学家，自幼热爱自然。尽管他的本职是律师，但他在博物学领域也取得了不小的成就。他以青少年为主要读者，写下了多部自然文学著作。

20世纪中期的作家和作品

20世纪上半叶，美国的自然文学似乎有些沉沦，这是因为两次世界大战的战火让人们的关注点转向了社会问题，无暇顾及自然生态，因而此间自然文学大作相对不多。然而到了"二战"之后的20世纪中期，美国又出现了两位极有影响的自然文学作家：奥尔多·利奥波德（Aldo Leopold，1887—1948）与蕾切尔·卡逊（Rachel Carson，1907—1964）。其实，奥尔多·利奥波德和蕾切尔·卡逊并不是专业作家，其职业也与文学创作无关，但由于当时的生态问题日益严重，他们的生态良心迫使其动笔写书，担当起向公众宣传环保的职责。时至今日，他们的著作在全球范围内依然具有极大的影响力。

奥尔多·利奥波德本来是林业学家、生态学家，长期致力于土地研究，也是美国享有国际声望的科学家和环境保护主义者，被称为"美国新保护活动的先知""美国新环境理论的创始人"。他的代表作《沙乡年鉴》于1949年出版，这部著作文笔优美，富于诗意，完整地传达出作者的土地伦理观，引起各方的重视，成为美国自然文学史的一个里程碑。

蕾切尔·卡逊是海洋生物学家，她在1935—1952年供职于美国鱼类及野生生物调查所，这就使得她有机会接触到诸多环境问题，从而引发深层次的思考。她出版过若干著作，其中在1962年出版的《寂静的春天》引发了美国乃至全世界新一轮的环保运动。《寂静的春天》一书，以通俗的语言、生动的案例向公众揭示了盲目的经济发展给生态环境带来的恶果，对半个多世纪以来美国人的自然生态观念产生了巨大的影响。

20世纪下半叶以来的作家和作品

从20世纪六七十年代至今，美国的环保运动已沉淀为一种观念，自然文学也随之不断深入、扩展，呈现出百花齐放的繁荣局面，其间景象纷纭，作家众多，作品不断且各具特色：爱德华·艾比（Edward Abbey，1927—1989）的《大漠孤行》（*Desert Solitaire*）、玛洛·摩根（Marlo Morgan，1937— ）的《旷野的声音》（*Mutant Message Down Under*）、约翰·海恩斯（John Haines，1924—2011）的《星·雪·火》（*The Stars, the Snow, the Fire：Twenty—five Years in the Northern Wilderness*）、巴里·洛佩斯（Barry Lopez，1945— ）的《北极梦》（*Arctic Dreams*）、杰克·贝克隆德（Jack Becklund）的《与熊共度的夏天》（*Summers with the Bears*）……

爱德华·艾比是美国著名的生态文学作家，对环境运动影响极大，极具争议性。他生活在美国西南部，著书立说，抨击人类肆意破坏自然生态的行为，尤其是"唯发展论"。《大漠孤行》是艾比在做国家公园管理员时的工作记录，其中包含了他对沙漠景色和个人生活的诗意描写，展现了沙漠的魅力。同时，他犀利而又饱含感情地指出开发对公园的破坏，使人重新审视人类与自然、发展与自然之间的关系。

约翰·海恩斯是著名诗人、"阿拉斯加桂冠诗人"，他在阿拉斯加建有牧场，"二战"退役后在那里隐居了40余年，著有诗文集多种，其中最出名的当属自然随笔《星·雪·火》。几十年间，他与星、雪、火为伴，与野生动物为伴，历经25年写成这部荒野手记，因此它既是雪地的"荒野生活指南"，也是北地生活指南。

巴里·洛佩斯是著名的自然文学家和小说家，作品多涉自然。自然文学作品主要有虚构（代表作有《荒野笔记》）和非虚构（代表作有

《北极梦》)两大类。《北极梦》以饱含感情、充满诗意的文字,讲述了作者游历北极的见闻与联想——人与动物的故事、北极的历史、深刻的人生哲理……作者试图告诉读者如何做人,如何与大自然亲密相处,如何明智地生活在大地上。

自然文学的特色

非虚构与虚构:叙事和抒情为自然文学的两大写作手法。在自然文学作品中,或以叙事为主,或以抒情为主,或两者并重,从而形成了自然文学中非虚构和虚构两大类。非虚构作品大多以散文随笔写成,其中有抒情,也有叙事,语言流畅、精彩,适合大众阅读。这类作品几乎都是作者的亲身经历,可读性和故事性极强,同时又融文学性和科普性、知识性和趣味性为一体,这也是它长盛不衰的原因之一。虚构性作品是指作者在尊重自然规律、纪实性描述的基础上,加入了一些虚构成分,创作出以动物为主题的自然故事,其情节引人入胜,文字叙述流畅,寓意发人深思。在其中,作者以客观的态度、生动的语言向读者不动声色地阐明人与自然的关系,教导人们要尊重自然、保护生态,颇有教育意义。美国著名作家杰克·伦敦的《荒野的呼唤》,就是这类虚构性自然文学的代表作。

作家构成:自然文学有一个引人注目的特点,那就是作者来自各个不同的领域,他们并非专业作家,而大多是博物学家、环保主义者、科学家,甚至还是政治家……比如,梭罗是诗人、散文家,巴勒斯是鸟类学家，缪尔是地质学家，罗斯福是政治家，米尔斯是自然向导，小斯科维尔是律师，利奥波德是林业学家，卡逊是海洋生物学家，艾比是国家公园管理员……

强烈的地域性：自然文学多半具有强烈的地域色彩，即作家长期深入某一地域，对当地的山川、谷地、森林、动植物等生态环境进行细致入微的考察和研究，最后有感而发，形成作品。其中，美国东部的新英格兰地区尤其是马萨诸塞州，堪称"自然文学的策源地"，先后涌现出大批作家和作品。每一位作家都会有自己特定的考察、写作地域或地点，比如梭罗的马萨诸塞州瓦尔登湖、科德角等，巴勒斯的纽约州卡茨基尔山区和哈得孙河谷，缪尔的加利福尼亚州约塞米蒂山谷，米尔斯的科罗拉多州落基山区，艾比的亚利桑那州荒漠，海因斯的阿拉斯加州荒野……他们写下的文字绝非道听途说的作品，均为可读性和故事性极强的散文，或者在尊重自然规律的基础上进行一定虚构的小说，融文学性和科普性、知识性和趣味性为一体，深得读者喜爱。

自然文学在中国

近十余年来，随着国人对自然的认识渐渐提高，自然环保概念在中国得到一定的深化，也出现了一些所谓的"自然文学"。但在我看来，目前这样的"自然文学"不过是一种噱头。

首先，国内很多地方的自然生态早已遭到了难以复原的破坏，即便要修复，至少也得需要几十上百年的时间，因此缺乏真正完整的生态链——虽然有森林，但林中已没有大型动物——人类毫不留情地占据了野生动物的生存空间，因此，真正意义上的"自然环境"仅存于少数极其偏远的地区，一般人难以抵达。

其次，作家创作缺乏自发性和自觉性，也缺乏生态良知。许多作家即便创作了一些关于自然的文本，也往往是应景之作，并非自发而为之，而且他们还缺乏对自然深层次的体验，因此，这样的作品虽涉及自然，却也仅仅是触及皮毛之作。这一点也恰好反映了目前国内普遍存在的一个认识误区，即很多人认为，凡是涉及自然的文学作品便是"自然文学"。

一般作家往往缺乏深入山林甚至独居山林的勇气和耐心，不会像梭罗那样把身心沉浸在静谧的湖水中，或在山林间漫步，长时间观察一棵树、一片叶子在秋天如何变黄或变红，或在田野上品尝野果，接受造物主对人类的馈赠；更不可能像美国"落基山公园之父"埃诺斯·米尔斯那样，在长达20年的岁月里，数百次往来于山林间，或在山间小木屋观察生活在屋檐下的那窝小蓝鸲，或在林间溪畔追踪转移巢穴的丛林狼，或在群山深处拯救遭遇不幸的幼熊……

在国外，自然文学远比中国要走得早，也走得远，自然及自然文学类作品为数众多，国内虽有一些介绍，但其深度和广度均不够，仅就美国自然文学而言，目前已经介绍到中国的作品也不过是极少一部分。这套《自然物语丛书》的宗旨就是为了填补这一空白，计划收入那些在中国未曾出版或以前出版过但译文不佳、颇具收藏价值的外国自然文学（以自然文学大国美国为重点）作品，突出作品的原创性、故事性、科普性和可读性。这样的作品既是文笔优美的文学作品,也是趣味性极强的科普读物,对于加深中国读者对自然的认识肯定会有莫大的帮助。目前,国民对自然方兴未艾,绿色环保和认识自然也作为常识而进入了大、中、小学课堂,不过多数国民对自然的认识还停留在初级阶段,或者不得要领,存在很大的局限性和片面性,因此,阅读自然文学作品就成为帮助其重新认识自然最主要、最有效的方式之一。而《自然物语丛书》恰好能满足广大国民在这方面的需求,能帮助他们加深对动物、植物、季节及山川风物等自然细节的认识。出版《自然物语丛书》的主要目的,借用美国自然文学家巴勒斯的一句话,就是"我的书不是把读者引向我本人,而是把他们送往自然"。更重要的是,由于《自然物语丛书》行文流畅、内容有趣,融故事性和科普性于一体,因此适合男女老少各阶层读者赏读。

我相信,在经济飞速发展、生态问题不断恶化之后又得到逐渐重视和解决的中国,在习近平生态文明思想的指导下,优秀自然文学读物对于协调人与自然的关系具有非常积极的意义。

译　序

董继平

在从19世纪末到20世纪初的那段美国近代史上，一批有识之士为保护美国的自然生态和自然资源而四处奔走、大声疾呼，为不少国家公园的建立立下了汗马功劳。他们长期深入某一地的自然环境进行探索、调查、研究，独具慧眼地认识到了当地自然生态的价值，并坚持不懈地奔走、疾呼，说服政府采取行之有效的措施，以建立国家公园的方式来保护当地生态，而政府也审时度势，陆续采纳了他们的建议，先后建立了一大批国家公园，尤其在美国第二十六任总统西奥多·罗斯福推出了一系列保护国家自然资源的政策之后，美国的国家公园便如雨后春笋般地涌现出来。可以这么说，正是这些有识之士的不懈努力，才使得当今美国的自然生态系统（尤其是在当年建立的那些国家公园内）保护得极为完好，他们为此做出了不可磨灭的贡献，从而成为某个或某些国家公园的创始人。而在他们为保护自然生态积极奔走、疾呼的同时，他们还在长期探索山野的过程中颇有心得，著书立说，并传诸后世，其自然作品和理念对后来的好几代美国人及美国的环保政策都产生过巨大影响，在这个方面，他们可谓功不可没。

在这批人当中，有大名鼎鼎的"美国国家公园之父"、地质学家、自然文学家约翰·缪尔（John Muir, 1938—1914）——他为保护约塞米蒂山谷而呕心沥血，为建立美国国家公园体系做出了杰出的贡献，当然也有"落基山国家公园之父"埃诺斯·米尔斯（Enos Abijah Mills, 1870—1922）——这位博物学家、自然环境保护主义者、自然向导、作家，尽管在中国还不太出名，但他毕生为保护以朗斯峰为中心的落基山生态环境而做出的种种努力，却一直为美国人所铭记和津津乐道。而且，他写下了许多行文优美的自然著作至今流传于世，为人所广泛阅读、谈论、评说。

1870年4月22日，埃诺斯·米尔斯生于堪萨斯州东南部的普莱森顿，早在他出生之前，他的父母就在表亲的陪同下拜访并了解过科罗拉多，后来才回到堪萨斯。米尔斯年幼时，他的母亲便给他讲过很多关于科罗拉多的故事，因此他对那里的自然和人文也就有了充分的了解。在少年时代，米尔斯不幸患上了严重的消化功能紊乱症，当地医生根本无法医治，但他们认为，在不同的气候环境中生活，可能有助于他康复，因此，他在14岁时便独自前往科罗拉多州的落基山区，由于从日常食谱中排除了以前经常食用的小麦，他的消化功能渐渐好了起来。

这段时间是1884年至1885年冬天。米尔斯来到科罗拉多的夏日避暑地——埃斯特斯公园，当时，游客已经开始涌入这一地区。在埃斯特斯公园以南大约14.5公里之处，在一个叫"朗斯峰谷"的地方，米尔斯安下了家。他在野外建造了一座小木屋，可以让自己随时欣赏朗斯峰壮丽的景色。在夏天，他就为表亲工作，带领游客游览整个山谷，还带领登山者攀登海拔4345米的朗斯峰。自从15岁第一次攀上朗斯峰，他就对这座山峰产生了特别深厚的感情，并对当地的地形、气候等自然条件了如指掌。因此，无论他在什么天气条件中前往顶峰，都能安全地返回。在那些岁月里，他要么独自一人，要么作为自然向导带着游客，先后攀登朗斯峰多达297次。

但是到了冬季，埃斯特斯公园就游客寥寥，为了维持生计，米尔斯便前往蒙大拿州的布特，在那里的铜业公司工作。由于努力、刻苦，他一路升迁至工厂工程师的职位。1889年冬季一场突发的火灾使得铜矿停工、关闭，因此他前往旧金山游历，在那里与"美国国家公园之父"、著名自然文学家约翰·缪尔不期而遇，并从此与之结下了深厚的友谊。当时缪尔正积极投身自然环境保护运动，缪尔执着的精神深深地感染和鼓舞了米尔斯。在缪尔的影响和鼓励下，他便开始"以一种让其他人相信他们见过的方式"来描写自己在科罗拉多的所见所闻。对此，米尔斯这样回忆："如果不是因为他（缪尔），我可能只是个吉普赛人。"——只是漫游者而不是作家。不过，他也确实到处漫游，在接下来的十年中，他频频前往美国西海岸、阿拉斯加州和欧洲旅行，广泛的游历让他增长了见识，开阔了眼界。但最终，他还是回到落基山，让自己安顿下来进行写作，同时致力于环境保护活动、举办自然讲座，向公众宣传自然环保理念——在这一点上，米尔斯和缪尔极为相似。落基山之于米尔斯，正如加利福尼亚的群山之于缪尔。

1902年，米尔斯从蒙大拿州回到科罗拉多州，从表亲手中买下了位于埃斯特斯公园内的"朗斯峰山居"。他还在周边土地上置办地产，最终把"朗斯峰山居"变成了"朗斯峰客栈"。1906年，客栈不慎毁于火灾，但他很快就从废墟中重建了客栈，并使其远近闻名。他时常在这里款待客人，带领他们深入荒野探索，到了晚上，他则和客人们围坐在篝火旁，进行关于自然的对话……更重要的是，他还开始培训其他人成为自然向导。根据他的女儿爱德娜回忆，培训自然向导是米尔斯的一种重要特性。在此之前，还没有人正式培训过自然向导，米尔斯通过这样的行动，来扩展他对大自然的热爱。有趣的是，他早期培训的一个向导伊瑟尔·伯内尔，留下来担任他的秘书，并与他产生了感情。后来在1918年8月，两人结为伉俪，不久便有了一个孩子——女儿爱德娜。

1902年至1906年，米尔斯担任了科罗拉多州雪量观察员，这份工作使他能够深入他所热爱的荒野，在工作的同时领略大自然的魅力。他当时的职责是在冬天测量山区积雪的深度，以便预测春天和夏天的雪山融水量。他在这个职位上干了几年之后，时任美国总统的西奥多·罗斯福便任命他为"政府林业演讲员"。1907年至1909年，他先后做过2118场演讲。在或高昂或低沉的嗓音中，他努力唤醒人们保护自然的意识，激发人们对树木、野生动物保护和户外探险的兴趣，还呼吁他的听众要"率先观赏美利坚"，敦促政府改善他所谈到的那些风景场地的路况交通。此外，他还发表和出版了诸多关于自然和埃斯特斯公园地区的文章和书籍。

在1915年之前，米尔斯一直都在不断努力，坚持领导朗斯峰的居民呼吁政府尽早把朗斯峰周边地区辟为国家公园。为此，他四处奔走，不遗余力地敦促美国政府尽早建立落基山国家公园。他的努力得到了由缪尔创办的美国最重要的环保组织"塞拉俱乐部"和"美国革命女儿会"等团体的鼎力支持和帮助，最终他的努力获得了成功——1915年1月，美国国会终于批准建立落基山国家公园，米尔斯也因此被人们称为"落基山国家公园之父"。可以说，正是在他的力促之下，落基山国家公园才得以建立、开张并广迎游客。

此后，米尔斯还到美国各州发表演讲、举办讲座，大力呼吁人们对自然和野生动物进行保护，并以自己的经历为素材，写下了诸多涉及自然和环保的著作。但可惜的是，他在纽约地铁的一次事故中不幸受伤，折断了两根肋骨，肺部也被刺穿，再加上他长期的操劳，积劳成疾，最终于1922年9月21日去世，年仅52岁。

作为博物学家、环保主义者、自然文学家和自然向导,米尔斯不愧为建立落基山国家公园的首要功臣,人们自然也不会忘记他。如今,落基山国家公园中的"米尔斯湖",尤其是朗斯峰地区周边的"埃诺斯·米尔斯树丛""米尔斯冰碛""米尔斯冰川"等景点,当然还有如今已被开辟为家庭博物馆和商店的"米尔斯小木屋",都是为了纪念这位自然先驱而命名的。因为他的努力,落基山国家公园成了美国风景保护区中最受游人欢迎的目的地之一。

米尔斯热爱自然,长期生活在落基山区,时常深入荒野漫游,熟悉山野间的山林草木、飞鸟走兽。多年来,他的足迹遍及森林、峡谷、湖畔、山顶,他或在山岭上观察、眺望,或在溪谷中扎营、生火,或在雪地上辨识、追踪动物的足迹……因此,他跟落基山地区的众多野生动物、森林植物、地质地貌都结下了不解之缘。1905年至1922年,他把自己在大自然中的诸多经历陆续写成文字,在《周六晚邮报》《乡间绅士,乡间生活》和《美国男孩》等当时发行量极大的报刊上发表了数百篇文章。更重要的是,他还在此基础上汇集成了16部自然文学著作,包括《埃斯特斯公园的故事和导游指南》(1905)、《森林故事》(1909)、《山野魔力》(1911)、《在河狸的世界中》(1913)、《山巅乐园》(1915)、《斯科奇的故事》(1916)、《你们的国家公园》(1917)、《探访大灰熊》(1919)、《自然向导历险记》(1920)、《荒野漫游记》(1921)、《在动物中间》(1922)、《追踪野生动物》(1923)、《落基山国家公园》(1924)、《地质传奇》(1926)、《山林的情歌》(1931)等。他的这些作品,本质上融合了科普信息、田野观察和个人轶事,以一种行文更优美、结构更紧凑的形式为读者提供了与众不同、别开生面的自然指南。作为最早对美国和欧洲读者深度描述落基山的作家之一，米尔斯在这些著作中以非虚构的笔法，饶有趣味地向读者讲述一个又一个真实的故事，展现了一个不为人知或鲜为人知的自然世界，以及他本人在这个自然世界中的种种际遇。其中既写了他越过山岭，沿着野生动物留下的足迹一路追踪，也有他深入森林，对各种植物进行细致的观察和探究，还有他本人独处于自然中时所产生的种种遐想和思考；既有对某一类动物的深入探访，如河狸与灰熊，也有对野生动物不同习性的仔细考察，如动物怎样过冬、动物的嗅觉、动物的警惕性和动物的领地意识等。他的描述深入浅出，文笔优美，或洋洋洒洒，或娓娓道来，始终以一个具有磁性的声音对读者讲述自己在野外与大自然的亲密接触和体验，让人读来倍感亲切。在美国，他的自然文学著作影响过好几代人，至今还是人们认识自然尤其是认识落基山地区的重要媒介，因此堪称"落基山自然百科全书"。

更为重要的是，作为美国早期环保主义者之一，米尔斯在字里行间始终流露出了一个强有力的声音，那就是人类对自然环境的保护已刻不容缓。他呼吁政府进一步采取措施，尽快建立更多的国家公园，并扩大现有的国家公园，以便将那些业已遭到人类过度放牧、伐木、开矿等活动侵蚀的风景区统统纳入保护范围。不仅如此，他还从经济学和社会公益性等方面着手，进行了深入细致的分析和苦口婆心的劝导。比如，他在经过详细对比之后，颇具远见地提出：畜牧业和伐木业等只是低端产业，所带来的经济效益很低，却对自然环境的破坏极大、贻害无穷；而把风景场地变成国家公园，大力开发旅游业，则要高端得多——这样的话，不仅会留住山野的美景，还会吸引络绎不绝的游客，更会带动当地和周边的交通运输、旅馆、农业等行业的迅速发展，使之大大受益。他这样呼吁："拯救我们的最佳风景，就是拯救人类状态和人性……风景是我们最高贵的资源……"米尔斯在那个时代就提出了这样的观点，不能不说具有远见卓识。

《追踪野生动物》是米尔斯的主要作品之一。全书由18篇自然随笔组成，篇什一般在4500~8500字之间，共约13.5万字。这部作品中的各个篇什堪称精彩纷呈，记述了作者深入荒野进行野外考察时的各种真实经历，其中一些篇什涉及北美大陆上最大的动物灰熊：作者为了拯救一只在山崩中几乎丧命、后来又迷失的幼熊而冒险，其间惊险不断，差点命丧于前来讨要幼仔的母熊之口；一只因为母亲遭到猎人射杀而成为孤儿的幼熊，在荒野中到处逃亡，但因为缺乏生存能力，几乎落入山狮的利爪，幸好最终被另一头善良的母熊收养，却最后没能逃脱人类的子弹；一头特别的灰熊作恶多端、15年来屡屡杀戮放养的牲口、行踪诡秘，人们对其进行了一次次追猎，其过程高潮迭起、扣人心弦。3篇关于河狸的故事，展现了这种小动物不屈不挠的精神：持续干旱中，河狸与人类定居者为争夺水源而展开了拉锯战，尽管定居者绞尽脑汁驱赶河狸，但河狸仍坚持不懈，并最终赢得了胜利；面对干旱带来的生活困境，河狸们并没有放弃、出走，而是克服重重困难，努力维持自己的家园，成功地收获了过冬的食物；一只大胆的断齿河狸在夏天远足，它不同凡响，漫游到远离家园近百公里之外，尽管途中危机四伏，遭遇了各种掠食者的攻击，但它最终都化险为夷，安然无恙地归来。其他发生在荒野中的野生动物故事，或令人感动，或惊心动魄：面对自己快要被洪水淹没的幼仔，丛林狼护子心切，竭尽全力实施营救，最终因精疲力竭而被洪水吞没；为了生存，一群被积雪围困的大角羊奋力开路，经过三天两夜的努力，虽然惨遭山狮攻击而损失惨重，但终于突出了重围，而紧接着又面临新的危险；羚羊母子不幸遭到丛林狼的合围，被迫逃进安全岛——仙人掌丛，但掠食者却将其团团围困，并采取疲劳战术试图困死羚羊，情况万分危急；因为干旱的影响而果实歉收，饥肠辘辘的松鼠跋山涉水，前往山岭那边的黑松林觅食果腹，尽力生存了下来；时刻潜伏的野猫，虽然体型不大，却堪称战斗机器，伺机对猎物发动攻击，但捕猎时也屡屡失败；荒野中的小伙伴——臭鼬，行动时旁若无人，使用高度专业化的自卫武器——臭气，对所有来犯之敌实施毫不留情的射击；机警的鹿群为躲避猎人和掠食者，随时开启各种感官，对周边环境保持高度警惕……

这部作品中，还有一些篇什叙述了动物的各种习性：山野间，掠食者和逃避者使用高超的嗅觉来探测周边的情况，使之成为捕猎和逃避捕猎的主要手段；很多动物占据一定范围的领地，且无忧无虑地生活在上面，使其成为安全保障，只要食物来源没有利害冲突，各种动物就会和睦相处、相安无事；很多动物都有外出旅行的习性，或是为了寻觅美食，或仅仅为了娱乐，或为了探索周边未知的领域，以备不时之需；很多动物在完全能够维持生计的情况下，也时常享受着悠闲时光，或远足漫游，或打闹嬉戏，或观察其他动物；在栖息或活动的过程中，野生动物会启动各种感官，始终保持着高度机警……

　　这是米尔斯作品在中国的首译。我相信，这些渗透了作者对大自然的深厚情感的文字，这些并非虚构的真实故事，对于当今的"美丽中国"具有十分重要的借鉴意义，不仅能让国人了解到大自然中鲜为人知或不为人知的种种细节，更能唤醒和提高他们对自然保护的意识。正如米尔斯本人曾经说过的那样："我生活的主要目的，就是要激发人们对户外世界的兴趣。"

　　那么就让我们出发，跟着米尔斯的脚步上路吧，去山岭，去森林，去溪流，去草原，去大自然！

2020 年 12 月于重庆云满庭

追踪野生动物

Contents

第1章	拯救幼熊历险记	1
第2章	动物嗅觉趣谈录	19
第3章	丛林狼舍身救子的故事	39
第4章	荒野的领主	55
第5章	最初的拓荒者:人类与河狸之战	73
第6章	大角羊突围记	91
第7章	羚羊母子被困记	111
第8章	像河狸一样热爱家园	129
第9章	灰熊孤儿的故事	141

追踪野生动物

Contents

第 10 章	追踪旅行的动物	159
第 11 章	松鼠旅行记	177
第 12 章	河狸夏日历险记	195
第 13 章	野生动物的悠闲时光	213
第 14 章	潜伏的野猫	231
第 15 章	臭鼬探索记	251
第 16 章	荒野的眼睛	269
第 17 章	荒野鹿鸣	287
第 18 章	追猎大灰熊	305

第 1 章　拯救幼熊历险记

The Grizzly Mother

荒野中，两个猎人带着一大群猎犬来到一头母熊的领地上扎营。为了引诱这些入侵者远离自己的巢穴和幼仔，母熊故意现身在猎人的营地附近，却立即遭到捕猎者的穷追不舍，但它成功地诱走了敌人。然而，就在它外出诱走敌人的过程中，一场可怕的山崩突如其来，以摧枯拉朽之势把它的巢穴和两只幼仔卷进了谷底，一只幼熊当场被活埋致死，而另一只幼熊则失踪……这只失踪的幼熊还活着，并被人类偶遇后获得救助。它被送往那死去的兄弟旁边，以期母熊及时发现它。不料在拯救者返回营地的途中，寻子心切的母熊嗅闻到了他身上散发出的浓烈的幼熊气味，便一路追踪而来，讨要幼仔，两者相距最近时仅几米，且母熊继续一步步逼近，情况万分危急……

灰熊引诱猎人远离自己的巢穴和孩子

一天傍晚,两个猎人带着一大群猎犬,来到靠近圣弗兰河(St. Vrain River)的源头之处扎营,计划在这里追猎那些生活在此地的灰熊(grizzly)。在周边崎岖的乡野中,始终有一些灰熊出没,那是因为当地有无数高耸的山岭、深深的峡谷以及连绵数公里的森林,为灰熊提供了良好的生存环境。因此,在猎人们放出猎犬进行搜索的时候,灰熊多半都能逃脱猎人和猎犬的视线,成功地避免了遭到捕杀的命运。

在北方的一座陡峭的高山上,一头母熊正在养育自己的孩子。当那两个猎人带着猎犬扎营之后的第二天早晨,遥远的猎犬吠叫声或猎人的气味就随风传到了它的耳朵和鼻子中。面对这样的情形,母熊是绝不会拿自己的孩子冒险的。通常,当人类距离它还很遥远的时候,它那敏锐的感官就对自己发出了人类临近的警告。在它嗅闻到敌人气味的那一刻,它就会匆忙地催促幼熊赶紧远离危险地带,前往安全之处躲避。然而不幸的是,这头母熊的一个孩子最近才被一根倒下的树枝严重砸伤,还跛着足,因此无法走得很远。

尽管如此,母熊也会采取一定的策略来避免危险。当猎人刚刚吃完早饭,它就主动出现在他们的营地前面,猎犬们闻到它的气味,便立即咆哮起来,猎人也大声吆喝着,催促20只猎犬马上追击。从猎人的营地开始,这头母熊逃向南方,试图把那些猎犬引开,尽可能远离它的孩子。然而,它并没有成功,在努力引诱了一整天之后,它并没能把猎犬和猎人从自己孩子生活的区域引开。

第二天早晨,母熊故伎重施,再度出现在营地附近,引得猎人和猎犬立即开始追逐。它一路朝南方奔跑出很多公里,尽管这场逃离之旅非常辛苦,但它却成功地把猎人和猎犬引开了,使其远离了自己的巢穴和孩子。在这个过程中,它跟猎人和猎犬若即若离,不断来回曲折而行,还兜着圈子,沿着一条山溪向上涉行了将近5公里,把自己的气味和踪迹都隐藏了起来,因此那些喧闹的猎犬便被迷惑住了,束手无策,只得留在山脚下团团转。

猎人们无法赶上迅速奔跑的猎犬,就只能任其追踪了。他们匆匆爬到山腰,坐在一道悬崖上聆听四周的动静,用望远镜一遍遍搜寻顶峰上那些没有树木的山坡。当那头母熊走出最上部的树林,他们就看到了它的身影。此时,那头母熊用后腿伫立起来聆听,然后匆匆返回最后一片树丛,并再次踮起脚尖来聆听。它满足于甩掉了那些穷追不舍的猎犬,且沿着林木线朝北方进发,返回它那遥远的巢穴。这时,它离开巢穴已有36个小时或者更久。

现在母熊应该安全了。然而,它始终都处于高度的机警状态之中,假设自己一直被跟踪,小心提防着猎人和猎犬的伏击。微风在它身后吹拂。当它来到一道低矮的山岭上,停下脚步,四处打探动静。就在它再次现身之前,它还小心翼翼地进行了窥探。道路是安全的。

然而,就在它抵达天际线的那一瞬,猎人们扣动了扳机,但由于距离太远而没能射中。在呼啸的子弹声中,母熊在几秒钟之内就消失得无影无踪。接着,它朝着西南方奔跑了很多公里,再次远离自己的家园。在下午很晚的时候,猎人驱赶着猎犬,在高速的追赶中停了下来,举起望远镜仔细搜索四周,却看见它在远处的一个山口上来回踱步,走来走去。

此时,母熊离开自己的巢穴已经超过了32公里。尽管如此,它还是感到幼熊们不安全,必须把这些猎人和猎犬引到更远之处。对于它来说,越过北美大陆分水岭(Continental Divide)才是可能的安全之策,它将沿着一条猎犬们无法追踪的崎岖而迂回的道路回到巢穴。这样的行动,就意味着它要走出80公里的路程。

它停止了踱步,下定了决心。就在猎人们还在频频观察的时候,它毫不犹豫地越过了大陆分水岭。

可怕的山崩摧毁了灰熊的家园

然而，母熊万万没有想到的是，就在它成功引开猎人和猎犬的时候，它的家园却发生了一场可怕的灾难：一场巨大的山崩突如其来，从山腰上以摧枯拉朽之势铺天盖地而下，把它的巢穴及其周边环境都卷进了一道峡谷的底部。当时我还待在营地，清楚地听到那场山崩导致的巨大隆隆声，看见大片灰尘弥漫了天空。我并不知道那头母熊离开了巢穴，正试图把猎犬和猎人引开。但我害怕母熊一家全都被山崩卷入谷底而丧命，于是立即动身上山，前往搜寻、援救。行不多远，一大堆数量惊人的残骸就横七竖八地展现在眼前：被连根拔起的树木、大圆石、碎裂的岩石……其中很多残骸体积庞大，被乱糟糟地抛到一起，看起来疯狂而混乱。在这片废墟中，我一次又一次地四处搜寻母熊和幼熊的踪影，但一无所获。

就在接下来的第二天早晨，母熊终于疲惫不堪地回来了。我当时就位于靠近它巢穴曾经存在的那个山腰上。它很可能穿越了高高的分水岭西坡，然后翻越顶峰，才一路风尘仆仆地赶回家园。我透过望远镜观察，只见它拖曳着脚步迅速走下那没有树木的长长的山坡。当它距离巢穴曾经存在之处还有400米远，它就好像知道那里发生了某种变化——也许它看见了这种变化的一部分，嗅到了新的地表和被压碎的树木散发出来的气味。于是它停下脚步，用后腿伫立起来，把两只前爪收回来贴到胸前，身子向前倾斜，用鼻子到处嗅，仔细检查这个地方的变化。

面对这场山崩,它表现出了惊讶和兴趣,却并不害怕,并不惊慌。它小心翼翼地接近被撕裂的边缘,看了片刻,然后就沿着山坡一路向下,冲到下面的峡谷之中,开始左顾右盼地寻找自己的巢穴。接着,它到处疾奔,就像一只狗那样把鼻子垂下来,在地面上专注地搜寻自己孩子留下的气味。

突然,它捕捉到了我的气味,开始在我留下的足迹中嗅闻,然后用后腿伫立起来,伸直脖子——它意识到人类对幼熊可能带来的危险。通常,人类的气味会导致灰熊从当地迅速逃离。然而此时,它所呈现出来的态度却是挑战性的蔑视,而不是退却。显然,它抱定了要搜寻孩子的决心,浑身冒着腾腾的热气,最终没有探测到我所在的具体位置就匆匆离开,踏着破碎的乱石,走向下面,用眼睛和鼻子在大片的废墟中搜寻。

我赶忙紧紧跟随,观察母熊的举动。

在峡谷底部,几乎就在山体崩塌的边缘,母熊不断在废墟中挖掘又挖掘,经过一番艰苦的努力,它最终挖掘出了一只已经没有生命体征的幼仔。这位母亲抚弄着已然死去的幼仔,将它的尸体舔干净,接着把它放下来,露出一副极为困惑的表情看着它。母熊咬着幼仔,把它放到山崩扫过之后形成的堤岸上,然后始终那么轻柔地用爪子四处抓扒它、推搡它,仿佛要把孩子唤醒。接着,它把孩子的尸体推到一块大圆石上,后退了几步观察它,随后转身返回,爬上刚刚走过的险途,仿佛要去搜寻另一只可能尚存的幼仔。

由于害怕母熊会撞上我,我赶紧离开了这个地区,迅速动身返回营地,然而就在下山大约1.6公里之处,我就气喘吁吁,不得不停下来休息,同时观望四周的情况。

正当我站在一根圆木旁边,却听见不远处有什么动静,定睛一看,原来是一只浑身脏兮兮的幼熊正从树林中走出来,并慢慢向我走来。可能是由于它的惊慌或经验不足,它的视觉和嗅觉都没有警告它我就在不远处。它在那根圆木旁边抽动鼻子嗅闻了一阵之后,就开始挖掘,却一无所获。然后它抬起头来,发出一声声呜咽,仿佛在哀鸣什么。它走出短短的几步,就停下脚步,仿佛疲惫不堪,完全处于困惑之中,根本不清楚自己究竟要走哪条路或去干什么。这是一只饥饿不堪的迷路的幼熊,而它的母亲正在四处寻找它。

我赶紧走上前去,试图抓住它,没料到这个小家伙却奋起反抗,不断跟我搏斗,在我的手中不断抓挠、咬啮和挣扎。由于它两三天都没有吃过母亲的奶水了,所以它的身体很虚弱,体重仅有两三公斤,很快就放弃了抵抗。我把它放进我那宽大的外衣衣兜里面,它立即就舒服地蜷伏了下来,不再动弹。

把拯救的幼熊带回给它的母亲

我的衣兜里揣着一只幼熊站在那里,这意味着什么呢?这意味着那头母熊嗅到气味之后随时都可能寻踪而来,一路追踪我下山,或者更有可能的是,追踪幼熊至这个地方。

但我转念一想,如果我把这只幼熊继续留在这里,那么它就极有可能因为找不到食物而饿死，还可能遭到其他掠食者的袭击，沦为其腹中之物。对于我，最正确的行动似乎就是带着它上山，把它放在那只已经死去的幼熊旁边——它的母亲就可能在那里找到它。但是如果要这样做，无疑是铤而走险，会遭到那头母熊疯狂的报复。尽管如此，为了拯救这个可怜的小家伙，我还是大胆地决定去冒险，于是就动身上山，一路穿过树林。当我迅速地走向那道峡谷的时候，什么也看不见。然而，此时我的感官比任何时候都要警觉，警惕着周边的一切动静，越是接近那里，我就越是小心，始终担心母熊会突然出现在我的附近。

携带着一只失踪已久的幼熊走向它那绝望的母亲，无异于自投罗网。如果母熊碰见我劫持了它的孩子，任何解释都不管用，都不可能把我自己从愤怒的母熊那里拯救出来。我手无寸铁，却正在诱惑一头灰熊追踪自己，而且我所诱惑的还是这种动物中护犊心切的雌性，引诱它一步步逼近自己，无异于送死。

很快，我的左侧就响起了一阵沉闷而急速行进的脚步声，这表明一头沉重的动物正在临近，由于密集的树丛遮挡了我的视线，我无法看见远处的情况，便让自己躺在厚厚的松针上面，在低垂的粗枝下面仔细观望前面的情况。虽然我看不见那只移动的动物，但它那种奔跑的声响却越来越近，似乎在围绕着我而跑动。

冷不防，我衣兜里的那只幼熊发出一声大叫，这个小家伙似乎下定了决心，要告诉即将来临的过路者它正在被劫持。这声叫唤让我大为惊骇，便急中生智，迅速掏出一颗葡萄干塞进它的嘴里，它立即就安静了下来，再也没有叫唤。沉重的脚步声，越来越近，一瞬间，我就看见一只鹿从我身边迅速跑了过去。虚惊一场之后，我才稍稍安心了一些。

由于知道这只幼熊刚才发出的叫唤声很大，很可能已经传到了它母亲的耳里，而且它还有可能会继续大叫，我就立即做好让自己跟它分开的准备。然而，我在一棵树后面等待了一两分钟，森林似乎从未如此安静，周围并无任何动静，我又把它重新装进衣兜，继续前行。

峡谷中，越过那只死去幼熊下面的溪流，我看见水流浑浊，水里充满了沉积物。这难道是那头母熊在上面挖掘山崩的废墟、寻找幼仔所造成的？心里出现一丝战栗之后，我就赶紧躲到一块岩石后面去等待和聆听。如果幼熊呜咽、抱怨或者那头母熊出现，我就准备随时丢掉幼熊而逃之夭夭，要不然就迅速爬到附近的树上。

然而令人吃惊的是，那只死去的幼熊旁边留下了母熊新的足迹。那些足迹表明，如果我早一分钟到达那里，这个故事的情节就会不同——我肯定已经丧命于熊口了。情急之中，我把这只活着的幼熊扔在死去的幼熊旁边。

这里可不是逗留的地方，母熊随时都可能回来并撞见我，于是我赶紧离开。当我爬出峡谷的时候，我回首望去，看见那只幼熊正舒服地依偎在它那死去的兄弟身边，悠然自在。

硕大的母熊循着幼熊的气味尾随而来

当我攀登到峡谷顶部的时候,一个念头闪电般在我的脑海中掠过,令我不寒而栗:我仍然没有摆脱危险。灰熊的嗅觉极为敏锐,往往能从极远之处嗅到气味,而我的衣服上正散发着幼熊留下的浓烈气味,那头母熊到处奔跑,可能来到了足够靠近我的地方,捕捉到我身上的幼熊气味——如果它捕捉到了这种气味,那么它就很有可能想知道它的孩子是否被隐藏在我的衣服里面。这个可怕的念头在脑海中闪过之后,我赶紧从那里拼命逃走,一刻也不敢耽搁。

一路不停地跑到山坡下面,我才敢停下来歇口气,同时还不忘聆听和察看后面的情况。而刚一回头,我就猛然看见了一头体型庞大的灰熊正沿着我的足迹偷偷潜来,几乎就要撞上我了!当时我置身于一片开阔地之中,要逃走似乎并无胜算,也并不安全,灰熊正在接近,而且越来越近,仿佛就要猛扑到我的身上,在这样的情形下想要逃走,几乎没有成功的可能。

就在距离我最近的那棵树边,灰熊停了下来,踮起脚尖仔细打量我。它就是那两只幼熊的母亲,浑身冒着腾腾热气。只见它把前爪放在树上,仿佛要扶住身子,让自己站稳。它把脑袋从一边慢慢转向另一边,仿佛它无法看清楚,接着它上下移动鼻子,仔细审视我。突然,它把前爪放下来,开始迈步朝我走来——我距离它还不到6米啊!但是,它在走出第二步之后,就停了下来,再度用后腿伫立起身体。

它没有显示出愤怒的神态，仅仅是对什么东西感到极度困惑。如此近距离的靠近和明显的犹豫——既不攻击又不后退，对于灰熊来说并不是常态，而是某种非常特别的行为。

它的确捕捉到了那只失踪的幼熊的气味。这是它最初的线索，当然就要一路追踪而来。我疑惑它是否会走上前来抓住我的衣服，因为那上面散发着幼熊浓烈的气味，而那只幼熊又根本没跟我待在一起，我根本无法向它交代，因此它的下一个动作会是什么，就很难说清了。

要是我把衣服扔给它，它也许会让我逃走，也许会转而攻击我？它毕竟想要自己的孩子。显然，它在观察我，盼望能看见自己的孩子，或者在疑惑自己为什么没看见孩子。

我应该爬到自己可及的范围之内的某棵树上，避免母熊可能发起的猛然攻击。然而跑向一棵树，或者仅仅是小小的移动，似乎都不是明智之举。因此，就在母熊再次动身朝我走来的时候，我硬撑着一动不动地站在那里。我决定不移动,除非它嗥叫或发起冲击。幸运的是，它决定只是围绕着我而行走。它故意移动，偶尔为了更仔细地看着我而停下来，用鼻子嗅闻我。然而，没有看见幼熊的身影或听见幼熊的声音，它就静止下来，最终像狗一样坐下来，目不转睛地注视着我。

显然，它打算等我释放它的孩子。尽管它没有暗示出愤怒或凶猛，但某种意外的东西随时都可能会刺激它，促使它对我发起攻击。如果那只幼熊从附近的那棵树的空洞里或者从我们之间的灌木丛中走出来,那么它就可能在一瞬间发起攻击,因为母熊坚持认为人类应该远离它的孩子。

因此,我就开始缓慢地走向一棵树。它注视着我,却并没有流露出愤恨的神情。当我快要抵达那棵树的时候,我决定尝试奔跑着逃离。我跑到一块大圆石前停下,看看它是否会尾随而来——是的,它尾随着,而且距离我很近。

我继续奔跑,并侧首回望,看见它稍稍朝着我的一侧跑,似乎在跟我齐头并进,跟我的速度差不多,并充满好奇地注视着我。我为了避开它而停了下来。它走了几步,也停了下来。

它正试图找到自己的孩子。它显然被我的身上散发出的幼熊气味给迷惑住了,而它又看不见自己的孩子,这是件极其可怕的事情。

万分危急之际,母熊发现了幼熊

我很清楚,目前我要去做的唯一事情,而且是别无选择的事情,就是把这头母熊引到峡谷,引到它的孩子身边,但问题是它是否愿意跟随我前往那里。如果我能让它嗅闻到幼熊新近散发出的气味,它就会前去寻子,而我就能逃走。

于是,我朝着峡谷全速猛冲而去,途中一点也不敢回头。我听不见那头母熊的动静。但突然,它一下子就越过了我,跃进我前面的一片开阔地,仿佛要拦截我。它站了起来,抽动着鼻子嗅了又嗅,表现出的举止仿佛就像是瞎了一样。然而,它还是没看见幼熊。

就在那时,我们的左侧传来了一阵脚步声,扰乱了我们的注意力。母熊疾奔而去,几次跳跃之后,却又在一片针枞(spruce)后面停了下来。我静立着。那些脚步声——也许是一只经过的鹿所发出的——渐渐停了下来。一只啄木鸟在远处轻轻叩击树干,寻找着虫子;一只克氏乌鸦(Clark's crow)在一棵松树顶端嘈杂地喧闹,叽叽喳喳;一只松鼠靠近我,突然发出好奇的声音,噼噼啪啪地乱叫了一通,想知道我在这里干什么。

母熊显出一副最从容不迫的样子,从那片针枞林后面慢慢走回来。行不多远,它就停住了脚步,此时,我真希望那只幼熊会在沉默中发出哀鸣、抱怨的声音,或者微风会把它的气味传递给它的母亲。可是什么也没发生。母熊转身走开,仿佛我根本不存在似的。

我又短短地奔跑了一阵,几乎抵达了位于那只幼熊上面的峡谷边缘。我希望自己能率先抵达边缘,可是就在我距离那里仅有短短的一箭之遥的时候,母熊却突然一下子从旁边超过了我,再转弯,横着身子挡在我的前面。它双眼注视着我,等待着。

然后,它迅速踮起脚尖站了起来,把脸转向峡谷,不断抽动着鼻子——原来它已经闻到了那只幼熊的气味。它观望、嗅闻,并且开始嗥叫起来,脖子上的毛发也竖了起来。

就在一瞬间，它就凶相毕露，显现出母熊的那种拼死搏斗的好战精神，不停地露出威胁的神情。现在我岌岌可危，因为我靠近了它的幼仔，它打算冲向我。幸运的是，它尚未看见幼仔，而正是因为它不断试图去寻找幼仔，才耽搁了它对我发起的冲击。它似乎只用了一只眼睛去寻找幼仔，另一只眼睛却一直在瞟着我，毛发竖起，露出一脸的凶相，侧着身子朝我徐徐移动。那只幼熊就在附近，却不在视线之中，它正从峡谷中爬出来，走向我们。

我站在一棵树边等着，如果母熊发起冲击，我就可以迅速抓住最低矮的粗枝，摇荡着身子爬上树去。本来我可以立即爬上去，但是，如果那只幼熊一直没有出现，那么母熊就会一直坐在树下守着我，后果难以预料。

此时，母熊的上下颚锉磨着，咬牙切齿，突然看着我，集中力量跃起来。然而就在那时，不远处传来灌木折断的声音。母熊发出一声可怕的嚎叫，在向着我跳跃的过程中把身子转向一边，朝着峡谷冲下去。

我坐在一根高高的树枝上俯视下面，看见那头母熊举起它那小小的孩子，亲昵地拥抱它、亲吻它。

第 2 章 动物嗅觉趣谈录

A Nose for News

山岭上，一只山狮朝着一群躺下来休息的大角羊偷偷地匍匐前进，试图进入能够发动突袭的范围之内，然而它被警戒的老公羊嗅到了气味，终以失败告终。面对企图偷袭的山狮，一只带着两只幼鹿的雌鹿采取策略，不断地来回兜圈子，频频制造假象来迷惑、欺骗对方，最终使其无功而返。当两只灰狼还隐身于密林之中，担任警戒任务的河狸就发出了气味警报，结果让敌人一无所获……这一切，都是因为它们散发的预警气味或出色的嗅觉探测能力，远在敌人到来之前就察觉到了危险，因此能全身而退。广袤的山林中，无论是追逐者还是被追逐者，其散发的气味都构成了重要的无线信息——尤其是在夜幕之下，当视觉减弱，嗅觉便成了动物之间的主要探测和交流手段……

一只山狮偷袭大角羊群未果

在那位于陡峭山腰的林木线上,一群大角羊(bighorn sheep)躺在那些散落的大圆石和矮小的树木中间。两只公羊则担任起哨兵职责,站在俯瞰周边景色的大圆石上,居高临下地警戒四周的动静,其他羊则在休息。一切似乎都很安全。我来到附近的一道悬崖顶上,仔细观察它们的各种行为。由于我躲藏在它们的视线之外,在它们嗅闻不到我的气味之处,也没有发出丝毫响动,因此它们根本没有怀疑我的临近和存在。

远处,一只山狮(mountain lion)从树林中悠闲地走出来,开始越过一片开阔地。突然,它机警地蹲伏下来观看和聆听。原来,一阵微风从山坡上吹了下来,把大角羊微弱的气味信息传递到了它的鼻子之中,因此它确定一群大角羊就在附近。于是,它抬起头,慢慢匍匐着,肩头突出于它那下垂、低伏的身子之上,尾巴在后面久久而紧张地扫掠,开始小心翼翼地潜行,一步步爬上山坡。

此时此地,几乎各种条件都对那只山狮极为有利:它没有发出一丝声响,散落的大圆石和崎岖不平而陡峭的山坡隐藏了它那缓慢爬行的身子;那群大角羊刚刚躺下不久,不可能移动;微风从山坡上吹下来,不可能把下面的山狮气味传递给上面的大角羊……显然,那只山狮正在做出这样的尝试:径直从一只骄傲的大角羊哨兵下面和后面迂回爬上去,发起突袭。

爬行中,山狮停了下来。就在它的前面和上面,那个哨兵就像一尊雕像伫立在大圆石上。那是一只年迈而机警的公羊,经验极为丰富,对于山狮向羊群发动突袭的成功或失败的案例,它都了如指掌。它机警地保持着警戒,然而它的感官却没有接收到附近有危险的暗示,而那只山狮隐藏着,完全避开了那头公羊警惕的眼睛和聆听的耳朵,不久它就进入了可以跳起来进行扑杀的距离——近得足以让那头公羊"亲密"接触到它了。但是它没想到,公羊开启的另一种感官——嗅觉,却一直在搜索着,丝毫没有放松警戒。

正如有时候会发生的那样,如果微风吹过仅仅片刻的工夫,那沉默而无形的嗅觉信息就会抵达公羊那灵敏的鼻子中。突然,微风真的吹过了,公羊的鼻子立即捕捉到了这样的信息并将其传入大脑:附近有山狮。于是老公羊立即发出报警信号,羊群迅速撤退。于是,那只山狮的偷袭就这样失败了。

每一只动物都有规律地散发出气味。周边的其他动物都把这种气味作为信息接收下来。这样的气味中，包含了关于食物、朋友和敌人的信息，每一只动物因此就知道是否有其他动物在自己周围，它们是谁以及它们在哪里——它和那些动物的大致距离以及对方的方位等。

对于我而言，这是鼻子最为有用的显著进化。对于任何动物能够确定敌人在哪里，这可是最为重要的因素，否则遇到危险时它就会困惑得团团转，根本不知道自己应该逃往哪个方向才会安然无恙。

例如，想象在一个没有风的日子，一头灰熊站在森林中，而森林中还有一些其他动物——比如说一个人、一只灰狼、一头黑熊（black bear）、两群鹿和一具麋鹿（elk）的腐尸。灰熊根本看不见这些动物的身影，也听不见它们的动静，然而每只动物个体所散发出来的气味会立即通知那头灰熊，告诉它对方在哪里，而特殊的气味还会告诉它对方是何种动物。灰熊就像印第安人能在沙土上画出一幅活生生的地图一样，它能速写出现场的每一只动物，并正确地定位其距离和方位。

气味是无法抑制和遮掩的，它会从隐藏的动物身上散发而出，把主人的存在泄露给一定范围内的所有鼻子。如果气味在移动，那么它本身就形成了一朵没有影子的云。因此，一只动物可能无声无息，并且还保持在其他动物视线之外移动，然而它的气味就像系在牲口脖子上的铃铛一样，对周边发出它所在位置的信号。

因此，气味的存在，决定并指引着野生动物大多数的休息和运动。在野生动物世界，在大多数持续警戒和对其他动物进行侦察的时候，眼睛和耳朵的作用仅占据第二位，而鼻子则绝对占据第一位了。

雌鹿采取策略，迷惑偷袭的山狮

7月的一天早晨，我在山中瞥见一只山狮正偷偷潜近一只鹿，这个家伙在远处就嗅到了那只鹿的气味。当时那只鹿带着两只幼仔，尽管没有风，但山狮和鹿两者的气味都朝着四面八方辐射，因此那只鹿在闻到山狮的气味之后，便机警地站着，想弄清楚山狮是否发现了自己。很快，山狮那变得越来越清新的气味就告诉它：掠食者正在临近，危险正在逼近。

在那只山狮偷袭的最后一段路程上，它穿过一丛柳树而匍匐爬行。那只鹿则采用了欺骗策略：它朝着山狮的方向匆匆走了一段距离，便停了下来，到处践踏，以便散发出更多的气味，然后又匆匆赶回幼鹿的身边。当山狮靠近那只鹿到处践踏过的地方，它就犹豫、困惑了，抬起头来四处张望——那只鹿使出的诡计奏效了，耽搁了山狮接近自己的进程。就在山狮试图在那个地方发现鹿的时候，那只雌鹿和幼鹿早已匆匆跑上了山腰。而山狮围绕着此处走了一半，四处搜寻，似乎才意识到鹿并不在那里，早就逃之夭夭了。于是，它重新搜索，顺着鹿留下的踪迹，偷偷潜行到那只鹿最初闻到它的气味之处，仍一无所获，那几只鹿早就消失得无影无踪。

那只鹿带着幼鹿走到了沼泽之上，这是它通常采用的安全撤退路线。当它上山的时候，一股上升的气流把山狮的气味吹上了山腰，传递给它，而它自己的气味却没有被风传递给山狮，因此它和幼仔暂时是安全的。

那只山狮十分困惑，不知道现在鹿位于何处，因为鹿的气味不再直接传递到它的鼻子里。然而，鹿一路沿着山腰上行的踪迹，对于山狮的鼻子来说，异常清晰。无论鹿可能在哪里，这条踪迹都会通向它。于是，山狮便沿着这条鹿的气味的踪迹匆匆追击。

动物在旅行的时候，就会留下被追踪的痕迹，如果它不游泳、涉水，如果它脚下的地面十分柔软，那么这种踪迹就清晰可见。因为，它所散发的气味始终留在它走过的地面上，泥土、树木、岩石或它所接触过的任何物体都会吸收它的气味。从这些物体中，气味慢慢被散射了出来。

通常，山狮往往通过悄悄潜近的方式来捕获猎物。如果它跳起来扑杀猎物不中，或者如果猎物提前发现了它而逃之夭夭，那么它也极少去追击。然而这次，由于那只鹿带着两只幼鹿，这让山狮感到了自己有机可乘——如果再次尝试，就可能捕获其中的一只幼鹿，饱餐一顿。

当那只鹿距离沼泽还有一段路程的时候，它就再度采用策略来迷惑山狮，并延迟对方向自己靠近：那只雌鹿跑出一个小圈子之后，便朝山下跑出一小段距离，靠近它上山时留下的踪迹，但与之平行。在这里，它和它的孩子默默地伫立着等待。当那只山狮沿着雌鹿上山时留下的踪迹偷偷潜上来时，一股更强烈的气味便犹如浪潮一般迎面扑来，使得它容易追踪。在山狮经过之后，那只雌鹿便带着孩子沿着小径悄悄溜走，撤退到沼泽之中。那只山狮一度在新近散发着气味的那个小圈子周围偷偷潜行，但是，它刚一发现这几只鹿已然消失，便立即掉头撤退了，或许是前往别处寻找好运，去捕猎某个没有闻到它气味的猎物了。

河狸散发出气味，向同伴报警

两只河狸（beaver）把一棵小树拖下一个山坡，不料那棵树却卡在一根树桩和一块大圆石之间，动弹不得。当时是白天，我透过望远镜观察那两只河狸的行动。我密切地注视着，看看它们是否会呼唤同伴或发出信号来请求同伴的帮助，但它们却没有发出声音，也没有打出信号。

然而就在几秒钟之后，在拖木头的河狸看不见的地方，那些在堤坝上劳动的河狸就停了下来，抬起脑袋，然后立即沿着堤坝出发，上去帮助它们。难道这两只拖木头的河狸发出了无线传递的气味信息，请求同伴前来助一臂之力？

河狸的香腺是一个复合结构，它很可能产生和发出各种不同的气味，这些气味实际上就是语言，这是所有河狸——无论是陌生者还是家族成员——之间的一种有效的通讯手段。

长期以来，河狸被认为是最容易受到同类的气味影响的动物。

每一种散发出来的独特气味，似乎都是特别的信号或通告——少许特殊的消息。对于一定范围内的所有河狸的鼻子，同伴的气味就是信息，聚居地的所有其他河狸靠气味就会知道发送信息的同伴是谁，以及它在哪里。

在散发的气味中，也许仅仅被其同类所理解的，是那些危险的警告、需要帮助、暗示躲避、请求同伴或者求爱的气味。然而，其他气味则散发出个体的某些无保留的消息，显示出年龄、性别、健康或者疾病等信息。

在早年的岁月中，我曾经有幸多次近距离观察河狸在白天的劳动和嬉戏。我经常看见它们朝着一个明确的方向出发，显然是去回应一条气味信息传来的请求。它们的回应表现得缓慢或迅速，时而热切时而惊慌，它们的姿态和行动多次显露出那条信息真实的特性。

有一天，来自一个遥远的聚居地的一些河狸溯溪而上，外出远足。当它们围绕一块大圆石上的激流而水陆并行的时候，当地的一只河狸就看见了它们的身影，或者闻到了它们散发出来的气味，或者既看到了又闻到了它们。于是，它就用气味信息把这些来客的消息传递给了当地的其他河狸。这条消息使得很多当地河狸欢呼起来，它们热切地赶来迎接客人。在堤坝上和池塘中，所有的河狸都参与了一场游戏。

一天下午，一只河狸被自己刚刚割倒的一棵树倒下来砸死了。这个消息很可能立即被跟死者一起劳动的那只河狸用气味信息传递出去。当时我正站在池塘旁边,听见了那棵高大的树轰隆倒下的声音。在我看来是这样的:仅仅在几秒钟之后,一些河狸就立即出现在前往事故现场的路上。

我曾经观察一只孤单的河狸幼仔无精打采地游戏。突然,它就像幼熊一样,热切地用后腿站立起来,然后就匆匆离开,赶往另一只河狸幼仔从水中探出头来之处。显然,它辨识出了成年河狸与河狸幼仔之间的差异,因为在那只从水里出来的幼仔旁边,恰好还有另一只已经待了一阵的成年河狸。

有一天,3只河狸在一个池塘对面劳动,我试图观察它们。它们位于距离水边二十几米的陡坡上,每一只河狸都在咬啮着一棵直径约为10厘米的绿色山杨(aspen)。

而就在这些劳动者看不见的上游不远处,还有一只单独行动的河狸,它一边悠闲地游荡,一边履行着哨兵的职责。不管怎样,它刚一探测到有危险临近,就用气味发出警告信号——只见它惊慌地用后腿猛然立起,伫立了几秒钟,然后尽力奔向池塘。

就在同时,那3只劳动的河狸也朝着池塘猛冲而去。每只河狸在俯冲入水的时候,都用尾巴重重地拍击水面,发出回响。几分钟之后,两只灰狼就从附近钻了出来,出现在那3只河狸刚才的劳动的地方。

据我了解,这不过是河狸用气味发出危险信号的一个普通例子而已。当那两只灰狼还在树林中隐蔽之处的时候,那只担任哨兵并发出信号的河狸就捕捉到了它们的气味信息。咆哮的激流可能会阻止那只哨兵河狸把任何声音传递给那些劳动的河狸,即便是它大声吼叫也未必有用,而且它还完全看不见劳动的河狸。我确定,任何有时间去观察河狸运动的人,都会发现它们好像几乎不断地发出各种信号,而且通常是采用气味传递的方式。

在河狸身上,香腺似乎是主要的气味来源。究竟是河狸有意识地控制它,还是气味散发出来是为了回应它的欢乐、恐惧或愤怒等变化,并反映它当时的精神状态呢?关于这一点,我不得而知。然而,河狸散发出来的一些气味,每一种都给予其他河狸一条意义明确的信息。

很多动物还没看见人,就逃之夭夭

当我在树林中观察一条野生动物时常穿越的小径,一只鹿走来,看见了我,却没有闻到我的气味,于是它就停了下来,盯着我看,充满了好奇。正当它就这样对着我凝视、跺脚之际,一只很可能一直在悄悄跟踪它的山狮也进入了我的视线,准备好跳起来扑杀它。当我透过望远镜对那只等着跳跃的山狮观察了几秒钟,我看见了它的表情,仿佛是在说:"这里就是我进食之处。"可是它失败了,它的扑击并没有成功——原来那只鹿及时探测到了山狮所散发的气味,早早就撤退了,让山狮扑了个空。

两三个小时之后,一只孤单的山地野绵羊(mountain sheep)也走来了,就像那只鹿一样,它也看见了我,却没有闻到我的气味。它也充满了好奇，慢慢地继续前行，把脑袋侧向一边，好像很想知道我是什么东西。它一边就这样全神贯注，一边走进那个散发着山狮浓烈气味的地方，刚闻到那种气味，它就跳起来逃跑了。我看见了它的行动和表情，仿佛在说："这里就是我差点被吃掉之处。"

一只动物的气味，就像精致的花粉，快乐地随风飘去，但却很少能迎风前进。当空气完全静止的时候，气味就迅速辐射到很远的距离之外。有一次，也许在 10 分钟之内，我意识到有什么东西搅扰了一只臭鼬（skunk），而我当时所处的地点则距离那个搅扰现场超过了 3.2 公里。

动物们明白，前进时应尽量利用让面庞迎风的优势。它们似乎明确地知道，如果这样做，自己的气味就不会传递到前面的任何地方，直到抵达目的地。不仅如此，它们还会在进入一个地区之前就得到关于当地居民的"预告"，它们就会知道自己究竟是走向食物、朋友还是敌人。

然而，一只在风中旅行的鹿，如果停下脚步躺下来，就会彻底改变情况。风会继续让它侦测来自迎风面的消息，然而，如果猎人或其他敌人从后面追踪它，它就不可能嗅到对方的气味，这时就必须动用自己的视觉和听觉。

可能动物的父母教过自己的孩子，或者孩子们从伙伴那里学会了逃离人类的气味。在它们的一生中，可能都不曾见过人类一次，却逃离了人类气味一千次。很多野生动物可能过着自己正常的生活,却从未见过那个其气味常常导致它们逃离的人。

如果动物没有嗅到人的气味,它看见人的第一眼,很可能会静静地伫立,甚至好奇地走上前去看个究竟。

犹他州的一个拓荒者曾经把他跟一只鹿相遇的经历告诉我。那只鹿体型庞大,似乎漫游到了他的小木屋附近。有一天,他就让自己躲藏起来,仔细地观察那只鹿,他也偶尔走出来,希望能射到那只鹿。

然而那只庞大的鹿很机警,猎人偶尔遇到它最新留下的踪迹,都表明它侦察到了他在附近后便逃之夭夭了。三四年过去了,他依然不曾找到机会开一枪。最终,从接踵而来的事情中可以判断,在那些岁月中,那只体型庞大的鹿甚至根本没有警见过他一眼。

有一天,那个拓荒者从树林中窥视一片阳光明媚的开阔地,就在那附近,他看见那只庞大的鹿躺在阳光下。他没有开枪射击,只是悄悄伫立着欣赏,不去惊动它。那只鹿看见了他。它一边对猎人投来惊奇的目光,一边慢慢地站起来,对这个两条腿的黝黑之物充满了好奇和困惑。

灰狼依靠优秀的嗅觉而幸存下来

有一天,我正在悄悄追踪一头灰熊的时候,倚靠在一根树桩上给柯达相机换胶卷,待了好一阵子,因此这根树桩保留了我的一些气味。两三分钟之后,我准备好给那头灰熊拍摄特写镜头,而就在此时，那头灰熊突然察觉到了我的存在——我不知道它是用眼睛、鼻子还是耳朵发现了我，于是它就顺风逃向这个树桩，可是，就在它快要接近树桩的时候，它又捕捉到了我那久久不去的气味，便突然停下了脚步，仿佛是撞上了那个树桩一般。

当一只动物行走时，不管它是否愿意，它都会留下一条无形的小径。尽管这条小径看不见，但对于鼻子，这条散发着气味的踪迹就显而易见了。无论它藏在哪里，朋友或敌人都能沿着这条踪迹一路追寻而来，找到它的藏身之地。

这条气味的踪迹，有时候会持续很多天，将它的特色和个性保留到最后，即这种气味最终会显示出动物的种类。对于同类而言，这种气味甚至可能对追踪的同伴这样述说：肯定是自己的老相识才留下了这种气味。

当一种动物旅行时，好几种其他动物会跟随它一阵子，或者将自己的气味跟它的气味交织、混杂起来。但是，一只嗅觉优秀的动物，在追踪这些气味中某一种特别的气味时，不会被这些混杂起来的气味所迷惑，而是会把自己一开始就追踪的那种特殊气味从中分辨出来，一路追踪到底。与这种气味相混的其他气味踪迹，根本不会令它困惑。

很多种走兽和鸟儿都拥有保护色或隐藏色，但是这些颜色并不会抑制走兽或鸟儿身上散发出来的气味，也不会妨碍别的鼻子去寻找它们。

猎犬准确地指向看不见的鸟群隐身之处，也许猎犬和猎人都看不见它们，但猎犬的嗅闻发挥了极大的作用，它闻到了那些躲藏在密丛中的隐身者。

鼻子的技能，看来是现代的灰狼幸存下来的最适合的因素。它那敏锐得令人惊奇的鼻子发挥了重要作用，告诉它猎人埋藏的钢夹陷阱究竟隐藏在哪里，帮助它侦察到留在一块肉上面的人类最微弱的气味对它的私语："骷髅图——毒药。"

尽管相关人士慷慨地付出高额赏金，鼓励猎人到处捕杀灰狼，但这种机警的动物也躲过了重重危机而幸存了下来。在怀俄明州，在一个为期12年或更长的周期里，狼群的数量实际上在最高额的悬赏之下还有所增加。狼群依然要冒更多的危险——无数领取月薪的捕狼者，跟无数牛仔和定居者一起，都渴望并随时准备好追逐和猎杀它们。它们只要一露面，便会招来杀身之祸。因此，灰狼始终用自己敏锐的感官进行探测，避免跟任何带有人类气味或钢铁气味的东西接触，并屡屡成功，安全地越过那些埋藏得错综复杂的钢夹阵列，达到自己的目的后又全身而退。

猎人们把毒药娴熟地涂在鲜肉和腐肉上，一块块分布到各处，扔到有灰狼出没的小径附近。但是，如果这些肉哪怕是带有一丁点人类触摸过的气味，灰狼也绝不会去触碰，而是远远地避开。

当然，就灰狼而言，与这种微妙地做出反应的鼻子一起发挥作用的，肯定还有一副不断保持机警的大脑，始终探测和判断这种显露的特殊气味。即使在饥饿得要命的时候，它也会一次又一次地走过那些诱惑的大块腐肉，却丝毫不去触碰它们，因为它怀疑这些食物是否被涂上了毒药，因此一直高度克制着自己的欲望。

在夜间，动物的嗅觉达到巅峰状态

很多动物都散发出一种气味来作为危险信号，而且仅仅会被自己的同类所辨识。一只鹿看见或闻到人或山狮的气味，都会受到惊吓，它所发出的浓烈气味立即就改变了。我们不知道这种改变是否应该归因于逃离，也不知道这种改变是否是自动的、无意识或者是有意识的。然而，这样的气味传递给另一只鹿的结果，无疑完全具有这样的话语效果："当心或者危险！"

无线传递且无处不在的空气，会将各种动物的气味公平而不加甄别地散射出去，因此让每种动物加速去做自己的事情，迫使其提高警惕性，从而成为一种不断推动进化的因素。

整个荒野中，在野生动物之间，气味成为一种显著的相互通讯和交际的手段。

动物的臭腺位于身体的不同部位。麝羊（musky goat）在脖子上拥有一些臭腺，很多种类的动物的臭腺则位于脖子、尾根、脚趾之间和其他部位。我不知道在同一种动物身上，一个臭腺发出的气味是否会跟其他臭腺的气味不同，从而传递不同的含义。

臭鼬，那个制造令人不快的气味的家伙，运用臭腺的方法各不相同。它把气味集中并强化成一种有效的防御武器，而与此同时，它的气味也对周边传递出一种警告和威胁的信息。

叉角羚（pronghorn）拥有远程、高效能的视力，在活动中主要依靠自己的眼睛，这可能是它们很长时间都生活在无树平原和高原上的结果。在这些辽阔、无障碍的地带，眼睛的力量肯定超过了鼻子。

我猜想，鼻子的功效肯定在夜里达到了巅峰状态。日光渐渐退去之后，动物们再也无法依靠视觉来维持警戒。但是，透过黑沉沉的夜幕，鼻子却坚定不移地警戒着，就像是一只可以远视的眼睛，了解远方所发生的事情。因此，透过黑暗，它将前哨地区所发生的变化及时而稳定地报告给大脑。

在漫长的时光中，气味一直都是花朵与昆虫之间的通讯手段。气味将植物和昆虫连接在一起，并使它们相互依赖，成为合作伙伴。在进化过程中，很可能没有比花朵与甲虫、蛾子、蝴蝶和蜜蜂所演绎的故事更奇异、更迷人的了。

花朵绚烂的色彩，令虫子愉快的香味，还有那不受欢迎的臭味，都是植物和昆虫为生存而战的结果，但它们之间的生存之战主要是合作，而不是相互搏斗。

我常常惊异地静静伫立着，思考鼻子、臭味和香味，思考那种无线传递的错综复杂性——通过这种复杂性，香味和鼻子在我的四周扮演过并且依然扮演着自己重要的角色。

荒野竞技场，以及各种元素相互合作的更大的荒野，是气味信息和鼻子的领域。每一种成功的野生动物都必须拥有能够探测消息的鼻子。追逐者和被追逐者始终使用鼻子，互助者与合作者——

团队成员,也始终使用嗅觉。

一个在广大范围内活动的荒野伙伴,必须拥有出色的眼睛和出色的耳朵,嗅觉灵敏的鼻子当然也必不可少。但如果这个荒野伙伴拥有特别优秀的鼻子,那就最幸运了。

一个来自低地的陌生人,赶着负载补给品的驴子越过群山,此外他还有一头多余的驴子,当我在附近扎营的时候,他就漫步而来,主动提出要把那头多余的驴子卖给我。那头驴子被他称赞为"容易捕捉"。然而,那头驴子所表现出来的这种功能的迟缓和不足,导致我要那个陌生人做出解释。他倒也坦率,干脆说明了原因:"因为这头驴子无法嗅到气味。"所有气味都无法给它留下印象,使得它对外界无从做出反应,所以容易被捕捉。

那天夜里,这头驴子早早就在进食,并且独自躺下。最后它起身伫立,而其他驴子都在远离它进食。当它还在睡梦中时,一只山狮毫无声响地走上来,和它躺在一起。

第3章　丛林狼舍身救子的故事

A Coyote Den by the River

大自然中，动物父母对孩子的爱无处不在、无时不有，关键时刻它们会挺身而出，保护幼仔——这是动物的本能，更是自然界的普遍规律。母熊为了保护孩子会异常凶猛，不惜拼命；鸟儿为了给幼雏觅食而甘愿去冒遭到射杀的危险……而把巢穴安置在河畔的丛林狼，则演绎了一个非常感人的真实故事：在老狼感到自己的巢穴被人发现之后，为了保护幼仔，它们竟然主动出现在人类面前，还故意假装出一副"跛脚"的残废相，企图引诱其远离巢穴，从而保护其伴侣和儿女；而在猛涨的河水淹没了其老巢的时候，为了转移幼仔，那只雄丛林狼竭尽全力，最后消失在奔腾咆哮的洪流之中，这一舍身救子的过程惊心动魄，让人不得不感叹：虽为野兽，却具人性。

那只丛林狼"跛着脚",试图把我引开

曙光初现的荒野,我从睡袋里探出头来,就看见河对岸有一只丛林狼(coyote)从一簇柳树后走出来。当它猛地看见我距离它竟然如此之近时,显得十分惊讶,也许还在猜想我究竟是怎样来到此处的。

前一夜,我头顶星光来到这里,没有生火,也没有发出一丝响动,就一头钻进睡袋呼呼大睡起来,根本不知道周边的情况。而此时,这只丛林狼很可能外出觅食归来,在归途的荒野遇见了我,非常震惊——在此之前,它的视觉和嗅觉都不曾给它警告我出现在这里。

但从它现在表现出的行为来看,它好像发觉自己已经被我看见了。这样的遭遇让它很担心,因为它正处于它那隐藏得极好的

洞穴入口边上，那洞穴里说不定还藏着它的一窝幼仔呢。

很快，它就消失在树木中间。一分钟之后，它又重新出现在河流上游不远处，四处走动，显然是想竭力吸引我的注意力。我观察着它，可是并没让它知道我在看着它。它不停地走动，在做出了一些吸引我目光的举动之后，就开始下水渡河，游到我这一边来——它不仅靠近我，而且还装出一副特别严重的"残废"的样子，一路向我走来。仅仅在一分钟之前，它还脚步轻盈、动作敏捷地四处走动，可现在却跛着脚！这一点证明了这个狡猾的家伙真是个天才演员，还假装不知道我就在那里。

不过，它下定了决心要让我注意到它。它来到了距离我不到9米的地方，依然还在表演它的那一套鬼把戏，目光从我身上转开，注视河流。显然，它那嗅觉敏锐的鼻子已经告诉了它：我没有带枪。丛林狼并不是能猜测人们心思的家伙，可是它们却经常在没有带枪的猎人面前显摆自己。它停下来，发出一声吠叫，继而大声嚎叫了起来。无疑，它的这些举动都是一心为了引起我的注意。

在它发出一阵嚎叫之后，我不得不看着它。然后它假装发现了我，假装露出一副惊慌的样子，开始蹒跚而行，却精力十足地努力逃跑。

它可真是"残废"得厉害。远远望去，它的后背和两条腿看起来几乎没有什么用了。我全速追逐它——可这正中它的下怀。它一心把我从它的洞穴边上引开，而我也想看看这个家伙究竟要施展些什么诡计，也很想知道它到底会把我引开多远。

如果它的洞穴中有幼仔，那么它现在的行为就解释了它如此大胆地接近我、施展诡计把我远远引开的原因。

我一步步逼近它，导致它不得不跳进河中，在河水中绝望地挣扎。一番努力之后它爬上对岸，尽管浑身湿透，但它一如既往地表演着它所扮演的角色：受伤、筋疲力尽……它表演得如此逼真，很容易蒙人。如果我不知道它的真实情况，如果不了解丛林狼狡黠无比，那么我自然就会做出这样的错误判断：它受了重伤，容易被逮住，从而锲而不舍地追逐它，最终远离其洞穴。

它允许我接近到很近之处，几乎能够逮住它。但当我试图伸手抓住它，它就开始朝水里逃去，以便逃脱。它在鹅卵石上一拐一拐地跛着脚，越过河流。刚一爬上陡峭的对岸，它便停了下来，气喘吁吁，仿佛快要崩溃了似的，可这正是它想让我追赶它所施展的诡计。正当我越过河流，匆忙爬上对岸的时候，它就一溜烟跑进树林，钻进了一个洞穴。如果它是会进行推理的动物——就像它的行为所表现出来的那样——那么它就很可能认为它已经成功地诱惑我远离了它的老巢，让它那居住在河边的伴侣和儿女远离了危险，而且它还很可能认为，我会在这个它根本没来居住的洞穴附近逗留良久，迟迟不肯离去，直到将它逮住为止。

丛林狼频频追踪、打探靠近洞穴的人类行踪

一般来说，如果丛林狼感到自己的洞穴被发现了，那么它们就要尽快搬家。我自然没有上那家伙的当,匆匆跑回小河边的洞穴附近,取走了睡袋。我在河流上游扎营之后,回到靠近我前一夜睡过的地方,躲藏在灌木丛后面,观察着丛林狼的洞穴入口。

这个洞穴位于峡谷底部,在一片悬崖脚下的柳树丛后面,隐藏得极好。要到达这里十分艰难:你要么越过河流,要么从一片陡峭的岩壁上面爬下去。那个洞穴隐藏在从悬崖上掉下来的一些松散的岩石下面,入口在小河边,距离河面不到一米,或稍高一些。

接近正午,我看见那只"残废"的丛林狼完全恢复了常态,悄悄溜回家来。它从矗立在洞穴之上陡峭的悬崖灵巧地下攀,每走几步就要停下来观察一阵,竖起耳朵聆听四周的动静。而且,它的鼻子对于人类的气味始终很灵敏,可是那时小河的气流飘了下来,它几乎不可能闻到我的气味了。

它进入柳树林后面,消失在我的视线之外。不到几分钟,另一只丛林狼从柳树林中出来了,进入我的视线,它匆忙爬上悬崖,伫立着四处张望。我从望远镜中观察它。从它的行为来看,它应该是幼仔的母亲,从它的姿势中,我发现它对周边环境流露出了怀疑,仿佛它意识到有一个人很可能就在附近游荡。当它走出视线,我就在下游绕着圈子匆匆而行,然后来到山坡上面,试图追踪它,看看它究竟要耍什么花招。

可是它消失了,很可能离开了那里,出去觅食了。我希望看见它回来,于是就在它经过的小径上来回漫步。

过了两个小时,它才越过我附近的一片林中空地。显然一心想要引起我的注意。本来，它完全可以在我没看见它的时候轻易溜过去，进入洞穴，可是它并没有这样做，而是大胆显身，一心要引起我的注意。我仔细检查它留下的足迹，感觉它好像闻到了我的气味，便避开了它一贯行走的路线，故意闯入我的视线，让我看见它，从而吸引我的注意。

很显然，它想把我从这里引走。我跟踪它，它就把我引上山坡，那样就远离了洞穴。到达一丛灌木的边缘时，它就到处嗅这条路，鼻子紧贴着地面，仿佛在追踪某种重要的东西。当我接近的时候，它假装看见了我，显得非常惊讶，箭一般地飞快逃入密丛之中。我假装加快脚步追逐它，沿着一片长满树林的山坡匆匆前行。最后，它钻进了一个洞穴。

在回营地的路上，我巧妙地避开了那个藏有幼仔的洞穴。那只耍"残废"把戏的雄丛林狼，如今在侦察、搜索我的踪迹。我缓慢而安静地前行，尽量避开那些开阔处，那样它就不会发现我了。

突然，它的鼻子捕捉到一丝气味，告诉它我就在附近。它并没有听见我在走动，也没看见我，因为我在一道长着树木的岩石山岭背后悄然而行。可是，我的气息通过空气传播，它的鼻子就接收到这样的信息：我正在它的西面不到30米之处。这就是野生动物令人惊奇之处。

它并没让自己显身，却在我身后悄悄前行，试图避开我的视线。我没有去看，我不应该怀疑它在跟踪我。我加快速度行走，不给它留下任何踪迹来表明我知道它在跟踪我。

当我越过河流,到达彼岸的时候,它就在它能看见我的地方停了下来。我在睡袋上面坐下,依托灌木丛遮挡住自己,但可以从那里观察它。它在那边伫立了好几分钟,仍然在等着我动身。然后,它改变了位置,却仍然保持着高度的警戒状态。我们处于河流上游,距离它的洞穴大约有400米远。它显然对自己感到满意:我终于回到了扎营的地方。我开始生起营火,去河边打水。

它看见我接近河流,就注视着我喝水。它一直和我保持3米的距离,警惕得令人奇怪。接近日落时,我看见它离开了。最后,它终于打探清楚了那一夜我在哪里扎营。

丛林狼把追逐者引到欺骗性的洞穴

就像其他动物一样,丛林狼会孜孜不倦地照料自己的幼仔,而且为了幼仔和自己的安全而狡猾得惊人。它们长期坚持不懈地警戒四周的动静,好像是为可能发生的下一次搬家,以及接下来的两三次搬家而随时做好准备;如果危险出现,它们就会朝正确的方向搬家。通常一对丛林狼拥有好几个洞穴,一般只使用其中的一个,如果有异常情况,它们就要搬到另一个洞穴居住。这样的行为,堪称"狡狼三窟"。

第二天下午,我发现了另外一个伪装的洞穴。在它们目前居住的洞穴不远的山坡上,我意外地碰见了一只丛林狼。它看见我时感到惊讶,就跑出一个半圆形逃走了。我追逐了几分钟,它又绕了回来，接近我发现它的地方，钻进了一个没有任何隐蔽和伪装的洞穴。

我试图看见它，于是就及时爬上了一堆岩石，以便看见它从这个洞穴出来。然后，当我伫立在这些岩石上面观察时，我偶然看见它从不远处的另一个洞口狡猾地钻出来，而这个洞口距离它钻进去的那个洞口大约只有 6 米，隐藏在一片树丛中。

它伫立了几秒，观察着，聆听着，可是没有发现我。随后它远远地一跃，潜逃到悬崖顶上，从那里攀下去，前往它目前居住的洞穴。我纯粹是偶然才发现了它耍的这个聪明把戏。通常，狗和人在发现了偏远的欺骗性洞穴之后，都不会再去进一步探究丛林狼的真正洞穴。一只狗追踪丛林狼到这种欺骗性洞穴，几乎不会明白另一个洞穴的重要所在。即便它发现了那个真正的洞穴，它也很可能不去探究，却密切注意这个欺骗性的洞穴。

我希望自己没有惊动这一对丛林狼，也希望它们不会带着自己的幼仔搬走。如果它们搬走，那么我很可能就会丧失进一步观察它们的大好机会。要重新发现它们，需要耗费好一些时日。

第三天，整整一个早晨我都拿着望远镜观察那个洞口，但距离那里很远，我希望丛林狼没有怀疑我发现了它们居住的洞穴位置。我纯粹是靠运气才发现了它，但不曾靠近那里。

在我观察的 3 个小时中，两只丛林狼都没有出现，于是我就一度离开了观察地，到外面去四处探索。在上游约 3.2 公里处，在一片沼泽的一侧，我偶然遇见了那只雄丛林狼。我四处走动，很快就发现一个洞穴,洞口还留有它的足迹。

在回营地的路上,我瞥见一只丛林狼在观察我。它仅仅在树林中对我瞥了一眼就匆匆消失了。它具有那只雌丛林狼的外貌,它的出现,或许部分是因为好奇,然而更多的是为它们就在附近的幼仔而担心。

在我的营地停留之后,我就以一条三角形路线走向观察地。在我隐秘的观察之处,四周都留有丛林狼的足迹。等待了很久之后,那只雌丛林狼像影子一般从悬崖上悄悄溜了下来,钻进了洞穴。半个小时过去了,它也不曾出来,这样的行为表明,幼仔还在那里面。

后来发生的情况证明,这一家子丛林狼没有搬走,酿成了不幸。

河水猛涨,淹没了丛林狼的老巢

那天夜里,一场大雨从天而降。看来我很可能又得花上一天来直接观察那些丛林狼,因为除非我让它们非常受惊,否则那一夜它们就很可能因为外面的滂沱大雨不会离开自己的老巢了。

大雨一直下个不停。次日早晨,我出发去观察那个洞口,此时天上还不时响起隆隆的雷声。几分钟之后,我潜伏在适当的位置上,突然看见那两只丛林狼都站在洞口前,雄丛林狼舔着雌丛林狼的肩头。从它们的表情来看,它们并没有受到这场大暴雨的影响,我不知道它们是刚刚才出来,还是刚刚从别处到达这里。不久,它们就钻进了洞穴。

它们一消失，我就前往位于它们上面的悬崖附近去寻找藏身处。越过下面不远处的河流的时候，我就注意到河水正在上涨，而且变得十分浑浊。在通往悬崖的半路上，我来到一片突出的岩石上，从这里，我可以俯视丛林狼的洞穴入口。于是就决定留在这个地方，观察它们的动向。

河流上游很快开始咆哮起来。一场大雨降落在这条小河东部支流的山坡上，雨水形成的洪流顺着山坡滚滚流下，汇集到河流之中。河水猛涨起来，已经超过河流正常容量的很多倍。随着连续不断的咆哮声，宽阔的洪水从上面铺天盖地涌下来，就像瀑布一般荡涤在树林中间。翻腾的洪流还夹杂着树叶和散乱的木头冲了下来，势不可挡，第一个浪头卷过来，水一下子就灌进了丛林狼的洞穴；第二个浪头卷过来，水就完全淹没了洞穴。

两只老丛林狼全身湿透，显得十分"狼狈"，从它们陷落在洪水中的老巢跑出来，嘴里各叼着一只幼仔。几秒钟之后，它们把所有幼仔都叼了出来，放在附近的一块岩石上，但那里距离水平面也不到一米。

六只丛林狼幼仔瑟瑟颤抖，在老丛林狼身边爬来爬去，用鼻子好奇地嗅着，两只老丛林狼嘴里各叼着一只幼仔的颈背皮，义无反顾地走进河流，游向对岸。这时，由于河流不断上涨，河面已经约有 30 米宽了。

河流中央水流湍急，两只丛林狼至少被冲到下游 30 米处。刚一到达对岸，它们就匆匆赶往上游的一个正对着河流对岸的洞穴，扔下幼仔，又立即重新下水，朝着留在这边岩石上的其他幼仔游来。可是留在彼岸的两只幼仔毫不安分，到处蹒跚着走动，还朝水中走去，情况十分危险，雌丛林狼见状，只得掉头游回来照看它们。

雄丛林狼继续游向对岸，去营救其他幼仔。它叼住一只，又成功地游了过去，把它扔在雌丛林狼身边，又匆匆进入湍急的水流重返对岸，叼着第四只幼仔出色地游了过去。这一次，在叼起幼仔下水之前，它还专门朝着河流上游走了一段路程，这样它就能顺着急流抵达对岸正确的位置。在叼第五只幼仔时，它采取了同样的策略，获得了成功。然而，此时它已经累得筋疲力尽了，水流也更加湍急，可是它还是毫不犹豫地游了过去，把第五只幼仔放在陆地上。

它在横渡河流之际，有效地利用了顺流而下的急流，没费多大的劲就游了过来。可是它已经累得不行了。为什么雌丛林狼不代替它去营救最后一只幼仔呢？显然，此时雌丛林狼更需要照料自己的孩子。那些小家伙刚出生还不到一周，缺乏自我保护能力，时时处于危险之中，需要它的保护。

为救幼仔，雄丛林狼消失在滚滚激流中

河水继续裹挟着木头和其他物体滚滚而来，就在我下面不远之处，在河流中的大圆石和树木中间，一大片漂浮下来的木头阻塞起来，阻挡了水流的去路，尽管大量的水倾涌了过去，可是多

半都堵塞在那里,形成了深水区,而且还有回水。

第六只幼仔孤零零的,变得躁动不安。我不知道它是掉进了水里,还是被水流卷走了,那只雄丛林狼两三次潜入水中,"哗啦啦"地四处寻找自己的孩子,费了好大的功夫才将它咬住,重新拖出水面。

在跟洪水的多次搏斗中,这只丛林狼已经疲倦不堪,便从水中爬到突岩上气喘吁吁地休息。但这一次,它没有采取前两次所采用过的那种走向上游、利用顺流渡河的方式,而是采取了径直横渡的方法。事实证明,这样的决定是致命的。

它刚刚游出了一小段路程,下游不远处那个由木头形成的障碍便被激流冲破了,洪流滚滚而下,致使其中的一部分木头被冲走了,于是水流骤增,那只游动的雄丛林狼感到了这一点。现在,它已经不再像起初那样精力充沛了,显得力不从心,面对顺流而下的物体和强劲的洪流,它忧心忡忡。

雌丛林狼把其他幼仔朝后面移动,使它们远离河边,以免被急流冲走。然后它转身来到河边,伫立着观看自己的伴侣。那只雄丛林狼努力向岸边游动,可是在急流的冲击之下毫无进展,反而被迅速冲向下游。雌丛林狼一边回头看着幼仔,一边又注视着自己的伴侣。

就在此时,大量灌木和物体从上游冲下来,遮盖了那只正在水中奋力游动的雄丛林狼,它在奋力游动之中不慎丢失了幼仔,但它又再次抓住幼仔,绝望地游向岸边。它非常虚弱,但几乎又疯狂地努力游向岸边，不幸的是，强劲的水流却把它卷到了那一片木头形成障碍的破裂之处。

一根疾奔的木头滚动而来，把它推开，但它用前爪抓住了这根木头，尝试了两次之后，才爬了上去。这根木头可能会撞击在那障碍物或河岸上，给它提供一条生路。但没料到的是，这根木头突然在急流的冲击下翻转了过来。

此时，那木头的另一部分也开始破裂了，整整一河的水都裹挟着这根木头向前奔涌。那只雄丛林狼从水中冒出来，不断挣扎着，却依然死死咬着幼仔的后颈背不放，竭尽全力试图抵达对岸。

几秒钟之内，它就可能穿过木头障碍物的残骸被急流卷走，或者也可能抵达岸边。它用前爪抓住一根纠缠的细木杆，但水流实在太急了。它完全可以紧咬着那根细木杆来拯救自己，可是它并没有那样做，却一如既往地紧紧咬着自己的幼仔不放，继续在洪水中徐徐前进。

我为那只丛林狼奋不顾身的精神深深感动。正当我要动身去营救它和它的幼仔时，却看见那只雌丛林狼从岸上全速跑向在水中奋力前进的雄丛林狼，可是，就在它能抓住自己的伴侣之前，在水中挣扎的雄丛林狼的爪子却从细木杆上滑了下来，但它依然死死叼着幼仔，一点也不肯放松，就这样被冲过了木头障碍物的破裂之处，在奔腾咆哮的急流中消失得无影无踪。

当我爬下悬崖的时候，我看见那只雌丛林狼在聚拢剩下的5只幼仔。

第 4 章　荒野的领主

Land Owners

很多动物具有强烈的领地意识，它们牢牢占据自己的领地，利用那里的各种有利条件生活、繁衍后代，成为名副其实的荒野领主：一头破耳朵灰熊在一个地区连续生活了至少15年；6群大角羊充分利用自己领地上的种种优势，享用繁茂的牧草，还频频成功躲避敌人的进攻和追击；黑熊一直生活在同一个地区，将当地的有利条件发挥到了最大程度；山狮在自己的领地上建立家园，且不断以杀戮谋生，将其变成猎场……或许从其祖先开始，很多动物就在领地上建立了永久家园，丝毫不容邻居染指和入侵。尽管一些动物的领地相互交集，它们也多半能和睦相处，相安无事。但是，它们的领地边界线也可能被自然因素或武力改变。它们可能频频外出漫游，但一般都会回到自己的永久家园……

破耳朵灰熊在领地上的舒适生活

连续 3 年,我都在双峰(Twin Peak)地区的树莓(raspberry)地里看见一头破耳朵灰熊饱食浆果。那是 8 月,它在追踪这个季节结出的第一枚果实。由于这里是方圆很多公里范围内唯一的树莓地,因而那头灰熊肯定十分了解周边的乡野环境,也了解这个进食之地。从它的行为上看,它的确非常熟悉这片树莓地。它是当地居民,一个年迈的定居者。

有 15 年或更长时间,它都连续生活在这个地区。周边两三千公顷的山区拥有丰富的食物来源,能让它轻而易举地维持自己的生计,这片土地成了它进食的牧场。多年来,它都竭尽全力保护自己的领地不受侵犯,频频把试图闯进来占据其领地的其他灰熊统统挡在了外面。

其实在它的领地上，这片树莓地不过是众多的资源之一。靠近一个河狸池塘，还生长着两三公顷早发的蘑菇，除了生活在这个花园旁边的松鼠，还没有哪种野生动物能比那头灰熊更早地享用这些美食。此外，它还知道鱼类的产卵季节何时开始，也知道大多数浆果生长在哪里、何时成熟；它知道哪里是挖掘耗子和花白旱獭（woodchuck）的最佳之地；它知道自己在春天的什么时候到哪里会找到滨紫草（mertensia）早发的梗茎——这种植物多汁，鲜嫩得如同芦笋（asparagus），是它喜欢的时蔬之一。

那头破耳朵灰熊常常沿着小径来来往往，悠闲自在，从它平常的休息和睡觉之处起身，在一条幽暗的小径上漫步而行，前往浆果地、河狸池塘或捕鱼之处，饱餐一顿之后，再原路或者沿着其他小径返回住地。

有两次，当它遭到猎人放出的猎熊犬追逐的时候，它都准确地沿着同一条小径撤退，攀爬到远在林木线之上的一道岩石嶙峋的峡谷之中。在那里躲过了猎犬的追踪，全身而退。

这头灰熊常常在沼泽腹地度过一整天。那片沼泽的面积达两三公顷，过度密集地生长着柳树和其他植物，难以接近。在这个得天独厚的环境里，只要它不发出声响，任何追逐者都无法发现它，更无法接近它。它拥有两条或更多通往那片沼泽的小径，如果事先得到危险逼近的警报，它就会沿着这些小径几乎悄无声息地成功撤退。

有一天，我看见它在自己的一条小径上遇到了一群鹿。它旁若无人地一路向前漫步,那些鹿见状便让开路,站在一边观察它经过。它经过之后,那些鹿还回首看着它。但是,在我的目光所及之处,那头灰熊自顾前行,甚至看都没看那群鹿一眼。

有两条越过那头灰熊领地的小径,堪称野生动物大道。这两条小径为很多野生动物共同使用,其中包括那头灰熊、它的领地范围内的所有其他动物、来自群山中其他地方的动物。丛林狼就频频在这两条小径上来往。有一次,在其中的一条小径上,我还看见一头正在旅行的陌生灰熊匆匆赶路。

破耳朵灰熊知道自己的活动范围。它拥有一些安全的瞭望台,其视野开阔。白天,它就躺在那些瞭望台上休息,但随时监视着周边的动静。不仅如此,它还知道哪一个季节飞舞的苍蝇和蚊子最少。

破耳朵灰熊通常在一个平展的地点或山边躺下来,置身于这样的地方,敌人几乎不可能对它发动突袭——那里几乎没有树木遮挡,当朋友或敌人距离还很遥远的时候,它就可以启动敏锐的感官,看到、嗅到或听到对方的临近。

活动范围和牧场都令它称心如意,非常适于它在此长期生活。附近还有同样令它称心如意而又未被其他灰熊占据的地区,但它并没前往那些地方生活,这是由于它对此处已经十分熟悉。它可能曾经认为,要迁移到新的家园,即使那个地方更好,也有不少不利的因素。

它的领土面积大约390平方公里,最大跨度几乎达到32公里。在这样广袤的空间里,还生活着其他种类的动物,其中的一些为数众多。

大角羊的领地一年四季提供草料

在这片土地上，生活着6群大角羊，每一群大角羊都占据了破耳朵灰熊领地的一部分，其中最大的一群生活在米克尔山（Mount Meeker）的山腰上。此外，偶尔还有其他大角羊群会穿越或造访破耳朵灰熊的家园，但那6群大角羊是地地道道的本土居民，一年四季都生活在当地。

大角羊和破耳朵灰熊之间从来不曾发生过冲突。它们是不同种类的动物，相互没有利益交集，各自追求的食物也有所不同：大角羊不会去吃掉破耳朵灰熊的浆果或者鱼，而它们的食物也是灰熊不需要的，因此很多年来，它们一直都和睦相处，相安无事。

据我所知，破耳朵灰熊从来不会去攻击大角羊，尽管有几次我看见它很靠近那些羊，但双方似乎都相处和睦。破耳朵灰熊并没有显露出要发动攻击的倾向，大角羊吃草，还在一处靠近它挖掘过的地方躺下，没有丝毫顾虑，这些事实都表明破耳朵灰熊从来都没打算去捕猎它们。

对于破耳朵灰熊来说，让这些羊群生活在自己的领地范围内，也并不存在什么不利的因素。偶尔，这些羊群还为它创造了一种十分明显的优势和有利条件。有一年秋天，当地发生了一场大型雪崩，大片的积雪奔涌而下，向前推进超过1.6公里，活活埋葬了羊群中的3只羊。几周之后，我探访了这一大片正在融化的积雪，结果发现那头灰熊正在那里大快朵颐，享用半冻结的羊肉。还有一次，一阵崩塌的飞石滚落下来，砸死了一只羊，也为那头灰熊提供了一顿鲜肉大餐。

米克尔山的羊群非常熟悉自己领地上的种种有利条件，没费多大力气就在当地生活了下来。这里是一年四季都会提供草料的牧草地，也是羊群的家园。在这片土地上，它们知道最初的青草会从哪里冒出来，还知道远在山坡下面最早的新鲜食物会在哪里出现。在冬季，它们知道在每场降雪之后，哪里的干草上的积雪会被疾风最迅速地吹走，哪里的悬崖可以给它们提供躲避风暴之处。

大角羊以惊人的跳跃而闻名。它会从一块几乎垂直的岩石或悬崖上跳下去，其步伐灵巧，使其能够安全着地。面对敌人的追捕，它常常会在很危险的悬崖峭壁上轻松地逃走，因此没有哪个追逐者敢去追击。

这些大角羊非常熟悉自己领地上的那些最野性的小径，当遭到猎人或猎犬追击时，它们就越过这些小径全速奔逃。一般来说，它们都能成功地逃脱。它们如此频繁地出没于那些更陡峭和更危险的地方，给它们积累了经验。然而，一群在自己的领地上能智胜并逃离一大群猎犬的大角羊，如果置身于完全陌生的环境，那它们通常就无法逃避猎犬的追击。

有一天，在群山中的另一个地区，猎人和猎犬把一大群大角羊驱赶到了它们的家园之外，它们来到了一个自己并不熟悉的地区。就在穿过那个陌生区域撤退的过程中,这群羊的运气实在不佳:在攀下一道悬崖的时候,其中的两只羊失足掉了下去,被活活摔死;在攀上一片陡坡的时候,另一只羊则踩松了一块石头,结果那块石头猛然掉了下去,当场砸死了还在下面的3只羊。

如果一只动物要逃离敌人,那么它就必须拥有一个或多个安全避难处,而且还要对通往这些避难处的小径了如指掌。通过拥有一个活动范围,也通过对这个区域每个角落的不断熟悉,野生动物居民就能在此长期谋生,并成功地逃离敌人的进攻和追击。

大小动物多半在领地上谋生

一头黑熊永久生活在那头破耳朵灰熊的家园一角。很多年来,我都频繁地看见它那来来往往的身影。而那头灰熊只要不看见那头黑熊,它就不会去认真地反对黑熊在自己领地上的存在。那头黑熊并不像灰熊那样警觉和认真,却让自己过得很快活。它的成功多半归因于这样一个事实:它一年四季都生活在这个地区,并将当地的有利条件发挥到了最大程度。

有一年夏天,当我日复一日作为向导带着登山者攀登到朗斯峰(Long's Peak)上,就在小径附近的一道悬崖边,我常常看见同一只年迈的土拨鼠(ground-hog)。在短短的一段路程中,一只灰松鼠(gray squirrel)几乎都在它那位于一棵大针枞上面的家里,且常常坐在小径之上的一根低矮的大粗枝上。在一场岩崩落下来形成的乱石堆脚下，有一片开阔地，我在那里一次又一次看见同一只鼠兔（cony），它通常都像前一天那样，坐在同一块大岩石上面，而且还坐在同一处。在附近的岩石中，我偶尔会瞥见一只鼬鼠（weasel）出没的身影，那个家伙可是鼠兔致命的敌人。

由于这些动物具有记号和特殊习性，使得我很容易辨识它们。隆冬时节，我发现它们都置身于自己的领地上，除了那只土拨鼠——那个肥胖的家伙已经深深地躲藏在巢穴中冬眠了。第二年夏天，这些动物都一如既往地生活在我去年夏天看见它们的地方。它们就这样年复一年地生活着。

我的生活范围也是那头破耳朵灰熊的家园，其中生活着一只野兔，它的活动范围并不大，但它一直待在这里，充分将这片土地利用起来。这只野兔拥有3个洞穴，在遭到丛林狼袭击的时候，它就可以钻进洞去躲避。如果它居住的洞穴遭到打搅，它通常就会迅速撤退，前往另一个距离它最近的洞穴。

这些小动物有规律地生活在同一片地方，这样的习性也同样适用于大动物，只不过相比之下，大动物占据的领地更为宽阔而已。

在来自西北方的暴风肆虐期间，如果我想看见山羊，我就知道它们躲避在一道悬崖后面，利用高耸的崖壁抵挡袭来的寒风。在秋季果实成熟的时节，在每个早晨的同一个时辰，我都会看见那头破耳朵灰熊的身影。它在那片树莓地饱餐之后，正沿着小径走回来。

以上所有这些事实都提醒我，其实人类也长期生活在自己的领地上：当我从群山中走出来，我几乎肯定会看见年迈的罗利夫妇，他们就在自己那位于河边的小木屋周围的某处；布坎南先生在赶牛群或者拖木头；泰勒一家则在他们那位于博尔德山（Bald Mountain）脚下的红色沙岩建造的房子里面；锯木厂传来的一阵嗡嗡声让我很满足，那是彭诺耶老先生在同一处干他的老行当——锯木。

有好几年，在那头破耳朵灰熊的领地范围内，一只山狮都占据着一个巢穴，且频频四处活动。尽管我很少看见那只山狮的身影，却经常在它的巢穴附近的沙堆上看见它留下的足迹。在积雪上，我还获得了它的某些长途旅行和猎取食物方式的信息。一天夜里，在距离我的小木屋400来米的范围内，它猎杀了一头骡子，但是它只吃了一点点就离开了，而且再也没有回到那里。这可能是因为那头破耳朵灰熊了解山狮的习性，就偶尔跟踪它，显然是为了等待山狮过度猎杀并抛弃一部分猎物后，给自己带来一顿肉食大餐。

崩塌下来的岩石包围了那只山狮的巢穴入口，使我不能发现它在离开巢穴和返回的过程中，是否采取了常规的方式。然而它拥有3条经常使用的小径，这些小径都在距离巢穴一两百米之处相互交集。

在这3条小径中，一条小径通往东边，越过一片狭窄的高原，下降到一道覆盖着森林的峡谷之中；第二条沿着一道山岭通往北边，下降到没有树木的领域之中；第三条则朝着西边延伸，一路上升到树木生长的界限之上。沿着这些小径追踪，我不时会发现那些它偷偷潜近猎物，进行成功或失败的捕猎的地方。

在那头破耳朵灰熊的活动范围内，我对那只山狮的了解还远远不够，对它的认识还远不如对在这片土地上安家的其他大型动物的了解。然而我可以确定的是，它和其他种类的动物一样，也拥有一个永久的家，而且它经常在家园周围的领地上四处出击，捕猎谋生。

很多动物在领地上建立永久家园

今天我们在小径上看到的那些动物，可能以前就在这条小径上往来过，在第二年或第三年，我们可能在同一个地方和区域看见它们。也许，我们还可能看见它跟自己的同类在一起，而它的身影在这条漫长的小径上消失很久以后，它的同类还会继续在小径上往来嬉戏。

整整7年来，我会偶尔看见两只老河狸的身影，它们就生活在我的小木屋附近的一条小溪上。每一年春天，我都想知道它们是否还待在家里。其中的一只老河狸，很可能在十几年前或更久之前就诞生于这个聚居地的河狸房子中，而且在我知道这两只老河狸一直享受自己生活的地方，它们很可能度过了余生。

有5年时间，我都频频看见那两只河狸的一只松鼠邻居。那只松鼠在河狸池塘边的一棵松树上安家。一旦有其他松鼠闯入它的家园和领地，它就会立即竖起胡须喋喋不休地责骂入侵者，直至将其撵走。

在来往于池塘的路上，我频频看见一只花白旱獭，好几个夏天，它都出现在我的眼前。它千百次栖息在同一块陈旧的岩石上晒太阳，或者前往岩石下面那个青草丛生的空间，大肆享用青草。

靠近那块岩石的地方，我还频频看见一两只臭鼬，偶尔还看见一家子臭鼬。我常常伫立在它们附近，但它们各行其是，专注于自己的事情，根本不曾对我示威。实际上，在我到达之后，它们似乎根本不曾注意或理睬我的存在。

就这样，很多种类的野生动物都在自己的领地上建立了永久家园——生活的居所。一只河狸诞生于它的祖父修建的房子里面，这样的情况司空见惯。河狸聚居地可能拥有两三座房子，岸边还有很多巢穴。在空洞的树干中，大多数松鼠拥有两个以上木质墙壁的家，丛林狼和灰狼可能拥有两个以上坚固的巢穴。附近的一对丛林狼未雨绸缪，在自己的领地上拥有3个相隔甚远的巢穴，在建造其中的每一个巢穴时，它们都付出了相当艰苦的劳动，却仅仅偶尔才使用。然而，这些巢穴在突发的紧急情况下常常会成为救命之所，而且还使其主人能够更容易探测到敌人的临近。

然后，还由于卫生的缘故，灰狼、松鼠、河狸和花栗鼠（chipmunk）拥有不止一个家。它们通过放弃其中的一座房子一阵子，让阳光、风、雨水等自然的元素给它消毒，从而杀灭里面的寄生虫和细菌。然而，这些家始终都位于建造家园的动物所使用、占有和掌控的领地上。

因此，野生动物并不是流浪的吉卜赛人，而是热爱家园、心满意足地生活的居民，在世界的一角——一个它们通过占有而成为专属于自己的角落，如果有必要它们会不惜用生命来捍卫，并度过了一年又一年。因此，它们通常都拥有永久地址，除了短暂离开去度假，一般都待在家里。

气候变化和食物条件常常迫使一些种类的动物拥有两个家园——夏季之家和冬季之家，即两个相隔甚远的领地。然而，即便拥有两个家园，却也是年复一年使用的永久的、相同的领地。比如，驯鹿（caribou）进行南北长途迁徙；少数种群的麋鹿和鹿进行上山、下山迁徙。然而这些鹿群和其他习性相似的动物种类并不是流浪者，它们只不过是往来于冬夏两季之家。在冬天或夏天，你始终知道应该到哪里去找到它们。

野生动物不管是个体、成双成对还是群体，都是一个地区的永久居民——拥有家园，这一浪漫得出奇的事实，为很多人所熟知。然而，当我在荒野中建起一座小木屋家园的时候，我还对此一无所知，并没有因为发现和证实这一特性而激动、欢乐。

就像我一样，我的小木屋周围的动物也并非拓荒者。它们并不是最初的定居者，它们生活在同类祖祖辈辈生活又死去的土地上。它们还分布甚密，而就我本人而言，我距离最近的人类邻居也有好几公里。

领地边界线可能被自然因素或武力改变

　　每一种动物所掌控的领地大小，因为动物种类的不同而不同，这主要是根据其需求、当地动物种类的总体数量，以及有时候是根据动物的特性来决定的。熊、灰狼、羚羊或者鹿可能使用一片方圆数公里的领地，而对于花栗鼠，一小片它仅仅几次活跃地跳动就能越过的草地，就令它心满意足了。

　　一种公认的规律是，在任何地区，食物的聚集立即会让这种食物公之于众，所有动物都有权利去谋求这种食物。如果一场山崩砸死了一些鹿，如果一场洪水淹死了一些动物，如果一个地方在某个季节产生了大量的蘑菇，这样的食物发现并不是生活在那个地方的动物的私有财产，而是对所有前来寻觅的动物的免费开放。

　　不过，偶尔有一只富于侵略性的动物年富力强，且精明能干，因而它可能沉迷于领土扩张，攫取并掌控自己并不需要的多余土地，而这些土地却恰恰是那些遭到它侵略的动物所特别需要的。

　　每一只动物怎样决定、标注并维持自己家园的边界线呢？每一只动物活动范围的界线，比如说野兔的边界线，同时也是一只或更多拥有周边土地的野兔邻居的边界线。

　　不过在荒野世界中，也存在着某些天然的边界线：河流、分水岭、山丘、湖泊、悬崖和峡谷。我追踪米克尔山上的大角羊牧草地的边界，确定了那头破耳朵灰熊的领土范围。它的土地似乎拥有一条显著的天然边界线：它的家园位于一条溪流的源头处，粗略地估算，那片领地是一个四周被高高的山岭环抱的大盆地。我前院中的一只花栗鼠拥有一块小小的草地，四周被一道悬崖、一条小溪、树林边缘、一根圆木、一条冲沟所环抱，边界的剩余部分由一块孤零零的大圆石、一棵孤零零的树、一条小径和干湿植被之间的分界线所构成。

在这些野生动物之间，领土争端时有发生，就像现在发生的国际边界线争端一样，动物们的家园边界线可能被强悍者动用武力改变。

自然因素也可能会移动边界线，在动物们中间引发混乱和重新调整。例如，假如一两年内各种条件都很有利，花栗鼠群落就会迅速繁殖增长起来，当地就会变得拥挤不堪，那么年长的花栗鼠会紧缩自己的边界线，缩小自己掌控的土地面积，为其他同伴腾出一些空间。

一只孔武有力的山狮可能进行领土扩张，觊觎自己家园边界线对面的那只山狮的一部分猎场，便心生攫取之念，而对方又不甘示弱，于是双方就会宣战，大打出手，一番持续的争斗之后，结果南边那只年迈体弱的山狮被击败，失败的山狮就被压缩了活动范围，只得蜷缩在一个更小的猎场之中。

时有发生的灾难，可能将无数不同的动物从它们生活已久的家园中赶出来。瘟疫也会迫使原来的常住居民移居离开故土去寻找新的家园。

还有一些动物是天生的冒险家，它们喜欢到处漫游，去探索新的场地。它们很可能在外出期间常常发现新的家园，并且就像布恩[①]和其他不安的人一样，频频改变自己的生活场所。

那些永久居民偶尔也会旅行到远方，或者外出去做拜访。我曾看见一头熊从自己的领地外出旅行，时间超过了一天；一只松鼠旅行到距离自己的家园超过1.6公里之外。每年夏天，河狸们都可能远离自己的聚居地，沿着一条溪流漫游。还有一些动物，例如熊和河狸，会频频重返自己以前拜访过的地方。而在返程的旅途中，一只动物可能再走远一点，或者前往一个新的场地，这种情况可能仅仅是因为它要消磨时间，或者满足自己的好奇心，或者是为了去探索新的家园——万一有朝一日灾难突然降临，迫使它不得不离开故土，它就可以前往那个地方避难。这也算是野生动物未雨绸缪，事先准备的一种紧急预案。

然而，这些动物的旅程通常都不会延长，这些旅行的动物仅仅会离开一小段时间。在大多数时候，它们都乐于返回自己的家园，并不会在新的地方乐不思蜀——因为在陌生的土地上，陌生者甚至会遭到当地原住居民的粗暴对待。因此，这些热爱家园的居民一般都会选择回家，在很多年里，它们的地址都会保持不变，甚至永久不变。

[①]布恩（1734—1820），美国开拓者，民间传奇英雄和肯塔基州殖民运动的中心人物。

第 5 章 最初的拓荒者:人类与河狸之战

The Original Homesteaders

持续的干旱中,一个拓荒者的庄稼几近枯死,于是他前往附近山上的河狸池塘,试图挖开河狸构筑的堤坝,引水浇灌岌岌可危的庄稼。殊不料河狸毫不相让,拓荒者一次次挖开沟渠,河狸又一次次将其严严实实地封堵起来。就这样,双方展开了拉锯战。在人与河狸的反复较量中,拓荒者累得苦不堪言,其庄稼统统枯死,河狸则在这场水源争夺战中赢得了最终的胜利。两年之后,另一场更为严重的干旱使得池塘完全干涸了,除了一只老河狸,所有河狸都被迫迁往别处谋生,直到来年才重返故地。后来,一个定居者故伎重施,试图排干池水,利用池底肥沃的泥土进行耕种,从而引发了新一轮争夺战,但最终定居者败下阵来。第二年,他心有不甘,构筑起了两道铁丝围栏,企图困住河狸……

拓荒者跟河狸不断争夺水源

这是落基山中十分罕见的干旱之年，附近的一个拓荒者种植的两三公顷燕麦和马铃薯干渴得耷拉着脑袋，快要枯死了，需要大量的水来浇灌。如果既没有雨水，也没有引来灌溉的水源，那么他的庄稼很快就会颗粒无收。面对这样的情形，拓荒者突然想起，就在距离他的田地大约3.2公里之外，在300多米或更高的山腰上，有一个河狸小屋湖（Beaver Lodge Lake）——这是附近唯一可能对他的庄稼进行灌溉的水源，然而，这个湖泊一直被一些河狸占据着。

为了拯救庄稼，他下定决心要前往此湖引水。一天早晨，这个拓荒者手持铁锹，朝着山腰攀登，前往那个湖泊，试图挖掘出一条水渠，引水拯救自己的庄稼。河狸们构筑堤坝的出水口，位于湖泊东边的一片青草丛生的草甸，如果他能在这里挖开一个口子，让湖水流出来，那么湖水就会顺着山腰流下去，灌溉并拯救他那些干渴已久的庄稼。

这个湖泊呈椭圆形，跨度超过 400 米，完全是河狸们多年来付出辛勤劳动而建成的杰作。河狸们创造了它，有整整一代河狸在这里过着无忧无虑的生活，这道堤坝的构筑，为它们的生活提供了便利，为它们提供了充足的水源。接近这个湖泊的西端，在距离堤坝大约 400 米处，伫立着这个湖泊中唯一的河狸房子，大约有 30 只河狸居住在这座大型房子里面，过着自足的生活。

河狸小屋湖的自然景色十分优美。在湖泊北岸层层叠叠的台地上，百合山（Lily Mountain）从湖泊之上升起来，高耸出 300 多米；湖泊南岸，一个青草丛生的空间沿着岸边一路延伸；湖泊西岸，有一道覆盖着森林的低矮山岭，将这个湖泊与风河峡谷（Wind River Canyon）分隔开来。在西南边的遥远之处，朗斯峰在河狸小屋湖之上高耸起 1500 多米。

这道堤坝的长度不到 30 米，高约 1.5 米，宽度却超过了 6 米，因此要想把它挖开也并非易事，需要进行缓慢、艰苦的劳动才能完成。因为堤坝十分坚固，由比例大约相同的泥巴和坚韧的柳树干构成，上面还密密麻麻地生长着草丛和柳树，而这些植物盘根错节，大大增加了堤坝的强度。

这个拓荒者来到现场之后，便立即开始行动，几乎用了整整一天的时间来挖掘堤坝。经过一番苦干，到了傍晚，一道活跃的水流终于从湖中倾涌而出，夹杂着树枝和其他东西顺着山坡流下去。完成工作之后，拓荒者便高高兴兴地扛着铁锹回家了，凭借提灯幽暗的光，在自家的田地上开凿出灌溉水渠。

第二天早晨，他从屋里匆匆出来检查水源的情况，希望看到水流从山上源源不断地涌进他那饱受干旱之苦的庄稼地。然而令他意外且困惑不解的是，他前一天辛苦挖掘而成的水渠中，根本没有水流涌来！

于是，他满心疑惑，却不得不再次扛着铁锹爬上山去，试图查明原因。来到湖泊之后，让他吃惊的是，河狸们早已把他前一天挖掘的沟渠封堵了起来，也许就在他离开之后的一个小时之内，它们就成功地封堵了堤坝的那个漏洞。面对这样的情况，他不得已再次苦干了一番，重新挖开那些堵塞在沟渠中的其他东西和泥巴，再次心满意足地下山回家。然而到了傍晚，他发现依然没有水流进他那干涸的土地，于是他大为恼火，便从马厩中牵出一匹马来，装上马鞍，骑马迅速重返湖泊。

那座大型河狸房子的地板大约高于水平面 90 厘米，与水平面一直保持着相应的距离。如此一来，如果湖水上涨或下落，那些河狸居民就会迅速发现。随着水位高低的变化，它们会游到堤坝去探究水位变化的原因，并迅速采取相应的措施来解决问题。

不到一个小时，这个拓荒者就重新挖开了那条被堵塞的沟渠，然而就在那时，他惊奇地发现一只身型硕大的河狸从堤坝附近的水里冒出来，蹒跚着走向它所挖开的那个水流正在汩汩涌出的缺口，仅仅用了几分钟，它就成功地堵住了那个缺口。在这个过程中，其他河狸也纷纷赶来，加入它的工作。它们齐心协力，重新把那条沟渠严严实实地封堵起来，修复了堤坝。

就这样，在那天夜里有两次，第二天有三次，这个拓荒者都在跟河狸们进行这样的拉锯战：他不得不气喘吁吁地爬上山去，重新挖开沟渠，引水浇灌那些岌岌可危的庄稼；而一旦他离开，河狸们又重新堵塞了那条沟渠，切断了他所期望的水源。然而，在这场争夺水源的持续斗争中，河狸们最终赢得了胜利，拓荒者只能望洋兴叹。他的庄稼因为得不到灌溉，最终枯死了。

持续干旱中，河狸小屋湖完全干涸

河狸小屋湖距离我的小木屋仅仅 3.2 公里之遥，我时常去造访那里。自从我前一次去造访以来，每次都在那里看见了让人感兴趣的东西。在我的《在河狸的世界中》一书中，我就特别叙述了自 1870 年以来，这个河狸池塘中的河狸在 20 年间的一些不同寻常的经历。

在拓荒者引水失败两年之后，一场持续的干旱从天而降，改变了这个河狸聚居地的环境。面对如此严重的干旱问题，河狸们显得有些束手无策：原来覆盖着池塘大部分区域的水渐渐变浅了，深度还不到 30 厘米，而且水位还在一天天持续下降。在如此深度的水里，尽管河狸们能够自由地游动，却无法下潜到一定的深度，躲过掠食的丛林狼。

一天傍晚,正当我观察之际,我就看见一只沿着池岸奔跑的丛林狼突然转身,猛然冲进水里。当时,两只河狸正在陆地上把一根山杨木拖往池塘,却不料撞上了前来觅食的丛林狼。河狸见势不妙,便匆匆冲进水里,其中一只河狸设法潜入了一条小小的水渠,成功地逃脱了丛林狼的利爪,但另一只河狸则在浅水中猛烈拍打、一路挣扎,结果很快被那追逐的丛林狼赶上,惨遭杀戮。

低水位使得池塘不再安全了。如果水位继续下降十几厘米,那么河狸房子的入口便会门户大开,暴露在光天化日之下,为掠食者的进攻提供极大的方便。而且,河狸们储存的所有食物供给都可能会在浅水中被泥淖封存起来,无法取用。由于水位继续下降,河狸们心生去意。到最后,除了一只老河狸,所有其他的河狸都放弃了这个池塘,前往别处谋生。我越过覆盖着森林的山岭一路追踪它们的迁徙,结果发现它们前往3.2公里之外的风河(Wind River),在那里建立了另一个河狸聚居地。

最终,河狸小屋湖完全干涸了,它那两三公顷平坦的泥淖底部暴露无遗,湖里的水再也没有充足过。显然,这些年,河狸的确做出了特殊的努力,并有效地利用了有限的水源供给。这个池塘的底部有3眼泉水供应新鲜的水,其中一眼泉水就位于那座河狸房子旁边,另一眼泉水距离房子大约10米,而第三眼泉水则距离较远,在朝向堤坝的那一边,也许有200多米远。

在河狸房子周围,河狸们曾经挖掘过一个深深的水池,位于池底之下，其深约一米，直径约 10 米。这个水池的一角伸向第二眼泉水，一条水渠从第三眼泉水延伸了 200 多米，通往房子。当然，因为位于池底，这个水池和这条长达 200 多米的水渠是看不见的，我以前就不曾猜测到那下面竟然潜藏着这样的构造，直到池水完全干涸，池底暴露出来，我才清楚地看见。如今，只有围绕在泉水周围的洞孔和长长的沟渠或水道还充满了水，其他地方都完全干涸了，变成了一片泥淖之地。

这条 200 多米长的水渠大约有 0.6 米深，一些地方约有 1.5 米宽，一个人用铁锹苦干一个月也无法掘成。我相信，很多年来，好几十只河狸肯定一直在努力挖掘这条水渠，直至其竣工并投入使用。我涉水蹚进泥淖，拍了很多照片——包括水池、在湖底露出来的其他水渠。

一只老河狸被冰雪困在房子里面

冬天来了，那只老河狸孤零零地留下来，独处于干涸湖床上的一座大房子里面，显得十分孤单。关于它独自留下来的原因，我只能猜测：也许，它过于喜爱自己的老家而不愿意离开故土，也许它身患残疾，行动不便，几乎不能跟着伙伴们一起跋山涉水，远行到风河上的那个河狸聚居地去生活。在这场旅行中，第一段路程就需要越过崎岖不平的干燥的土地，而对于河狸，要穿越这样的地形非常困难，而且十分不利，它们一旦离开了可以藏身的水域，实际上就暴露在光天化日之下，很容易遭到丛林狼或山狮等掠食者的猎杀。

尽管如此，那只留下来的老河狸还是为过冬做了一番准备。它在一段距离开外切割了一些绿色山杨，并将其拖进房子旁边那个充满水的水池。到了12月，一场持续的大雪从天而降，冰雪最终把那暴露出来的房子入口严严实实地封冻了起来。我当时出门在外，有两个月的时间未能光顾那里，对此情形不得而知。同时，那里还形成了坚硬的冰层，将那只老河狸完全困在房子里面而无法出来，仿佛被关进了牢房，过着与世隔绝的生活。更为不幸的是，由于无法出门，它就跟那些作为食物的绿色山杨分隔开了，那些食物都储存在房子外面的那个水池里，冻结在浅水和泥淖之中，而那时它身处坚冰的"囚笼"，根本无法出门去取食果腹。

2月下旬，我回到了家，前往探查，发现那只老河狸被困在里面，于是我在河狸房子侧边凿开一个洞孔。我发现，那只老河狸经验丰富，设法度过了冬天——它找到了前一年夏天用来扩建房子的柳树枝，把上面的树皮当成充饥之物，因而幸存了下来，不过它十分瘦削，饥饿不堪。我透过凿开的洞孔，把一些绿色山杨喂给它，它迫不及待地大口咀嚼。直到春天来临，冰雪融化之后，它才从它那座冰封的河狸房中被彻底释放出来。

到了5月，高山上的冰雪融为水流下来，让池塘重新充满了水，恢复了生机，我前去查看的时候，发现有很多河狸在四处游动。我猜想，这些河狸就是在前一年10月背井离乡的那些河狸。无论如何，它们都回来了，在那个秋天，一如既往地进行食物采集、收获。

第二年，干旱又卷土重来，不过湖泊干涸之后，还有无数的河狸留在里面，不曾离开。9月的一天傍晚，我绕着湖岸散步，薄暮中，就像我曾经看见这里拥挤着野鸭一样，湖水中似乎拥挤着河狸，可能不到40只，一些河狸很容易就在那座大房子里找到了生活的空间。

在前一年和今年，经过河狸们的辛勤劳动，这座房子得到了修复和扩大。如今，它一侧的直径有6.7米，另一侧的直径则有7.3米。它在水面或者冰雪线之上的最高点超过了1.9米，房子从水里伫立起来大约有1米，它从位于湖底、隐藏在水中的基础到顶部，大约2.96米。从湖泊干涸之际进行的测量来看，我判断它在水下的基础十分宽阔，其直径肯定超过了100米。

新一轮争夺战中，定居者再次败下阵来

经过一段时间之后，另一个定居者来到这里进行拓荒，他用栅栏围起了土地，还在湖畔建起了家园。他酝酿出了这样一个计划：把湖水排干，利用湖底的土地来进行耕种——淤积在湖底的泥土自然很肥沃，非常适于种植庄稼。因此在1915年，他就开始着手排水，却没料到河狸们奋起反抗，不遗余力地阻止了他的入侵行为，保卫了自己的家园。

在这场斗争中，第一天夜里，河狸们堵塞了他插入堤坝的一

根直径约15厘米的排水管，使其无法排水。然后有好几周，每到白天，定居者都不得不重新捅开那根管道，而一到夜里，河狸们又把它堵上了，它们通常采用的堵塞方法是切割一根大灌木，将梗茎那一端推进管道紧紧塞住，根本不管另一端那些四处展开的细枝。在粗枝之间，它们还填塞了一些泥巴和杂物，使其更为严实。如此一来，定居者计划中的排水口就被封堵了。

河狸们非常聪明，绝不会把同一根灌木使用两次，每一次它们都会切割一根新的灌木来完成堵塞任务。有时候，它们还会不辞辛劳走出很远，从距离那个出水口一两百米开外的地方切割灌木，拖回来堵塞管口。

河狸们采用这种方式未能彻底成功，便开始尝试新的计划。就在那根导流管端头下面的池塘底部，它们开始用树枝和泥巴建起一个土堆，使其慢慢隆起，这样就可以形成大片坚固的堵塞之物，且不容易被挖开。即便如此，就在它们构筑这个土堆之际，它们还在每天夜里不断去堵塞那根管道。当那个土堆越堆越高，最终抵达管道口时，管道便被严严实实地堵塞了，而且，一道泥巴和石头混合的障碍，跟堵塞物相结合，被置于土堆上面。

见此情形，定居者不得不挖开土堆，在管道口子周围拉起一道环绕的铁丝网，阻止河狸采取进一步行动。殊不料河狸们从水中出来，爬过了那道围栏，开始重新堵塞管道。就这样，它们坚持不懈，并最终赢得了胜利，迫使定居者选择了放弃——他可没有那么多时间来继续跟河狸做斗争，而等到他放弃的时候，这场斗争已经持续了接近70天了！如此漫长的拉锯战，让他心力交瘁，几乎快要被逼疯了！

第二年春天，定居者还是心有不甘，试图采取新的方式把湖水排干：他穿过堤坝挖开了一条水沟。为了吓走河狸，希望它们每一夜都不会接近这条水沟，他还专门设置了一个样子十分可怕的稻草人来守护。他居住在池塘岸上，可以居高临下地观察堤坝的情况。

但是，当他第二天早晨朝外面观望的时候，大吃一惊，那个稻草人竟然不翼而飞！于是他赶紧过去四处寻找，却始终不见其踪影。尽管夜里疾风劲吹，但风力却几乎不足以吹翻和吹走那个稻草人。稻草人很重，用树枝搭成，如人体一般大小，身披麻袋片，里面塞满了稻草，而且还装有沉甸甸的木脚镇重。

穿过水沟进行的排水被堵塞了，一滴水也没有流出去。然而，那个稻草人究竟去了哪里呢？

稻草人的腿被咬断了，只剩下木脚还插在地面上。经过一番搜寻，他发现一片破布在泥淖里面飘动，石头和小树枝等塞满了那条水沟。再一路追寻下去，他终于发现那个稻草人已经被深深地掩埋了起来。面对这样的情景，定居者也无可奈何，再次被迫放弃了自己的打算。

河狸热爱老家，在突发的紧急情况下，为了维持家园，它们会连续很多天干不同寻常的工作。尽管它们会在夏天外出旅行，通常还熟悉其他可以作为聚居地的适宜之处，但它们也不肯轻易放弃自己的老家。它们总是避免去干那些不必要的事情，享受着自己的生活。可是在情况需要的时候，它们就会立即辛勤地投入劳动，那样的辛苦只是为了留在一个精挑细选的、中意的地方。持久、效率和对家园的认识，成为它们非常显著的特性。

构筑两道封锁线，却未能挡住河狸

在 1917 年，附近的那个定居者下定决心，一定要清除这里为数众多的河狸，开拓庄稼地。

河狸们切割倒了一大片山杨，其切割的速度往往超过了树木生长的速度。由于它们已经切割并使用了附近几乎所有的山杨和柳树，所以不得不前往更远处。由于没有溪水流进它们的池塘，它们就像在大多数地方一样，无法到上面去切割树木，并将其漂流到自己的家园之中。为了切割树木，它们不得不在陆地上长途行进，这样的旅行对于它们往往是非常不利的。

见此情形，定居者便心生一计，采取新的策略，切断河狸与山杨树丛之间的通道，期望以这样的方式来饿死它们。于是，他在树丛与湖泊之间构筑起了一道用铁丝编织而成的围栏——尽管河狸们的牙齿极为锋利，能轻而易举地切割绿色树木，有必要的时候，还能切割枯死的硬木，但它们却无法咬断铁丝。

但是，这些河狸切割了几根山杨后，便不辞辛劳地拖拽着它们，远远地绕过那道铁丝围栏的西端，回到了池塘。那个人见状，又不得不把围栏延伸到了那边的悬崖处进行封堵。然而，在铁丝围栏延伸之后的第二天夜里，河狸们又开始在围栏下面掘洞，最终穿过这个隧道，成功地将一些山杨拖进了下面的湖泊。定居者大为恼火，立即堵塞了这条隧道，可是河狸们又开始挖掘另一条，接下来再挖掘一条。那个人搬来沉重的石头，将所有隧道全都死死地封住，河狸们只得放弃挖掘隧道，因为在其他地方，围栏下面的地面大多布满了岩石，它们无法挖掘。尽管如此，河狸们并没有屈服。

一天早晨，正当那个人沿着围栏前行，检查是否还有遗漏的隧道没被封住时，不料却看见河狸们倚靠在围栏上面的几根小木头爬行。这让他十分疑惑：那些木头怎么会在那里呢？凑近仔细一看，他才发现河狸们竟然以这几根木头作为桥梁，拖拽着其他木头爬上去，从而越过围栏进入池塘。一怒之下，他便立即着手把围栏加高了一倍，加高的围栏进一步妨碍了河狸的工作。不仅如此，定居者还在池岸边构筑起了第二道封锁线。

接下来好几天什么事情都没发生，山杨没有被运到池塘。河狸们以散落的柳树和那些从一两年前切割的山杨树桩上茁发出来的细苗为食。定居者似乎赢得了这场战争。

树木运输停止了。那个人探测到河狸们没有干任何事情，可是在某个地方，它们却设法进入树丛，继续切割和伐倒树木。显然，它们有了自己运输树木的方式——穿过两道围栏，或在围栏下面，或者翻越过去，把山杨储存到池塘中作为冬天的食物，只是具体方式不明而已。

于是，定居者便立即动身下山，去找更多的铁丝。他打算用铁丝来围绕树丛中的一些树木，把那些树从河狸的切割中拯救出来。他害怕河狸们会以某种他不知道的方式在山杨树丛中继续切割。

几天之后，他一回到山上，就匆匆赶往池塘，然而令他没有想到的是，映入眼帘的一幕，就是池塘中堆起了一大堆绿色山杨。原来就在他离开的那几天，河狸们迅速扩大了战果。他耽搁了两天，河狸们则趁机在池塘中储存了很多树木，足以安然过冬。

于是那个人爬到山腰上，仔细检查自己设置的铁丝围栏封锁线。第一道封锁线挑战性地矗立着，然而，一条拖拽的痕迹从上面通往这里，又从这里延伸到下面的池塘。一条大型隧道从围栏下面穿过，河狸们通过这条大隧道拖拽树木，成功地将其堆放到池塘中。

可是，还有一道耸立得更高的围栏，难道也没发挥作用？定居者十分惊讶，为了知道那些木头究竟是怎样被河狸们从围栏上面、穿过围栏或从围栏下面弄过去的，他前往探查。

结果，再次令他没有料到的是，那道围栏倒伏在地面上了！原来河狸们咬断了那道铁丝围栏的木头支柱，使得这道防线完全崩溃了！

第 6 章 大角羊突围记

Dweller of Mountain Tops

在一个降雪量特大的冬季，拥有17个成员的大角羊群被深厚的积雪围困。它们身处山地中一个钻孔般的下陷处，因为耗尽了当地的草料而饥肠辘辘。为了生存下去，这些常年生活在山顶的居民决定向南突围，前往一片大型牧草地觅食。整整一夜，它们轮番上阵，奋力撞击挡道的雪堆，开辟逃生之路。但不幸的是，在突围的过程中，山狮尾随而来，那些掠食者利用能在雪地上行走的优势，对它们频频发起攻击。不仅如此，它们还遭遇了其他危险：一只羊严重受伤，奄奄一息，被羊群留下，附近有山狮徘徊；悬崖边上，整个羊群突然滑坠，差点掉进深渊……三天两夜之后，当它们最终抵达目的地时，只剩下11个成员。然而，一只山狮正潜伏在那里，等着它们的到来……

一群大角羊被深厚的积雪困住

我穿着雪鞋,在大陆分水岭那高耸而起的高原上一步步行进。在一个庞大的雪堆顶上,我躺了下来,透过望远镜观察:仅仅在一两百米开外,有一群大角羊,总共有 17 只。

这些大角羊被困住了,困在一个四周被积雪封住、钻孔一般的下陷处,四周有高耸的雪峰环抱,而它们进食的牧草地则位于林木线之上 300 多米处,海拔大约 3650 米。

一些羊在嬉戏,它们没有派出哨兵进行警戒,因为它们的游戏场地并不大。由于它们可以看见所有靠近这里的路径,因此这 17 只大角羊并不担心敌人突然出现。它们又嬉戏了一小时,其中的两只羊羔显得生机勃勃,悠然自得,它们或跳跃,或用后腿站立起来,或用角相互顶撞。

在落基山脉的顶峰，林木线之上的那些崎岖不平、长满草丛的空间随处可见。这些地方让山羊一年四季都有草吃。尽管这些山峦地区的降雪很厚，但每一场降雪后，一两天多风的日子通常就会接踵而来，很多地方的积雪常常都被疾风扫掠得精光，而同时，大雪堆——从灰色山谷里升起来的白色山丘，也一一堆积起来，成为长满枯草的高地之间的屏障。

在这个位于天际线的进食之地，这群羊可能已经到来好几周了。当我转身下山，就意识到它们那小小的牧草地几乎被过度啃食了，到如今草丛实际上已经被啃食精光，无法继续维持它们的生计了。

劲吹的疾风把大部分积雪从这个碗状的下陷处扫掠出来，然而由于草料耗尽，这个羊群的生活岌岌可危。即使大多数羊在暂时的安全中嬉戏，但其中两只更为年长的羊却在不安地搜寻周边积满雪的崖壁边缘，试图寻找逃离的出路，但似乎没有任何出路，根本无法逃脱。

那天夜里，又一场大雪从天而降，紧接着吹起了好几个小时的疾风，扫走了落在高原上的积雪。然而疾风之后，裸露出来的地面却再也没有带给这群羊更多的草丛，在它们四周，那些加深的积雪障碍可能把它们完全困死。就这样，这群羊被困在辽阔的雪堆中，正面临饿死的危险。

一般来说，羊群很少关心天气变化。如果一场持续推进的风暴把它们赶下山去，那么它们通常都会很快回到那位于高处的活动范围。有很多次,我都看见它们躲在一些岩石中间以避寒风,而且那些地方距离最初被清除掉积雪、长满草丛的空间最近。还有几次,我看见羊群在顶峰上深厚的积雪中热切地张望——朝着会在几个小时后吹来契努克焚风[①](chinook)的那个方向张望。

在附近一座山峰的山坡上,有一大片悬崖,就位于林木线之上一点,驼着背矗立着,背对着西北方。种种迹象表明,羊群长久地把这片悬崖当作抵御来自西边风暴的庇护所。

有一天,我匍匐着爬近这片悬崖。雪花正在飘落,一阵微风从西边吹来。当我来到东边大约9米范围内的背风面,我能隐隐地看见一些羊拥挤在一起,脑袋伸向外面,躲在那伸出来的岩石下面。

后来,当雪花停止飘落,我就折身返回了。在大约150米开外,我透过望远镜看了一眼,发现那些羊正伫立在那片悬崖下面,它们有点分散,正在享受着阳光。三天三夜,它们都在这里拥挤在一起,抱团取暖,我猜想它们现在饥肠辘辘,渴望一顿丰盛的草料,可是,要穿过大约90厘米深的积雪找到褐色的浅草,并不那么容易。于是它们等待着疾风吹来,等待一场暴风吹来,把那片牧草地上的积雪清扫干净。

[①]契努克焚风:从落基山脉东坡吹下来的温暖的干燥风,其会造成温度骤增。

常年生活在山顶上的居民

那天夜里，疾风果然猛烈地吹来了，吹得积雪纷纷扬扬。第二天早晨，我能用望远镜看见一处处灰褐色空间已经没有了积雪。疾风依然吹着，空中不时充满许多雪尘，以至于群山都被暂时遮蔽了起来。然而，就在这群大角羊躲避的悬崖附近，在天际线的庇护之下，这些羊正在崎岖不平的空间里面啃食裸露出来的浅草。疾风以100多公里的时速汹涌而来，掠过它们的进食之地，狂怒地吼叫、撕扯，可是它们毫不在意，它们身上那厚厚的外衣完全能够抵御这样的疾风。偶尔，会有一只羊停止吃草，在一块大圆石上面蹭痒，或者用一条后腿抓挠身子。

在科罗拉多，有一个广阔的地区，面积大约相当于新泽西，那是高原，且完全位于林木生长线之上。这片高原被山峰和峡谷分割得崎岖、破裂，其间岩石嶙峋，这个地区拥有永久性的雪原和冰原，还有无数长满草丛的草甸。

这里就是山羊的家园。鹿和麋鹿仅仅在夏天才使用它，然而到了冬天，大角羊就成了生活在上面的唯一有蹄类的动物。

大角羊堪称登山高手，它在狭窄的突岩上休息，而且喜欢陡峭的斜坡——在那里，光滑的岩石和结冰的空间迫使它拥有最高超的攀登技能。一些人表达过这样的观点：因为远程步枪的使用和人类过度的捕猎，大角羊只是在近些年才被驱赶到山顶上的。其实这不是事实。早期的猎人和设置陷阱的捕猎者留下的叙述，都没有对这件事情给出确定的答案。但是，大角羊那暖和的外衣，其本身对于疾风和极寒的漠视，还有它的蹄子也显示出漫长进化的结果，完美地对应了它高超的技能，让它适于在岩面和冰面上行走。这些事实都表明它一直是山顶上的居民，并且一年四季都生活在那里。无论春夏秋冬，这些羊似乎都生活在高处，因为它们发现那里是生活的好地方。

对于生活在低地的鹿和麋鹿，积雪是致命的。在低地，森林会阻止疾风把积雪吹走，而对于生活在高处的大角羊，积雪很少成为威胁。在林木线之上，疾风可能发生得更为频繁，且畅通无阻，因此作为积雪清扫者或清除者也就更为有效。在高处，疾风的力量也许更加频繁地得到了强化，因为不会受到崎岖地形、连绵的森林的阻碍。

但是现在，顶峰上那群有17个成员的大角羊却被积雪困住了，饿得从隐蔽处走出来。接下来的一次，当我看见那些羊的时候，它们正处于那个积雪监狱的南边，在一座巨大的雪堆中开辟出一条小径。显然，它们知道另一个牧草地就位于南边，在超过1.6公里之遥的地方。那是一片大型牧草地，而且那里的积雪也被疾风清扫得干干净净，草丛都裸露了出来。然而，它们究竟怎样才能一路穿过和环绕那些深深的雪堆而行，最终抵达那里呢？对于我，这简直就是不可思议的事情。

在附近的一条废弃的矿坑里，我找到了可以度过几个夜晚的庇护所。于是在白天，我就隐藏在那群羊看不见我的地方，观察它们的活动；晚上再回到矿坑庇护所休息，等待第二天黎明的到来。

积雪中，一只接一只羊轮番开辟道路

我看见那群羊的第一眼，它们正在努力开辟道路，离开这个进食之地，因为这里的草丛已经被啃食精光了。只见一只母羊用后腿站立起来，然后，它先是向上或向前跳跃，紧接着又竭尽全力落下来。它一次又一次这样做，进行了差不多半个小时，直到精疲力竭。在这半个小时中，它仅仅才向前推进了一两米。然而，经过它不停地苦干，竟撞出了一条进入4.5米深积雪的小径，其他的羊可以从这条小径上走过去。在外面荒凉的开阔处，这个群体中的其他羊或躺着，或矗立，或嬉戏。

正当那只母羊累得精疲力竭的时候，一只公羊立即迅速越过它，接替了它的工作，继续用身子奋力撞击雪堆。而那只公羊后面，还站着另一只羊，等着做替补。

这就是以单行纵队开辟小径的方式。深厚而柔软的积雪无法承受这些蹄子小巧而坚硬、身体沉重的羊。在踏上积雪之后，它们常常就会陷下去，只有脑袋在雪堆上露出来，在一些地方，甚至连脑袋也陷到雪面之下。对于它们而言，这种积雪障碍几乎就像是无底的沼泽一样难以穿越。尽管这些羊强劲有力，且耐力出众，但它们毕竟在最为不利的恶劣环境下工作。在积雪下面，一块隐藏的岩石尖不时会为开路先锋提供良好的临时立足点。如此一来，它就会脚踏实地,站在那上面高高地跃起,然后身体重重地落在积雪上面。但总而言之,这样的劳动进展非常缓慢,一只羊完成开辟自己所负责的那段长度,通常需要5~12分钟。

当那只领头羊奋力开辟道路的时候,其他羊通常以单行纵队伫立着,观察着。一些羊不时会躺在那条被踏出来的小径上,后面的羊则跨过它们,而那两只羊羔还会不时跃到它们前面的那只母羊的背上,打闹、嬉戏。

在一些岩石靠近雪面的地方,那些羊抽动鼻子四处嗅闻,咬一口干草或高山野花的梗茎。正值下午,当我离开它们的时候,它们排成一线,又由那只母羊接连不断地撞击、敲打和踩实一条进入积雪的深深的狭窄小径。

第二天早晨,当我回来的时候,它们前进了30来米。它们推进的速度表明,整整一夜,它们都在不停地努力劳动。

到了早晨,它们终于突破了位于进食之地南边的雪堆,走了出来,进入了一个积雪较浅的地方。在这里,它们立即右转,进入一条冲沟的尽头,继续向前鱼贯而行。几分钟之后,它们到了一个雪檐下面。我爬到能俯瞰那条冲沟之处,发现疾风正在怒吼,把大部分积雪从冲沟里面吹上来。

在这群大角羊的左边,是一片崖壁,陡峭得近乎垂直,挂不住积雪,却结着一层薄冰。在它们的右边,那低矮而崎岖的冲沟侧边是岩石尖和一堆堆积雪。

下午很晚的时候,在一片从左边的崖壁上突出来的刀锋般的岩石上，这些羊开始走出山谷。就在日落时分，我看见它们沿着荒凉的天际线挺进。在宽阔的顶峰上，它们停下来休息了一阵，除了那两只羊羔，其他的羊都卧下了身子。羊羔们则继续嬉戏，用角相互顶撞，从背后跳跃到成年羊的背上。

在夜间，这些羊便起身，攀上一道山岭，走向一个地点——那里连接着一片高原，这片高原比它们以前进食的草地要高出一两百米，位于草地以南。显然，它们不得不下降到冲沟里面，去寻找一条它们能够抵达这个顶峰的出路，因为就在它们离开草地的正前方，只有一道冰封的悬崖，陡峭得根本无法攀登。

遭遇山狮攻击，一只母羊惨遭杀戮

那天夜里，它们遭到了一只山狮的攻击。当时，它们陷入了深及脖子的积雪，在那片高原边缘上的一个雪堆里奋力挣扎。那只山狮一路尾随而来，它那柔和的大脚在积雪上仅仅陷下去10多厘米，这样的有利条件使得它在攻击羊群时拥有显著的优势。

雪地上纷乱的足迹讲述了一个扣人心弦的故事：那只山狮蹑手蹑脚地接近领头羊，但似乎很快就被对方发现了。雪地上的印痕表明，就在山狮伺机跳起来进行扑杀的时候，那只领头羊用后腿站立起来，从一边移到另一边，试图躲避。显然，这样的行动让山狮犹豫是否要跳起来——一般说，除非它能突袭或者能让对方处于一种不利的状况，它才能进行有效的扑杀。于是，它沿着那一排羊慢慢退回去，很可能还面临着那些羊用来防御的犄角。但最终，它心有不甘，还是跳了起来。

但是，这样仓促的进攻让它后悔了，很可能在接下来的几分钟和好几天，它都希望自己今后再也不要这样干了——正当它扑起来进攻的时候，一只羊用后腿站立起来，奋不顾身地用犄角狠狠地撞击了它。但是，这样的攻击足以让那只羊翻倒，因此它就压着那只山狮倒了下去。

这次攻击，将那一排羊分隔成了两部分。雪地上的鲜血和毛发表明，那只山狮进行了疯狂地抓挠和撕咬，然而它自己也被羊群粗暴地控制住了：那些羊群起而攻之，抵撞它、践踏它，在它身上滚动，因此很可能山狮的肋骨折断了好几根，当它最终逃脱围攻的时候，只在雪地上留下了3行足迹，显然，它的左前腿受了重伤，不听使唤了。

但不幸的是，就在这场搏斗进行的时候，另一只山狮却悄悄出现在羊群后面。显然，羊群后面的那只羊是母羊，它闻到了山狮的气味，却没有退缩，而是勇敢地挺身而出，去截击那只不期而至的山狮。那只母羊离开了小径，在浅浅的积雪上前进，然后，正当它在更深的积雪中滚动前行之际，那只山狮就一跃而起，猛然扑到它的身上。

这场搏斗猛烈而短暂。尽管那只山狮的力量让母羊陷入积雪之中，但它还是迅速地站了起来。紧接着，那只山狮采取了疲劳战术，好几次朝它进行扑击，不过那只母羊以牙还牙，对山狮发起冲击,但都被山狮轻而易举地避开了。山狮不断调整位置,寻找战机。终于,山狮瞅准空当,扑到了母羊身上,将它朝一侧撞翻,还死死咬住它的喉咙。它将那只母羊拖到几米开外的一块露出地面的岩石上,在那里,它大快朵颐,填饱了肚子,才心满意足地原路返回。

一个疾风扫掠的大空间就位于羊群前面大约 1.6 公里之处。然而,对于任何没有雪鞋或者像山狮那样拥有宽大、柔软的脚掌的大型动物,其间的积雪障碍似乎根本无法通过。这个冬天的降雪量远比往年都要多,严重阻碍了动物们行进的路径。在那个空间里,有大片的草丛。足以让很多在高处漫游的羊啃食上一千次,但这些草丛却被深深地掩埋在积雪下面。

通常,山羊会从一个地方漫游到另一个地方。一般来说,这些羊可以不费多大的劲儿,仅仅在一个小时之内就可以前往另一片草地。然而在这个冬天,深深的积雪成了行路的障碍,使得这样的运动几乎成为不可能。

我频频举起望远镜,仔细地观察这群山羊,观察它们在积雪中不断努力前行。很多时候,我都跟它们平行前进,为了不去打扰它们,我跟它们保持着大约 90~270 米的距离。与此同时,我还随时观察风向,我相信它们不会嗅到我的气味。

在细削的尖塔般耸立的边缘上,它们攀登了一段距离,仿佛无法横越过去。它们在浅雪上滚动,在穿过深雪地段的时候则努力挣扎。

一只羊严重受伤,身陷囹圄

正如雪地上的记录所表明的那样,它们再一次遭到了山狮的攻击。在那天夜里,其中一只山羊严重受伤,掉进了大圆石之间的深雪之中,它挣扎了一阵,才用前蹄攀住一块大圆石的顶尖,自己爬上去,然后躺下来休息,周围的雪地上洒着斑斑血迹。

荒野中,一只警戒的动物很快就会发现自己潜在的猎物遇到了麻烦。如果还在收获的河狸赶上一场早来的降雪,那么灰狼和山狮很快就会发现积雪妨碍了河狸的行动,这些捕猎者就会埋伏在池塘附近,伺机捕捉猎物。而在高处,情况则是这样的:这些山狮发现深雪妨碍了羊群的行动,便日复一日地追踪,严密监视着对方,伺机捉住并猎杀其中的一只。

这些羊正在越过一片由大圆石构成的冰碛,它们相互之间保持着充分的距离,每一只羊都轻而易举地从一块大圆石上跳到另一块上面——那上面的积雪早已被疾风清扫干净了,不会碍事。有几只羊跳到侧边的大圆石上,转身看着那只因为受伤而掉下去的羊。那只领头的老公羊没有回头,却在前面担任哨兵,它很可能计划了接下来的推进线路。现在那两只羊羔变得焦躁不安,双双跳到前面两只羊的背上,站在上面天真地朝这边看看,又朝那边看看,对于羊群所面临的危险还全然不知。当整个羊群继续前进,它们就从两只羊的背上跳下来。羊群中,再也没有哪只羊回头去看那只严重受伤的羊了。

正如它们的行动后来所显示的那样，它们动身朝着高原的边缘进发。抵达边缘的路程大约有 300 多米。然而这段路程上的大部分路段，横亘着两片深深的雪原。要是积雪被踩实了，就可以支撑这些羊，那么它们就会在一分钟之内完成穿越。

在穿越这 300 来米路程的过程中，它们肯定行进了 3.2 公里。为了避开大部分深雪，它们不得不呈"Z"字形前进，在锋利的岩石背脊和大圆石顶端行走。正值下午，14 只羊伫立在那片高原的边缘上，边缘下面是一道陡峭的悬崖，在一两百米深的崖底下面，就是一道峡谷。

这片高高的白色台地伸展到很多公里之外，其宽度大约为 0.8~2.4 公里。尽管相对平坦，其最高处也混杂着冲沟、山岭、悬崖和岩石尖顶。这些地形将相对平坦的山坡和白雪皑皑、长满草丛的草甸分隔开来。

在这些高处，大部分日子都很平静，白天阳光明媚，夜晚也并非极度寒冷，天空缀满星星。偶尔，一只鹰的影子在雪地上滑过，或者一只小小的鼠兔在靠近巢穴的岩石上面叫唤，或者一群白色的岩雷鸟（ptarmigan）悄悄地四处走动，发出咯咯的叫声展翅飞走。

自从离开那只受伤的羊，这群羊当中的一个成员就退出了队伍。由于我在大部分时间都看不见它们，因此我不知道那只羊究竟是在哪里或怎么失踪的。但是经过盘点，我确实发现少了一只羊。至于那只受伤的羊，我对它投去最后一眼，结果令人并不愉快：

它那骄傲的头颅搁放在那块大圆石上,它的末日临近了——就在我观察的时候,一只山狮一路嗅闻着跟了过来。

行进中,整个羊群差点坠进深渊

从这群羊一路走过的那道峡谷的边缘,前往那片可能存在的牧草地,依然还有将近1.6公里的路程。然而这条边缘延伸不到一箭之遥,很可能被用来作为一条前进的路线。那些有积雪下陷的路段,尽管大部分都很安全,但所能提供的立足点少之又少;其他路段上的积雪之深,则令羊群岌岌可危,大片积雪随时都可能崩塌下来,滑过悬崖而冲到下面的深渊之中。这些羊鱼贯而行,相互间隔着一定的距离,速度很慢。

如果它们抵达这片新的草地,那么它们行走将接近32公里,这还不算在崎岖的地面上上下下的一两百米落差。通往这片新的草地的捷径,距离老路大约仅仅1.6公里而已。

在峡谷边缘的出发点那边大约400来米之处,一道白雪覆盖的浑圆山岭升起来,挡住了前行的道路。这些羊在半个小时内就走完了这400来米,没有发生意外。但是,如果它们试图攀登那道山岭,那么就会再度陷入深雪,会吃力地行进很多个小时。

它们在从积雪中暴露出来的岩石上轻松地前行。在距离那道白雪皑皑的山岭一箭之遥的范围内,那只领头羊毫不犹豫地一跃而下,消失在峡谷之中。片刻之后,其他的羊也紧随其后,一只接一只井然有序地跟着跳下去，消失在我的视线之外。显然，它们以前到过这里，熟悉这里的地形，因此才会如此果敢。它们很可能知道自己在哪里，也熟悉下面的路和可以绕过障碍物的路。我穿着雪鞋匆匆前往那里，去看看它们是否会从下面的峡谷中爬上来，前往山岭更远的一边。

当我抵达一个高处，两只羊已经出现在峰顶上了。它们下降了大约30米，然后在覆盖着冰层的狭窄的突岩上面再次向上攀登。这一切都是在几分钟之内完成的。毫无疑问，那只领头羊以前在这条小径上走过，非常熟悉地形。

在峡谷的边缘，一道锋利的山岭突然中断了，这些羊甚至没有尝试去攀登那道山岭。其间的空间和陡峭的边沿都填满了积雪。但是，正当这些羊穿过这里并努力向前推进的时候，整个羊群突然滑坠了下去，大片的积雪将所有的羊带往边缘，一只羊羔和一只成年羊滑到了边缘上，几乎就要掉下去。随着扬起的雪尘渐渐散开，我能看见那两只羊在边缘上奋力挣扎，命悬一线。所幸，经过一番挣扎，那两只羊最终都爬了上来。

我动身返回我所寄宿的矿工小木屋，却流连在那片杂草丛生的牧草地的另一边，流连在那里的一个雪堆上面，查看这些羊是否可能在那天夜里及时到达，还想知道它们是否能应对所有这些艰难困苦。

它们在积雪中度过了三天两夜，一路拼搏前进。整个行进过程几乎是在不断地做出努力，几乎没有食物——它们从一开始就已经处于半饥饿状态。我对这群羊投去最后的一眼，看见剩下的12只羊呈单行纵队前行在悬崖的边缘，漠然地俯视着下面的深渊。

正当我等待之际，就在它们前往的牧草地上，在那些积雪障碍物上的岩石中间，却不料出现了一只山狮的身影，而那里正是我期盼这些羊会出现的地方。那只山狮无疑在埋伏以待，看来羊群凶多吉少。天色几乎黑了下来，我正打算动身，却在那疾风扫掠的草地低矮区域隐约地瞥见了这些羊的身影。它们正在迈步进入开阔地，身形憔悴。11只羊快速行进，那两只小小的羊羔一路欢跳，走在前面领路。

第7章 羚羊母子被困记

Cornered in the Cactus

平原上，一只雌羚羊留下幼仔，独自前往水坑饮水，却不料两只丛林狼在附近现身，开始搜寻幼羚羊。而幼羚羊则静静地躺在草丛中纹丝不动，跟地表的颜色融为一体，逃脱了敌人的搜寻。不久，随后出现的4只丛林狼，似乎预示了羚羊母子面临着重大危险——它们要对羚羊母子进行合围。不过雌羚羊奋起反抗，重伤了一只丛林狼，但进攻者依然穷追不舍，追使羚羊母子一路奔逃，最终逃进一个安全岛——一大片仙人掌丛，密集的刺藜让进攻者望而却步。在试探性进攻中，另一只丛林狼被雌羚羊狠狠踢翻到仙人掌上……但是，丛林狼并没有退走，它们采取疲劳战术将羚羊母子团团围住。由于没有食物和饮水，羚羊无法跟对手长期对峙和周旋下去，情况万分危急……

雌羚羊留下幼仔，独自前往水坑饮水

一只羚羊母亲来到平原那低矮、遥远的地平线上。我透过望远镜观察它的影子朝我急速奔来。随着一次轻盈的跳跃，它就来到了水坑边，而我就坐在那里的一棵孤零零的三角叶杨（cottonwood）下面。当它饮着浑黄的水、赶走一些苍蝇的时候，它的习性给了我这样的暗示：它就是我在营地附近多次看见的那只羚羊。接下来，它那只有狭长裂缝的左耳也给予了有力证明。

我的营地位于北边，越过平原步行一小时即可到达。那只羚羊母亲在南边七八公里处的地平线上，渐渐进入了视野。显然，它正在试图躲避丛林狼的追踪，在阳光明媚的大草原上，把它那四腿还颤颤巍巍的孪生幼仔隐藏在某处。我起身返回营地，而它留在水坑边继续饮水。

对于丛林狼而言，这是一个捕猎羚羊及其幼仔的最好季节。在6月的头两周，狡猾的丛林狼搜出那些可怜无助的幼羚羊——因为它们的母亲为了吃草或饮水而外出，将它们独自留了下来，如此一来，丛林狼就找到了下手的大好机会。

幸运的是，幼羚羊尚未成熟，身上的臭腺尚未发育完全，因此不会散发出气味暴露自己的行踪。而且，当它们躺下来，它们身上呈现的那种伪装色就跟平原表面的颜色无形地融为一体，很难察觉。因此，尽管丛林狼拥有敏锐而高效的鼻子和眼睛，却也难以发现它们。

一只丛林狼第二次经过我的营地，显然是在搜寻幼羚羊。于是，我动身越过无树的路段去追踪那家伙，看看它究竟怎样进行搜寻。它和它的伴侣四处游荡，呈"Z"字形前进，一路嗅闻、四处观察。最终，我看见了那棵灰白色的三角叶杨，它孤零零地生长在那个微光闪烁的小水坑边。而那只雌羚羊正在离开水坑，沿着它前往水坑的路线原路返回。

大约在1.6公里之遥，那两只丛林狼就从一道山岭后面走出来，并悠闲地坐下，用鼻子朝着在南边的地平线上撤退的那只雌羚羊留下的气味嗅闻。过了一阵子，它们就离开了，朝着西南方向前进，但不时隐藏起来进行窥探，观察那只雌羚羊或其他羚羊。

很多种类的动物都身披色彩柔和的外衣，或利用天然伪装的外衣，从而隐藏自己的身形。然而，成熟的羚羊身上则具有显眼的色彩——主要是对同类显露。它生活在辽阔的空间里，因此它就可以眼观八方，但同时也被四面八方的眼睛所看见。一旦敌人在远处出现，它就用自己的白色臀部向同类发出危险来临的报警信号。

要在辽阔、平坦和无树的平原上生活，就需要很好的远程视力。羚羊似乎拥有超远程的视觉能力：即使在很远的距离之外，它们也能看见紧贴在地面的小物体。我不知道鹰眼有多锐利，我见过秃鹰从极高的空中探测腐尸，并准确定位，然后飞落到腐尸旁边饱享。但即便如此，羚羊的视觉能力也令我惊讶不已。

有一次，我躺在一个野牛打滚的浅坑里，用望远镜观察远处的一些羚羊。就在我趴着观察的时候，不小心把脚跟扬了起来，结果导致两只羚羊立即朝着我脚跟所在之处频频观望。我再次把脚跟扬起，尽管脚跟只比我的脚略高一点点，也可能只露出那个坑的边缘一点，但那两只羚羊表现出来的姿态和行动告诉我，它们看见了我的脚跟。

然而，羚羊拥有无数的臭腺和一个灵敏的鼻子。它的鼻子能在夜间发挥作用，而且在那些被遮住了天际线的崎岖地区十分管用，能探测周边的各种信息。

在羚羊穿越平原的时候，它就会不可避免地一路留下气味的踪迹，通过这种踪迹，羚羊可以表达不止一种意思。这些气味十分微妙，且久久徘徊不去，述说了恐惧、青春、年龄，当然还有其他的信息片段，而下一只来到现场的羚羊也许就会了解，甚至需要了解这些信息片段。

而且，羚羊的身形十分轻盈，适合于高速奔跑，而疾奔成为这种动物逃避大多数敌人的主要手段，其速度令许多掠食者望尘莫及。

幼羚羊躺在草丛中，敌人难以察觉

第二天早晨，我从营地通过望远镜观察，试图找到那只雌羚羊及其两只幼仔。在雌羚羊前往水坑饮水之前，它就让两只幼仔静静地躺在草丛中，一动不动。如此一来，它们就消失在平原的表面，完全融入大草原，肉眼难以发现。一只幼仔躺在一丛灌木蒿（sage）旁边。我本来准确地定位了那个地点，可是走近一看，却什么也没发现。我的眼睛在地表上仔细搜寻了好几次，才将它那跳动的小小的身躯从了无生趣的多沙地面分辨出来。后来，另一只雌羚羊一路走来，在距离幼羚羊不远之处伫立了好一阵子，也没能探测到它的存在。一只丛林狼漫步而来，在这只幼羚羊的旁边呈"Z"字形经过，却始终也没能看见它。

不久，一只草地鹨（meadow lark）漫游到附近来寻找蚱蜢，却看见了它，被吓了一跳。那只鸟儿身着具有贵族气质的金黄色防护外衣，从灌木蒿顶端发出银铃般的音符，那些清脆的声音，越过大草原那散发着芳香的绿意四处回荡。那只鸟儿跳下来，歇落在幼羚羊那一动不动的温暖的身体上，这使得幼羚羊吃惊地跳到一边，扭头好奇地寻找那突然落到自己身上的东西。

一只长腿大野兔（jack rabbit）从一道沟壑中现身，蹲坐在幼羚羊附近，竟然也没有看见它，但两只幼羚羊都看见了那只野兔。那一天晚些时候，雌羚羊从水坑饮水归来，在靠近两只幼羚羊的不远处吃草。当母亲靠近的时候，两只幼羚羊就站起身来。像是那种从匣子中跳出来的玩偶一样，那只大野兔受到惊吓，一下子就跳起来逃走了，仿佛遭到了丛林狼的追逐。

一整天，我都远离营地，在大草原上步行着兜圈子。漫游中，我遇到了9只不同的雌羚羊，还看见其中有3只都带着幼仔。

一般来说，一旦幼羚羊能够快速奔跑，几只雌羚羊就会和孩子联合起来，在一起度过日日夜夜。而这只雌羚羊在自己的孩子能够使用四腿跑动的两周里，为什么还会远离其他雌羚羊和羚羊群体，这还是一个谜。其实在这段时间里，它常常需要其他雌羚羊的帮助，以此来保护幼仔，甚至保护它自己。

一天下午，正当我伫立在那两只幼羚羊附近，另一只雌羚羊就带着一只幼仔从沟壑里面出现。它气喘吁吁，惊魂未定，不断扭头回望，仿佛刚刚才逃脱了丛林狼或其他敌人的追逐。当它站立回望，一度有一蓬巨大的风滚草从远处渐渐滚近，它神经质地跃开。在走上沟壑的过程中，它迈步跨过了我正在观察的那两只隐藏的幼羚羊当中的一只，却没有迹象表明它看见了那只幼羚羊。很可能它确实没有看见，也许看见了——羚羊不表明自己看见了隐藏的同类，可能是它们良好的礼节，或者是其"安全第一"的本能中的一部分。

就在天色暗下来之前，那只雌羚羊带着幼羚羊走上一道低矮的断崖去过夜。也许在那上面，它几乎可能居高临下，同时看见、听见和闻到来自四面八方的各种动静和信息，可以探测和预见敌人发动的突袭。

第二天早晨，当那只雌羚羊在背风面吃草的时候，一只丛林狼从沟壑下面偷偷钻了出来。不久，又一只丛林狼接踵而至。而那只雌羚羊，一边用一只眼睛瞟着丛林狼，一边继续吃草，却没有尝试靠近并保护自己的孩子。

然而，就在下午，当它跟孩子还有一段距离的时候，它突然扬起脑袋，迅速看了一眼，就一路朝孩子们疾奔过去。原来，就在近 400 米之遥的地方，一只体型硕大的金鹰（golden eagle）在低处盘旋。这可是个极大的危险，因为鹰常常会捕食非常幼小的羚羊。

接近傍晚，一阵微风吹动一些风滚草，推着它们越过大草原而跳跃前进。两蓬风滚草纠缠在一起，缓慢地翻倒，又越过那两只幼羚羊后继续滚动。可是，幼羚羊依然一动不动地躺在地面上。

4 只丛林狼出现，对羚羊母子进行合围

3 天之后，我看见那只雌羚羊及其两只幼仔正在越过大草原。幼羚羊欢快地跳跃，最后，它们那轻盈而迅疾的四条腿开始加速，此时，它们再也不会低伏在地面上，通过躲避掠食者的视线来寻求庇护了。它们很快就会显露出容易暴露的色彩，释放出泄露踪

迹的气味。然后，它们的安全会依赖于奔跑的速度和求生的策略，以便在危机四伏的平原上生存下来。

突然，那只雌羚羊向前疾驰，两只幼羚羊则紧张地伫立着观察母亲。只见它跃到空中，四蹄以一个切削的角度落下来——随着迅速地回旋，它高高地跃起，收拢四蹄落下。这次行动发生在一棵竖立的丝兰（yucca）植物旁边。接着，两只幼羚羊走上前去——接近母亲的地方。母亲正盯着并嗅闻草丛上的某种东西。然后，它们也垂下鼻子嗅闻。原来雌羚羊踩死了一条潜伏的响尾蛇（rattlesnake）。从这只雌羚羊攻击的凶猛程度来看，显然响尾蛇也是羚羊的大敌之一，这类爬行动物有时也会攻击或试图攻击羚羊。

接着，羚羊母子朝着东边缓缓走去，汇入了另外两只雌羚羊及其幼仔。这是6月一个极好的日子，平坦的平原犹如大海一样延展，伸向远方。在这些羚羊以东两三公里处，还有另一群羚羊，那些羚羊的白色臀部几乎在阳光下闪耀。离它们更远的东边，仿佛在一二十公里之外，还有其他一些羚羊。而在东北方，我透过望远镜看见了两个移动的小点越来越近，渐渐变成了一只雌羚羊和一只紧随其后的幼羚羊，它们处于遥远的地平线上。

在6月下旬，幼羚羊在满眼都是绿色青草地和色彩缤纷的花朵的日子里成天嬉戏。它们单独或成群地疾驰、蹦跳，就像母亲跃起来踩死响尾蛇那样高高跃起，或朝着侧边跳跃，或回旋跳跃，当四蹄处于空中之际就扭曲身子。雌羚羊有时会加入它们的嬉戏。后来，当雄羚羊聚集并形成羚羊大群体的时候，一只成年的雄羚羊还常常会跟一些幼羚羊嬉戏好几个小时。

不过，当我下一次看见那只雌羚羊在我的小木屋周围漫游的时候，却只看见仅有一只幼羚羊跟着它。我无法猜测另一只幼羚羊究竟发生了什么悲剧。当时我并没看见鹰隼的身影，也没听见丛林狼的嚎叫声。

雌羚羊和那只仅存的幼仔迅速跑过去，但速度并不快，可能那是幼仔所能承受的速度。那只雌羚羊两次回过头来观望，然后继续朝着东边跑去。在遥远的南边，4只丛林狼进入了我的视野，它们一路绕着圈子而行，分散在不同的地方，仿佛要前去包围那只雌羚羊。

就在靠近雌羚羊的地方，一阵旋风扫过大草原，4蓬风滚草朝着羚羊母子呈单行纵队滚来，高高地弹跳而起，翻倒，又向前急奔，仿佛在进行战斗。

我赶紧抓起望远镜，匆匆前往附近的一个更高处观察。看得出来，那些丛林狼正在对羚羊母子进行合围。在前行的过程中，最近的那只丛林狼惊起了一只长腿大野兔，那野兔越过大草原拼命奔跑，但丛林狼并没有追击。紧接着，所有4只丛林狼都围了过来，但它们距离我太远，因此我看不见究竟发生了什么，然而我瞥见了躲避的丛林狼，偶尔还瞥见那只雌羚羊跳跃、用前腿踢蹬的动作。那4只丛林狼一次又一次同时发起攻击。很显然，它们试图抓住幼羚羊。不久之后，这场搏斗就渐渐松弛了下来，那只雌羚羊肯定突破了丛林狼的重围，再度带着幼仔朝东边进发。我想不起在那个方向有什么它可以前往的安全之处，但是它的脑海里肯定有一个明确的地方，那里能为自己提供庇护。而这些狐狸一般聪明的丛林狼也非常熟悉这个地区，且狡猾多端，但似乎并没有怀疑雌羚羊的打算，我看不见这些家伙有去截断雌羚羊前进路线的意图。

羚羊逃进仙人掌丛，丛林狼不敢冒进

但是，丛林狼并没有放弃，它们继续追逐猎物。接下来，在又一场混战中，双方你来我往，致使我的目光无法捕捉到具体细节。紧接着，那只雌羚羊显然奋起反抗，用前蹄踢中了一只追逐的丛林狼。3只丛林狼闻了闻那只受伤的同伴，就继续追逐雌羚羊。那只雌羚羊依然精力旺盛，让幼仔躲在身后，转身迎击追逐者。它先是攻击其中的一只丛林狼，并发起冲锋，阻止了其他丛林狼前进的路线，然后趁机带着幼仔溜走了，一路全速奔跑，直到再次被追逐者赶上。

我急忙奔向更近的一个有利地点进行观察。就在前面不远处，那只幼羚羊被一圈新月形的丝兰所保护起来，雌羚羊则从前面击退了那3只进犯的丛林狼——雌羚羊的体型修长，动作十分轻快、敏捷，它跳跃得又高又远，用前蹄踢踹。它还避开了一只跳起来直扑自己喉咙的丛林狼，接着就飞快地奔向一只正要冲到幼羚羊身上的丛林狼。在将这些进攻者全都击退之后，雌羚羊又带着幼仔迅速冲向附近的一块浅色土地。

一只丛林狼见状，便猛然冲过去要拦截它，可是已经太迟了。羚羊母子停了下来，面对追逐者。一只丛林狼缓步来到距离它大约6米的范围内，静静地伫立着，其他丛林狼则从对面靠过来，也伫立着。随后，这些家伙开始慢慢绕着它转悠，距离都保持在6~9米左右。我无法辨别出是什么使它们没有靠近，即便是透过望远镜，也无法看清究竟是什么东西阻挡了这些进攻者。现在，那只雌羚羊仿佛跳进了一个玻璃围栏，让进攻者无可奈何。那只被踢跛的丛林狼则停留在距离雌羚羊9~12米开外的地方，坐下来一边休息，一边观战。

原来，在大平原上，这只羚羊找到了一个低矮的安全岛。我隐藏着身子，隐藏着气味，悄悄爬上一条干涸的冲沟，接近那些追逐者和被追逐者。

在一个仙人掌成簇的大空间里面，那只身材苗条的雌羚羊伫立着，幼羚羊就紧靠在它的身边，丛林狼不敢贸然靠近。尽管如此，现在的情况更为不妙了：包围它的丛林狼不再是以前的4只，而是6只！那只被踢跛的丛林狼在附近蹒跚，左前腿无助地悬吊着，无法落地；另外两只丛林狼就像狗一样坐着，越过无数竖起的、覆盖着针一般的刺藜的仙人掌肉垫，观看那快要到手的猎物。

就在一片刺藜丛生的开阔地里，雌羚羊和幼羚羊伫立着，一只咆哮的丛林狼逐渐逼近，到达距离它仅有一两米的地方进行恫吓，试图让雌羚羊或幼羚羊从这个安全之地惊跑出来，从而将其猎杀。那只雌羚羊观察到进攻者准备好跳起扑过来，但那家伙又立即改变了主意，因为附近根本没有落脚之处，到处都布满了扁平的仙人掌圆裂片，上面竖立着无数刺藜。如果这只丛林狼跳起来落到雌羚羊身上，那么它肯定就会被甩下来，而地面上竖立着的成千上万枚针刺，会把它扎得浑身都是针眼。

在这个安全岛里面，羚羊具有一定的优势：它有着修长的腿、坚硬的蹄，使刺藜无法刺穿；它能安全地踏进一片片刺藜之间的细小空隙，即便是踩踏在长满刺藜的仙人掌圆裂片上，也安全无事。而丛林狼的腿很短，脚很大，会轻而易举地被刺藜刺穿，因此它们自然就不敢跟着羚羊深入这片长满刺藜、如今开着美丽的红花的岛状地带。

没有食物和饮水，羚羊岌岌可危

在羚羊和丛林狼后面的山坡上，有一个草原土拨鼠（prairie dog）镇子，一万只土拨鼠都伫立起来，或盯着看，或吠叫，或激动不安地四处奔涌，大声地发出抗议。尽管如此，这种关心和混乱根本未被那些追逐者和被追逐者注意到，它们专注地对峙着，寻找机会。

不久之后，另一只丛林狼终于按捺不住，开始采取行动，它一路小心翼翼地穿过大约30厘米深、布满刺藜的仙人掌圆裂片，朝羚羊挺进。这只丛林狼在仙人掌之间找到了一些细小的空隙，一步步大胆地推进，直至来到距离猎物仅有一两米的地方。然而，附近再也没有立足之处，它便尴尬地伫立着，而一块布满刺藜的仙人掌圆裂片已经触及了它的腹部，于是它想转过身去，却发现没有可以落脚的地方，处于进退不得的境地。它侧首回望，显然希望摆脱这片野性的凹地。然而就在此时，那只雌羚羊突然跃起来，装出要进攻它的样子，它便在惊慌之中盲目地一跳，结果落到了大片的刺藜上面。

这只丛林狼四处滚动、嚎叫，浑身扎满了刺藜，极度痛苦地咬着自己。最终，它平静了下来，试图用牙齿把好几十根断裂的刺藜从身侧、背上和3只脚上拔出来。

那只被踢跛了脚的丛林狼坐着，密切观察着同伴试图逼近雌羚羊的每一个新动作。丛林狼一次又一次慢慢围绕着那片刺藜地而转悠，起初是朝着一个方向，然后又朝着另一个方向，试图找到一个空隙，从那里突破障碍，推进到能够抓住雌羚羊的距离之内。偶尔，一只丛林狼会躺下或坐下来休息，然而始终有一只或几只丛林狼持续不断地活跃着。

面对这样的窘境，那只雌羚羊并没有惊慌，静静地伫立着，警惕着对方的每一个动作。一只丛林狼设法抓住了一棵仙人掌的根部，将其整个植株都连根拔起来扯掉了，这就让它能够前进到又一个靠近雌羚羊的空隙之中。那只雌羚羊朝侧边小心翼翼地走了几步，把脚放在一个小小的空隙里面，它那修长的腿把它的身体安全地支撑在竖起的刺藜之上，丝毫不受那些坚钉状的刺藜影响。

最接近雌羚羊的那只丛林狼，占据着自己那一小块地方，在雌羚羊假装要发动进攻的时候，它就咆哮起来。然后，另外两只丛林狼尝试采用诡计：它们四处移动之后，就站在长满刺藜的土地旁边，直接面对着雌羚羊，仿佛它们希望雌羚羊从那个地方跳出来。

然后，就在第一只丛林狼咆哮的时候，另一只丛林狼高高跃起，疯狂地咆哮着，向前跳跃，仿佛要去猎捕幼羚羊。它落到接近中心的那只丛林狼的背上。雌羚羊用后腿站起，仿佛要跳起来踢踹那两只丛林狼，那两个家伙见状，吓得赶紧跳回安全之处，远离刺藜。

临近夜晚，一场暴风雨突然从天而降，遮住了这个现场，让我看不见双方的争斗，于是我匆匆赶回营地，钻进睡袋呼呼酣睡。第二天一大早，我又赶回附近继续观察。这场斗争依然在进行。

不过，我发现4只丛林狼不见了，其中包括那只被踢跛了的丛林狼、那只被刺藜扎伤的丛林狼和另外两只丛林狼，它们或许是饮水去了。然而，还有两只丛林狼一直坚守在岗位，这表明丛林狼采用了它们惯用的诡计——疲劳战术，试图把雌羚羊累垮。

在进行捕猎的时候，大量的丛林狼经常会互相帮助，采取车轮战法，分程追逐并抓住羚羊，甚至是一些成年羚羊。然而，有时候它们并没付出如此极端的努力，就相对轻松地取得了胜利。在丛林狼的群体中，一两个成员会停留在一只雌羚羊及其孩子附近，通过不断威胁幼仔来阻止母亲吃草或前往水坑饮水。这是一种疲劳战术，可能需要两三天时间才能奏效，但是采取车轮战轮流看守猎物，则很容易取得成功。

中午之前，我看见两个黑色剪影出现在遥远的山岭上，然后又消失了，但片刻之后，两只丛林狼就从某个地方出现了。它们可能就是昨天追猎羚羊的丛林狼。它们刚一抵达现场，那两只坚守岗位的丛林狼便离开了，两只新来的丛林狼虚张声势，试图恫吓雌羚羊，却并没有奏效。

傍晚，我看见另外两只丛林狼正从西边接近。当它们靠近的时候，我才看清原来是那只被踢跛了的丛林狼和那只被刺藜严重扎伤的丛林狼。这两个家伙赶回来，显然是希望享用一场已经近在咫尺的盛宴。

然而，实际上在这两只丛林狼到达之前，另外两只丛林狼就出现在远处了。尽管这只雌羚羊选择了一个好地方来避开敌人，但由于没有食物和饮水，它就无法跟敌人长期对峙和周旋下去，眼下，它已经饥肠辘辘、疲惫不堪。

于是我从藏身之处出其不意地走出来，赶过去施以援手，轻松地赶走了那群丛林狼，结束了这场围困，把羚羊母子从困境中解救了出来。

第 8 章　像河狸一样热爱家园

Home Loving as a Beaver

一场持续好几周的干旱，严重影响了河狸的生存：水道几近干涸，使得它们无法运输并储存过冬的食物——山杨。它们面临选择：要么告别老家，迁居到水源更丰富的地方去生活；要么继续留在老家，但必须付出艰辛的劳作来扭转这一尴尬的局面。河狸们毅然选择了后者。它们开始秋收，着手清除浅浅的溪流中的障碍，将其转变为适于漂送木头的深水道。然而，一块大圆石阻塞了它们漂送的所有木材，就在它们转而采用陆路运输的时候，一只山狮潜入附近并发动突袭，迫使河狸们重新回到水中。于是，它们不得不采用另外的方式来突破那块大圆石的阻碍，运送过冬的食物……

持续干旱中，河狸聚居地的水源减少

古老的冰碛河狸聚居地（Moraine Colony）的河狸居民面临着一个运输问题。它们至少需要收割 300 棵山杨来作为冬天的食物储备。但不幸的是，由于它们以前过度收割，再加上最近发生的一场凋萎病夺走了附近每一棵可用树木的生命，致使附近的食物资源几近枯竭。如今，它们最可能用作食物的树丛路途较远，位于上游 400 来米处。在通常的情况下，对于它们而言，这 400 来米的运输路程几乎易如反掌。

然而，一场持续了好几周的干旱让溪流的水量大为减少，使其成了一条浅浅的小溪，水位如此之低，致使众多障碍物阻塞了水道。河狸们要把这种尴尬的局面转变成可以运输树木的深水道，无疑就要付出大量的辛勤劳动，仅仅在一个地方就会消耗河狸——

这些甚至堪称"我们的首席工程师"的技能。

就在那个山杨树丛下面，一个颓败的河狸聚居地的3道堤坝留了下来，横跨在溪流上。然后在其他地点，一堆拥挤的圆木、一个大型沙洲、一些柳树丛和一些较小的废物堆阻塞了水道。这些都还不算，最大的障碍物莫过于一个长约9米的狭窄地段，在那里，溪流已几近枯竭，消失在大圆石中间。只要浅浅的水流动，岩石就会对漂送木头形成有效的阻塞，严重妨碍河狸们把已经割倒的树木漂流下来。到那时，我还看不到河狸们采取什么有效的措施，让那些切割的山杨圆木突破那个障碍，进入自己的池塘之中。

距离这个河狸聚居地的主要池塘约450米处，还有一个可以收割的山杨丛，然而从那里到池塘之间，横亘着两道冰碛山岭。尽管在尝试远距离拖拽山杨这一方面，河狸们可能技巧娴熟，但毕竟收获时间已经延迟了很久，剩下的时间不多了，再加上重重的危险，这两个因素会妨碍它们的行动。因此，它们不得不做出选择：要么通过水路运输，将自己的收获物带到池塘；要么移居到另一个靠近那里的新家园。

我饶有兴致地观察着，想看看它们究竟会采取何种措施来解决这一难题。河狸对家园的热爱，会鼓励它们克服种种艰难困苦，跟迁移到别处并在那里建立新家园相比，克服如此大的困难进行运输，常常需要付出更多、更艰苦的劳动。对家园的热爱，可能产生了这样的特点和这样的表达方式——"像河狸一样劳动"。然而，"像河狸一样热爱家园"是更正确和更有价值的描述，且同样适用于人类。

河狸拥有一个永久性的家园。在这些河狸所栖居并热爱的冰碛河狸聚居地，以前就曾有好多代河狸生活过。这里肯定有传统的、受到尊崇的团体，它们相互有紧密的联系，这些因素年复一年地将它们团结在一起。它们用泥巴和树枝搭成粗糙的房子，这些房子在外观上跟很多原始人类的棚屋有着异曲同工之妙，被收拾得干干净净，还时常得到维修。这样的房子不断扩大。每当必要的时候，河狸们还会加高、加长原来修筑的堤坝。一个河狸聚居地就像人们建造的村落，能看到无数的附加物和改进之处，可是它极少被居民们放弃。很多年来，冰碛河狸聚居地拥有无数的河狸居民。有一年秋天，河狸们割倒了 700 多棵山杨，通过漂浮运输的方式而进入池塘，储存起来作为冬天的食物。

在这个河狸聚居地，点缀着 7 个池塘，它们组成了一个池塘群，形成一条自然的大道——弯曲的溪流和开阔的水道抵达这些池塘，罗林福克溪（Roaring Fork）穿过幽暗的松林，维持着这些溪流和水道。河狸建造的房子就坐落在中央的那个池塘里，十分庞大，直径约为 9 米，顶端生长的柳树过于茂盛，看上去密密麻麻，这座房子实际上已形成了一个被树林覆盖的小岛。周围的水域映照着朗斯峰幽暗的森林和白雪皑皑的峭壁，而在夏天，池畔鲜花盛开，姹紫嫣红，五彩缤纷，红色的飞鸟百合（wood lily）和蓝色的裂龙胆（blue gentian）时常可见，展现出一派优美的景色。

河狸克服困难，清除水道中的障碍

随着 9 月过半，聚居地的河狸还不曾为过冬做准备，然而对家园的热爱依然支配着它们，让它们不曾离开和放弃这里。也许，它们还在等待干旱结束，到那时，一条满盈的溪流会淙淙流淌，让罗林福克溪中的大多数障碍物都消失，那样就会使得运输工作相对简单了。

最后，在附近的其他河狸聚居地开始秋收和修理工作的一个月之后，这里的河狸才开始着手工作。它们懒懒地将堤坝升高了大约 10 厘米，然后从池塘底部清淤，用挖掘出来的泥巴覆盖自己的房子，使其增高了几厘米。然而，它们依然丝毫没有表现出要收割山杨、为过冬而储存食物的迹象。

9 月下旬，我才发现它们开始在上游收割山杨丛，准备将收获物通过水路运往池塘储存起来，不过这些工作才刚刚开始。工作中，它们忙碌地使用爪子、牙齿和尾巴。从现场显示的情况来判断，肯定有十几只或更多的河狸一直在孜孜不倦地工作。它们切割倒了一些直径 13～20 厘米、高度 4.5～6 米的山杨。由于长途运输的需要，这些山杨被切割成了 1.2～2.1 米长的小段，上面的一些粗枝也被咬断了，以便于运输。

然而干旱还在继续，河狸们被迫开始将溪流转变成深水道。它们先是咬倒一丛几乎充满了溪流水道的柳树，并将其抛掷到岸上。它们穿过那堆 1.2 米的圆木，切割出一个直径接近 40 厘米的洞孔。它们还对沙洲障碍物进行了从头到尾的开凿，并轻而易举地凿出了一条深达十几厘米的水道。在这条水道中，水流冲走了沉积物，因此充满了水。在一道旧堤坝中，它们还修建了一条60厘米长的通道。几年前，一个活跃的河狸群体就曾经快乐地生活在那里，不过一个带着钢夹和炸药的捕猎人的到来，摧毁了这个聚居地。那个人大肆猎杀当地的河狸，获取其皮毛。从那时到现在，很多年已经过去了，而当地的河狸居民所奉献的皮毛外衣，肯定早就被人类穿旧了。

河狸们的收割工作艰苦地推进着。在整个秋天的切割工作中，冰碛河狸聚居地的河狸苦恼于那些倒下的山杨——它们要么靠在大圆石上，要么跟枯死的针枞的粗枝纠缠起来。在这些山杨中，有两三棵是河狸从距离底部30~60厘米之处切割倒的。然而，为了把道路清理得畅通无阻，河狸们最终不得不割倒一棵挡道的针枞。

这些河狸的工作，虽然历尽了千辛万苦，却也说明了它们是通过合作来克服困难的。当它们需要完成任务的时候，它们的互助精神、对工作技能的熟练应用，就给予了它们很多闲暇时光——它们有一半时间在游荡。尽管如此，它们逐步构建起了不朽的杰作：沿着溪流改变了当地的地形，这些杰作会长存，并持续几个世纪。

在河狸们搬运这些冬天的食物之前，它们就事先清除了挡在那丛山杨和水道之间的所有枯木和倒下的粗枝。这段距离长达好几米，然后，它们将一些切割成一段段的绿色树木滚动和拖拽到溪流之中，开始将其顺流漂浮而下，运往池塘。在这样的搬运过程中，两三只河狸就像船工那样，在后面驱动木头前进，让其不断移动。但是，就在水道中的一丛柳树前面，这一段段木头遇到了严重的堵塞，无法沿着水道顺利抵达池塘。尽管我不知道究竟是哪只河狸下达了暂停运送木头的命令，之后再也没有木头从上游漂运下来，直到这些河狸清除障碍、突破困境，才又重新开始运送木头。我所看见的发生在河狸聚居地的这些行动和其他行动，使我相信：每一个河狸聚居地的活动都是在一个领导者的指导下进行的，但是我尚不能充分确定这一点，无法将其作为事实来陈述。

河狸们辛勤劳动，是因为热爱家园

在河狸们工作了 16 个夜晚之后，水道中的障碍被完全清除到了下面那块大圆石障碍前面。那个障碍物下面的溪流又窄又深，且一直通往河狸房子，能漂浮体积很大的木头。如果能突破那块大圆石的阻碍，对于它们如今正等着的收获物而言，就完全有了良好的水路运输途径。

连续好几天，我都从我的小木屋走向这个池塘，去看看河狸们是否已经把山杨储存起来当作冬天的食物。有一天，我在不经意间看见一根细枝从水中伸出来，上面飘动着 3 片金色的叶子。河狸们通过某种手段，将一根圆木弄过了那块大圆石。惊喜之余，我连忙赶往罗林福克溪，去查看究竟是怎么回事。原来在那里，两段木头堵塞在大圆石之间，其他木头则搁浅在岩石上，一堆小木头就那样放在岩石上面的水中。

第二天,我重返此处,发现河狸们将其中的一些木头弄过了大圆石。很显然,它们很是辛苦了一番,才将这些山杨从水里弄出来,沿着溪岸推动,并拽着它们绕过了岩石,再将其滚回溪流。不过我还发现,留在岸上的一根圆木上面有斑斑血迹,附近的草丛上还留有一簇褐色的皮毛,这就说明这里发生过一场战斗。那些足迹表明:正当河狸忙忙碌碌拖拽木头之际,一只山狮出现在附近,并发动突袭,当即捉住了其中一只河狸,将其猎杀。

山狮的这次劫掠以及运输的困难,都迫使河狸进一步改进水道。于是,切割树木和漂流木头的工作暂时停了下来,所有的河狸都前去参与劳动,竭力改造溪流,使之可以漂送木头。这个计划是要建造一条新的水道,绕过那个布满大圆石的地段。然而,这项工程的预备工作——在水道上游几米之处构筑一座堤坝,甚至比挖掘水渠所需要的工作量还要大。

幸运的是,附近有大量现成的材料可用。河狸们就利用溪流底部的石头、树枝和在现场切割的柳树完成了这一建筑。这道堤坝长约5.5米,除了中心部分,其他都高约60厘米,而堤坝中心高约1.5米,充满了水道的更深区域。

在北端,这道堤坝靠着一道陡峭的岸;在南端,堤坝通往泄水口。从这里开始,河狸们挖掘了新月形水渠,其长约18米、宽约45厘米、深约30厘米,形成了一条水道,完全避开了溪流中那个布满岩石、无法漂送木头的地段。在水道越过一个凹坑之处,两侧堆积起了大量夹杂着泥土的草皮，这样的努力，让水道中一直流水满盈。河狸们修建整个建筑——包括堤坝和水渠，耗时还不到8个夜晚。

在这个建筑投入使用的第八个夜晚，23段小木头就穿过水渠漂流而来。我发现有一根大木头卡在里面，但在第二天夜里便被搬走了。在那道长约5.5米的堤坝所形成的新水库中，有超过50段小木头四处漂浮，等待着轮番穿过水渠而漂浮下去。在上游，在河狸们收割的那丛山杨中，有几十段已经被切割的木头，还有一些倒下的山杨正被河狸们咬啮成合适的长度，以方便运输。几个夜晚之后，河狸们就把自己的收获物全部运了回家，运到了那座陈旧的岛状大房子附近。可食用4个月或更长时间的食物，统统被储存在池塘底部，确保过冬。

河狸就这样劳动，只有河狸才这样劳动，它们用尽智谋和独创性来克服重重障碍，还必须经历突发的危险，然而它们的一切努力和付出，都是为了留在自己的老家，是热爱家园的体现。因为共同的利益、目的和相互的努力，它们终于成功了，在冰碛河狸聚居地，这个团结的群体度过了又一个快活的冬天。

第 9 章　灰熊孤儿的故事

An Orphan Cub

一头雌性灰熊遭到猎人无情的射杀,留下了一个尚在依靠母亲的奶水而生活的遗孤。为了生存,这只可怜的孤儿幼熊东躲西藏,因经验不足,难以生存下来。在亡命的过程中,它还遭到了山狮无情的攻击,幸而它侥幸地逃脱了魔爪,漫无目的地流浪。但幸运的是,逃亡不久之后,它就偶然遇上了一个慈祥的母亲——另一头逃脱猎人射杀的母熊收养了它,并带着它暂时远离了危险。从此,这一家子便快乐地生活在一起,它们漫游、嬉戏、觅食、游泳,在广袤的荒野中度过了许多幸福的时日。然而,一个不听劝阻的猎人一意孤行,偷偷溜回到这一家子灰熊的活动场所,对着那只可怜的孤儿幼熊举起了猎枪……

母熊惨遭射杀,留下一个可怜的遗孤

一只灰熊幼仔成为孤儿已经3天了。在廷德尔山(Mount Tyndall)高坡上的树林中的一个湖畔,猎人们发动围攻并射杀了它的母亲和一个兄弟,不仅如此,一群猎熊犬还对这只幼熊穷追不舍,一直把它撵到了高山上。

我来到事发现场,希望找到并拯救这只成了孤儿的幼熊。从它留在湖泊周围泥淖中的足迹来看,它曾在那里吃过蚱蜢和其他被冲到岸上淹死的昆虫尸体。它很可能饿了很多个小时,饥肠辘辘。对于怎样找到食物,它几乎还一无所知,根本没有生存经验,因为通常来说,它还需要再吮吸母亲的奶水两个月。

它在亡命途中遭遇了险情。它的足迹和一只山狮的足迹述说了这样的经历:在位于湖泊中的两棵针枞树上,这只幼熊向外走到了湖面上，而就在那时，那只山狮从隐身处悄悄溜出来，对它发动了突袭，它要么是在慌乱中自己掉到了水里，要么是被山狮给撞翻到了水中，因此它蹲坐在树下的泥淖和浅水中。在两个地方，留在地面上的足迹和一棵树侧边的树皮上的毛发告诉我，那只山狮还一度站在水里，不断伸出爪子，试图抓住它。尽管它肯定浑身湿透，满身是泥，它还是成功逃脱了山狮的利爪。

我沿着足迹一路追踪它，来到位于湖泊上面的一场大型岩崩发生之处。靠近岩崩形成的一个洞口附近，我发现有干燥的泥巴糊在一些岩石上——看来它无疑钻进了那个洞，在进去之前，还在那里摩擦过身子。我选了一个可以观察那个洞口的地方坐下来，希望它能出现，但费了不少时间，也未能看见它的身影。

第二天早晨，当我再次来到那里，我既没看见幼熊的身影，也没看见它新留下的足迹。显然，它已经离开了这个岩崩石堆。但我并没放弃。如果我能在下面的树林中找到猎人射杀母熊的地方，我就很可能在那里找到这个孤儿留下的痕迹，还有可能找到它。一般来说，幼熊常常会逗留在母亲的尸体或被剥下的熊皮之处的附近，或者留在它最后一次看见母亲之处，嗅闻母亲的气味，四处寻找，流连很多天都迟迟不离开。

于是我前往湖泊的低岸，开始进入树林。很快，我就听到了一声低沉的呜咽，没错，就是那种声音，那是一只凄凉而孤独的幼熊发出的声音。当我观望四周，侧耳聆听之际，我就看见它在它的母亲倒下的那个地点，背靠一根圆木蹲坐着。我躲藏在它看不见也闻不到的地方,那样我就可以观察它几分钟。

从它的行为上来看,它尚不能决定自己要去干什么,也不知道去哪里。它偶尔发出抱怨似的哀诉,持续不断地朝四周观望。每当微风吹动树端,它都要抬头仰望,似乎显得惊魂未定。

在观察的过程中,我不料惊动了一只雪鞋兔(snowshoe rabbit),它迅速逃到那根圆木下面去躲避。野兔的突然出现,让这只幼熊吃了一惊。接着,它漫无目的地在一个小洞中挖掘了一阵,然后大口咀嚼附近的一棵接骨木树的叶片,好像饥饿不堪。

我开始一步步地朝着它迈进,动作很缓慢、悄无声息。它的样子很憔悴,看起来不幸、悲惨至极:皮毛又脏又乱,沾着无数的树皮碎片,仿佛它在夜里挤到那根圆木下面去躺了一阵。

就在它的目光落到我的身上的那一瞬,我就开始悄悄地对它说话,希望能让它平静下来,不至于受惊而逃走。然而,它用后腿伫立起来盯着我看了片刻,就转身逃走了。我冲过去,向右环绕湖泊朝它追去,但是它又匆匆左转,跑到一大堆岩崩碎石下面躲藏起来,始终不肯露面。

在那一天剩下的时间里,它再也没有出现。正如我在第二天所发现的那样,在那天夜里,它从一个新挖掘的洞口爬出来,绕着这个洞口流连良久,最终爬到这堆岩石的上部边缘。在那里,我丢失了它的踪迹。

这个岩崩堆上面的山坡没有树木。看起来,这只胆怯的幼熊仿佛并不会爬上去越过林木线,因为那上面无处可藏。不过,我还是前往那里搜寻了许久,四处都有鹿和山羊的足迹,还有猎人及其猎熊犬的足迹,可就是没有这只幼熊的一丝踪迹。

一头善良的母熊收留了孤儿幼熊

在我搜寻的第三天,我仔细检查了那堆岩崩石块以东那片没有树木的山坡,范围大约 1.6 公里或更远。那里有一些松软的地方,小溪流经的湿润边界上还有一些迟迟没有消融的残雪。在那些可以留下脚印的更松软之处,我都仔细地搜寻,不放过任何一个角落,却始终未能发现这只幼熊的脚印,只有两行大角羊新留下的足迹通往山坡上面。一路追踪这些足迹,我前行了一二百米,然后停下来四处观望。

就在远远的山坡上面,有一只幼熊留下的足迹。难道这就是那只从如此遥远的湖泊逃来的孤儿留下的?足迹的尺寸是正确的,但经过仔细查对,我发现那是一只残废的幼熊留下的——其左前腿肯定扭曲了。前一天,当那只孤儿幼熊逃离我的时候,它的步态和速度看起来都很正常,根本不像残疾的样子。于是我再往坡上面前行了几步,就发现了一头身材魁梧的灰熊留下的足迹,很可能就是那只跛足的幼熊的母亲留下的。

这些足迹很新,无疑是那天早晨的某个时候才留下的,位于林木线之上大约 400 米之处,沿着一条几乎跟林木线平行的路线前行。这可能把那头母熊和幼熊带到了那堆岩崩石块之上,而就在那里，那只四处逃逸的孤儿幼熊一度发现了安全的藏身之处。

这个孤儿需要母亲。当我沿着那头母熊和跛足的幼熊的足迹匆匆前行时，我感到困惑不解：当那对灰熊母子经过的时候，那个孤儿是否可能闻到了它们的气味，或者那对灰熊母子是否可能闻到了那个孤儿的气味，并进行探究？然而，我当时还不十分了解母熊的本性，害怕它因为护子而变得凶猛，因而不敢造次前往追踪。但是，我又害怕如果那头母熊发现了孤儿，可能会对其加以伤害——孤儿可能会逃离那头母熊，否则那头母熊就可能尝试杀害它。

那头母熊及其跛足孩子的足迹，无论我是在泥淖中还是在积雪上看见的，都显示出它们十分机警。后来的活动表明，那头母熊正在占有一个新的领地。在它所放弃的领地上，猎人们击伤了它的幼仔。现在，它所占有的地区本来属于这只孤儿幼熊的母亲——以前，那头业已死去的母熊会拼死抵抗所有入侵的灰熊，很多年来，它都在这片领地上成功地避开了猎人，把孩子抚养大。而现在，既然它已惨遭射杀，它曾经的领地便从此旁落了。

这头母熊及其跛足的孩子围绕着林木线之上的山峦继续前行。它频频停下来，踮起脚尖，显然是在嗅闻空气、观望四周和聆听动静。在一个地方，它还爬上了一道高高的悬崖，把跛足的孩子留在崖底。从顶部，它很可能是用了所有的感官来探测是否有猎人临近。当它在那堆崩塌的岩石之上经过时，它的足迹中没有什么迹象表明它闻到了那只孤儿幼熊的气味。然而，就在将近 400 来米的更远处,一个扣人心弦的故事醒目地写在积雪上。

那头母熊突然停了下来,立起身子,然后向前踱步,以便更好地观看某种东西——它自己看见或闻到那种东西就位于山坡下面。接着,它大步向前,走向一处它可以越过一堆岩石去观看的地方。而它那跛足的孩子,也站立起来向前移动,随后为了再次站起来朝山坡下面观望而后退。它朝母亲匆匆走出了几步,却在母亲下面几米远之处就停了下来。

这头母熊躺下来,静悄悄地面对着山下。显然,某种友好的,或者它并不害怕的东西正在走上来。接着,它就像狗一样坐着观察来者。

同时,那只跛足的幼熊匆匆跑下去。几次跳跃之后,它又停下片刻,接着缓慢而犹豫地继续前进了30多米。在雪地边缘,它的足迹跟另一只正在慢慢上行的幼熊的足迹相遇。

从下面上来的这只幼熊就是孤儿幼熊。雪地上的足迹是这样显示的:两只幼熊用鼻子嗅闻了对方一会儿,然后那只跛足的幼熊在前面领路,走向母亲,而这只孤儿幼熊则迈着踌躇不前的脚步,犹犹豫豫地跟在后面。

同时,那头母熊坐在那里,懒懒地观察着这只孤儿幼熊的来临和两只幼熊的相遇。那跛足的幼熊走向母亲,然而,那只孤儿幼熊则在一两米之外就停了下了,似乎有些害怕。那头母熊便走上前去,招呼孤儿幼熊,似乎在欢迎它的到来。显然它的态度非常友善,把孤儿幼熊当成了自己的孩子。然后,这3头熊便一起围绕山坡继续前行。

这只孤儿幼熊找到了一个母亲。

孤儿幼熊找到了一个善良的母亲

正如我们能够从那只跛足的幼熊的足迹中所辨明的那样，那头母熊后来带着两只幼熊游遍了周边地区。在我穿过它们活动的区域漫游期间，我时常看见它们活动之处，它们在那里或撕碎旧木头，或造访蓝莓（blueberry）地，或挖耗子享用，或涉渡沼泽……

有两次，它们远远地游历到它们辽阔的领地之外，还一度从山上下来，前往山麓小丘地区。那里距离它们的家园已经很远了，至少有32公里的路程。在另一次漫长的旅行中，它们旅行了大约24公里，攀登到林木线之上的高处，前往顶峰上的一片冰原，在冰原下端饱享大群大群被冻结在一起的蚱蜢。饱餐之后，它们并没有沿着原路返回，而是经由另一条不同的路线回到自己的领地。成长的幼熊渐渐熟悉了周边的乡野，也熟悉了它们每天都要嬉戏和进食的那片辽阔而崎岖的领域。

一天早晨，我在旅途中偶然遇到了这一家子灰熊，恰好看见母熊正在教幼熊游泳。灰熊和北极熊都是优秀的游泳健将，它们喜爱水，然而它们的幼仔却对水感到如此胆怯，以至于母熊常常会强迫它们下水学习游泳。游泳通常是它们的第一堂必修课。

这几头熊从岩石嶙峋而陡峭的山腰上下来，走向一片位于在林木线之下的湖泊。在靠近湖岸的一小块砂砾平地上，那头母熊停了下来，花了一个小时或更长时间来挖掘囊地鼠（gopher）、耗子或花栗鼠，也很可能是在挖掘所有这些食物。我当时的位置较远，没有靠得很近，因此无法辨出它究竟捕获了些什么食物，即便是用望远镜仔细搜索也没能看清。与此同时，幼熊们也在忙碌地挖掘，我不知道它们是否挖掘出了什么东西，但在三四个地方，它们以一种活跃的步调挖掘，高高堆起的泥土说明它们挖得很深。

然后，那头母熊便溜达到下面的湖泊中游动起来，在深水中四处拍动、溅起水花。一分钟之后，它就匆匆上了岸，看着幼熊，很可能下达了要它们下水的命令。两只幼熊踌躇不前，然而当母熊在靠近岸边的浅水中躺下，并再次朝它们观望的时候，它们便热切地冲上前去，一下子跳到母亲的背上。

母熊背着幼熊涉水走向深处，看来幼熊很是享受这样的骑行。我不知道母熊脑子里在想什么，它仿佛要开始游泳，背着孩子们渡过湖泊。仅仅在距离岸边八九米之处，它就抵达了深水区。突然，它转身面朝着岸边，身子往旁边一歪斜，就在水里翻滚起来，幼熊们一下子就掉进了水中。母熊根本不管幼熊在水中拍水、挣扎，独自上了岸。

随着一番努力、活跃的拍水，两只幼熊把小鼻子露出水面，朝着岸边游来，然而第一只幼熊到达岸边时，却被母亲毫不留情地推回到水中，撞到了紧随其后的另一只幼熊身上，两只幼熊都混乱不堪。

最终，它们还是并排着上了岸，停了几秒钟，我猜想是在气喘吁吁地做深呼吸。然后，两只幼熊坐了下来，用鼻子触及自己湿淋淋的皮毛，却又起身走了几步，来到阳光充足之处晒太阳。母熊跟在后面，用鼻子四处触碰幼熊的身子，接着又用爪子触碰，似乎在逗弄它们，但无疑是要把它们湿漉漉的身子弄干。同时，它们走到一丛树木后面，渐渐消失在视线之外。

是的，这只孤儿幼熊很幸运，找到了一个善良的母亲。

近距离观察这一家子灰熊

雌性灰熊是荒野中最伟大的野生动物母亲。它拥有敏锐的嗅觉和智慧的大脑，始终竭尽全力、绞尽脑汁让自己的孩子远离危险。其实，它本性并不凶猛，但是，一旦遭遇危险，它就会用技巧、耐力和勇气来保卫自己的孩子，因此它也常常因为保护孩子而丧命，却至死也不会遗弃它们。我还不知道有哪头母熊在面对毫无希望的命运时遗弃孩子的案例。通常，如果遭到突袭或射击，它和幼熊都会受伤，它会冲击猎人，除非有路可逃，它才会赶着孩子逃离。但如果被逼进无路可逃的绝境，无论是否遭到了射击，它都很可能会发起凶猛的攻击。

按照灰熊的最佳标准——为环境的需要而做好准备，它会竭力把幼熊养大。然后，它也热爱所有的幼仔，我从未听说过哪头母熊不会欢迎它所发现的任何成为孤儿的幼熊。在过去的那些岁月里，自从廷德尔山的母熊收养了那只孤儿幼熊以来，我就开始了解到了很多母熊具有的善良本性：爱达荷的一头母熊更是不辞辛劳，连续追踪，找到了其他母熊留下的3个孤儿，并收养了它们；另一只没有孩子的母熊则不惜长途跋涉，旅行到很远的地方，营救了一只并非己出的孤单幼熊。

我热切地希望再次看见这个灰熊家庭。在一次秋天的旅行中，我来到了这几头熊漫游的地区，途中偶然碰到了一个年轻猎人。我叙述了那头母熊对它所收养的那只孤儿幼熊所体现的母亲般的关爱。我告诉他说，在荒野旅行时从不开枪，也从不带枪。那个猎人听到这个故事之后，便流露出浓厚的兴趣，热切地希望去看看我告诉他的那些事情，于是我就同意他跟我一同前往，但绝不能开枪。

第一天早晨，我们早早就遇见了这一家子幸福的灰熊。我从猎人身边徐徐侧身移动，前去观察我对他提到过的那些熊，当时它们正置身于一片英国针枞（Engelmann spruce）林中的一小块空地上面。我们慢慢朝它们爬去。

那两只幼熊站在一根树桩上面玩耍，母熊的前爪则放在树桩上面，脑袋处于两只幼熊之间。偶尔，它用爪子一推或用鼻子一拱，就把其中一只幼熊从树桩上抛下来，而幼熊则似乎很高兴，会快快乐乐地重新爬上去，显然希望被母亲再次从上面抛下来。

然后，母熊把脑袋悄悄在幼熊之间搁放了一阵，偶尔咕哝着什么，仿佛在对它们谈话。同时，幼熊不时用小爪子摩擦母亲的脑袋、鼻子和面庞，还热切地看着母亲。

就在这些熊快乐地玩耍的时候，我听见身后突然传来"咔嗒"声，我及时转身，抓住了一支猎枪。原来那个猎人正要举起枪来射击。由于距离那几头熊很近，我没有发声斥责他，却用手指着他，用眼神命令他放下枪，于是他被迫将猎枪放在树边。然后，我们向前爬了一两米，靠得更近，躺在草丛上，越过一根最近才倒下的针枞窥探，而那棵树上绿色的枝条把我严严实实地遮蔽起来。

那头母熊离开了树桩顶上快乐玩耍的幼熊，没走几步就躺了下来。幼熊们则静静地坐着，密切地注视着母亲的每一个动作。就在母熊朝一侧翻滚的那一瞬，它们就从树桩上跳下来，朝着它疾奔而去，扑到它的身上嬉戏玩闹。那只残废的幼熊很活跃，但是它的左后腿却很僵直，行动有些笨拙不便。

不久，一只丛林狼就靠近了灰熊母子，然后坐下观看这一家子。它可能在其他时候也有机会观看幼熊和母熊嬉戏的场面，但即便如此，它以前也很可能从不曾得到允许来观看这样一种场面。那头母熊漠然地看了看丛林狼，似乎并没在意它的出现。

母熊营救被子弹击中的孤儿幼熊

一只飞过的喜鹊（magpie）在空中转身，歇落在一根树桩上，全神贯注地注视着嬉闹的幼熊。又一只喜鹊飞来，歇落在母熊的背上，发出一些奇异的音符，似乎是在表扬幼熊们的表演。

突然，母熊用后腿站立起来，不停地抽动鼻子嗅闻空气。它全神贯注地伫立着,把两只前爪抱在胸前。原来。一阵吹过的微风把我们的一丝气味传递给了它,让它立即警觉起来。

幼熊们看见母亲的姿势,便立即停止了游戏,一动不动地直立了一阵,用后腿站起来,聆听周边的动静,抽动鼻子嗅闻,朝四面八方的树林张望。我们实在是靠得太近了,以至于我们都能闻到这几头熊发出的气味。然而庆幸的是,微风很快就改变了方向,几乎从几头熊那边持续地吹向我们这边,如此一来,它们就再也闻不到我们的气味了。

母熊使用各种感官侦察了几分钟之后,便把前爪放下来落回地面,开始朝我们慢慢走来。那个猎人移动身子,好像要去拿枪,我对他摇了摇头。母熊走了几步便躺了下来,幼熊们在一瞬间就来到它的身边,两个小家伙想要吃奶,母熊把它们推到一边,它们又凑上前来,母熊便用掌轻轻拍打它们,但它们却依然坚持要吃奶。无奈之下,母熊只得站起来,慢慢走向林中空地更远的边缘,那里有一道小小的花岗岩悬崖,幼熊紧随其后。母熊在那里躺下来,饥饿的幼熊一拥而上,瞬间就吃到了温暖的奶水。母熊朝着一侧躺了一阵之后,就翻滚过来仰卧,四足朝天,敞开肚子,幼熊们还在忙碌地吃奶。

就在此时,一只松鼠穿过树木跑过来,发现了我和那个猎人,便停了下来,就在它要叽叽喳喳叫唤的时候,却看见了那几头熊,就暂时忘记了我们。我们很幸运没有暴露。要是它叽叽喳喳乱叫,母熊很可能会发现并探究它那叽叽喳喳叫的方式和原因。还好,那那只松鼠一动不动,一直注视着那几头熊,再也没有看我们一眼。

母熊起身,而肚子已经吃得浑圆的幼熊还不肯松口,母熊对着它们左右开弓地掌掴了一下,两个小家伙便意识到午餐结束了。母熊左顾右盼地张望了一会儿,走到悬崖边上摩擦自己的身侧,然后走开几步。幼熊们似乎玩累了,就躺在悬崖边打盹,母熊在它们身边躺下来。那只松鼠依然坐着,注视着它们。

那个猎人和我慢慢地爬回去,他拿起猎枪。我们走下山坡,停下来谈论这一家子熊。他很喜欢这样窥探熊的生活。但是,一个猎人并不会仅仅因为一次没有开枪就放弃永远捕猎。我相信,如果我没跟他在一起,他就会立即溜回去,朝着那几头幸福的熊开枪。我们分手之后,他开始返回自己的营地。

当我再次窥探那几头熊的时候,那只松鼠向前移动,靠近它们,悄悄地坐在一根低垂的粗枝上面,距离它们仅有一两米远。幼熊依然在呼呼大睡,母熊则懒洋洋地躺着,偶尔抬起头来四处张望、嗅闻、聆听。我穿过树林离开。

行不多远,我突然开始惶恐不安——因为那个猎人可能返回,射杀那几头熊。于是我立即停住脚步,逗留在附近,因为是否要去寻找那个猎人、看看他究竟有何举动而犹豫不决。

但是,就在我犹豫的时候,从那几头熊所在的方向,穿过树林传来了迅疾而震耳的枪声,然后是几秒钟的沉寂,没有一丝声响。我能隐约地听见有什么东西穿过树林奔跑,接着是某个物体朝我跑来的脚步声。

接下来，母熊就出现在我的视野中。在开始的一秒钟，我看见它独自出现，然后一只幼熊紧跟在后面。但只有一只幼熊。

尽管在疾奔，它的嘴里衔着一个硕大的物体。我猜想它衔着的是那只残废的幼熊。可是，就在它疾驰而过的时候，我才看清跟在后面的正是那只跛足的幼熊，而母熊嘴里衔着的幼熊则鲜血淋淋，遭到了重创——一条后腿悬晃着，应该是被子弹击中了。

它在营救那只孤儿幼熊。

第 10 章 追踪旅行的动物

Trailing Animal Travelers

旅行是很多动物的普通习性。它们时常会外出旅行，游历到几十公里甚至一两百公里之外的地方，其目的很简单：或寻找美食，或仅仅为了取乐，或探索周边环境——一旦森林大火、洪水或其他灾难把它们从家园中赶出来，它们就可以前往自己预先选定的避难地定居、生活。一头灰熊从朗斯峰附近漫游到格雷峰西坡，旅程超过了160公里；一群大角羊越过高高的群山旅行了好多天，途中穿越了另外3群大角羊的领地；一只山狮因为好奇心大发而悄悄尾随旅人，路程超过32公里；一只松鼠旅行到很远的地方，仿佛去赶赴一场约会；一只豪猪在烈火中钻进深深的巢穴而躲过一劫，然后毫不犹豫地朝着一个新的目的地前行……旅途中，河狸、水獭那样的动物旅行家即便长期生活在水中，也会在陆地上翻山越岭。

一头灰熊远离家园，漫游到格雷峰

有一年秋天，我越过北大陆分水岭，在高高的落基山上旅行超过 160 公里，前往格雷峰（Gray's Peak）的西坡，在那里度过了一些日子。而让我震惊的是，我到达那里之后看见的第一只动物，竟然是生活在我的小木屋附近的一个野生动物邻居！

当时我离开营地 5 分钟，突破一道密集生长的针枞树，就进入了一片边缘参差不齐的草甸，但猛然看见一头灰熊懒洋洋地坐在这片开阔地的对面，背靠在一棵孤零零的树上。

它的动作，它的习性，它的破耳朵，还有它那带着一点褐色色调的灰色皮毛外衣，无不暗示着它就是那头年迈的灰熊。它的家园就在我的小木屋附近的群山中，仅仅在一周之前，我还在距离我的家仅 800 米的地方见过它呢！

这头灰熊专注地观察着附近的什么东西——由于树丛的遮挡，我看不见它究竟在观察什么。于是我绕了一个圈子，凑近一看，才发现两只幼鹿在草甸上快乐地嬉戏：它们或单独或一起冲向母亲，对着那头雌鹿跳跃，然后又迅速地躲避，环绕母亲而行。其间，它们两度停下脚步，用后腿直立起来打斗。接下来，它们再度绕着母亲猛冲。它们还一度高高跃起，因为那头雌鹿在试图查看附近的障碍物时，对它们发出了警告。

那头灰熊如此饶有兴趣地观察着，以至于把全部注意力都转向了这些欢闹的幼鹿。我一直看到它目不转睛地盯着幼鹿，即便是在改变位置的时候，它的目光也没有移走片刻。那只雌鹿看见灰熊，却似乎对它的临近显得很漠然，没有流露出一丝惊慌。在这一家子鹿悄然走进树林之后，这头灰熊才慢慢离开，朝着另一个方向走去。

如果这头灰熊和我一样，选择同一个时间来探索这片远离家园的荒野，那么就是一个很有趣的巧合了。难道是我把它认错了？我的这位灰熊邻居，左前爪上的两个脚趾很早以前就缺失了。为了验证它的确切身份，我又溜达出去查看它的足迹——那些足迹清晰地印在一座大蚁冢上面。从留在柔软的蚁冢上的左前爪印痕来看，它的两个脚趾的确缺失了。无疑，这正是我的那个灰熊邻居。

这头灰熊曾经游历过。为了抵达这个地方，它越过了大陆分水岭，旅途中肯定跋山涉水，横越了无数深深的峡谷和高高的山岭，和我在同一周来到了同一个地区度假。

在过去的好几年，它都一直生活在我居所附近的区域，但每一年，它都要外出去做一些短途旅行，我认为它很少从自己的领地上走出160公里。

我想跟它开玩笑，便上前追踪它，以便查明它究竟在格雷峰地区干什么。但是地上没有积雪，因此要尾随这个活跃的家伙可有些难度，但对于我，这也无疑是个良好的锻炼机会。

两天以后，在距离我的营地好几公里之外的地方，我观察一些大角羊羊羔嬉戏。那头灰熊突然又来到现场，一看见羊羔，它就立即像狗一样坐下来观看。但过了一分钟，它又站了起来，嗅了嗅空气，然后继续往山坡上走去。

后来，我透过望远镜看见了它，它在远远的林木线之上，在一片古老的冰原上攀登。突然，它用后腿直立起来，闻了一阵，便开始朝北方进发，接着就迅速离开，转向南方。我无法查明究竟是什么东西让它受到了惊吓，也看不见有任何追逐而来的敌人，但它却一直保持高速行进，我所能看见的，就是它尽可能远远地逃遁。第二天，在下面的树林中我发现了它的足迹。

来到格雷峰地区的第五天，我看见了灰熊的足迹一路朝北方行进，仿佛要离开这个地区。要在没有积雪的地面上追踪它，异常艰难，因为干硬的地面很难留下它的足迹。半个小时之后，我就放弃了追踪，开始回家，好像那头灰熊也在回家。为了弄清楚它是否转身返回，我爬上了伯尔索德关口（Berthoud Pass）。在顶峰下面，我发现了它已经来过关口了，还在回家的路上。接着，我在詹姆斯峰（James Peak）上的一片冰原旁边又发现了它的足迹，然后在以北16公里处的奥杜邦山（Mount Audubon）上也发现了它的踪迹。

为获取美食，熊不辞辛劳地远游

每年秋天，生活在大陆分水岭附近的熊都要拜访冰原和陈旧的雪堆，去觅食积累在那里的蚱蜢和其他昆虫。这些昆虫在飞行中掉落到冰上，慢慢被冲走，被吹到山坡底部，成群成群地冻结起来，渐渐就积累在那里，成为熊所寻觅的美食。

多年以前，熊，尤其是灰熊，从远处和近处而来，寻找这些冻结的美食。一头灰熊曾经常常远游到 100 公里之外，去拜访一些冰原，接受大自然的恩赐。正如这头灰熊留在积雪中的足迹所显示的那样，它在那里大快朵颐了一番之后，才回到自己位于西坡的活动区域。

在离家大约 32 公里处，那头破耳朵灰熊的足迹进入了我前行的野生动物小径。从它留下的足迹来看，我判断它就走在我的前面，路程相距大约有一天。

足迹表明，它遇到了一些沿着小径走下来的大角羊。那些羊看见了它，便转身离开了小径几步，然后伫立在一片开阔地观看它通过。它可能扫视了那些羊一眼，然而它的足迹表明它一路匆匆而过，甚至一刻也不曾停留。

一头黑熊沿着小径走下来，前面更远一点，它就得到了灰熊到来的警报。当灰熊距离它还很遥远的时候，那黑熊就主动离开小径前往树林，在林中绕出了一段宽宽的弯路，等灰熊走过之后才回到小径上，继续前行。

这头黑熊的右前爪上的两个脚趾也缺失了。对于它们，缺失脚趾并非不同寻常的事情，然而我从格雷峰的山坡上走下来的时候，也看见过一头黑熊的足迹，其右前爪上的两个脚趾缺失了。仔细一检查，我发现这些足迹是同一头黑熊留下的。在格雷峰的小径旁边，这头黑熊距离自己生活的领地有超过80公里之遥。因此，这头黑熊似乎也喜欢漫游，远游到了自己的领地之外。

在继续回家的路上，我不时看见那头灰熊留下的足迹。它就走在我的前面。由于它很肥胖，又没有什么事情可干，它出来旅行的目的很可能仅仅是为了取乐。那头黑熊也是如此。但是，在一年中的这个时候，远在大陆分水岭上面的冰原上，这两头顺路的熊会对冻结在一起的蚱蜢美食颇感兴趣。那头灰熊拜访过其中的3片冰原，收获非常丰富。

这并不是第一次，当然也不是最后一次离开家园远游。大约在一个月后，我前往北部公园（North Park）旅行。一个小时之后，我就惊讶地发现自己偶然遇到了它的足迹，而且在我前行的小径上，我在超过48公里的路程中频频发现它的足迹。我不知道这个家伙在从我当时所行走的小径上偏离之后，究竟走出了多远。

很多次，我都追踪灰熊大约30~50公里。在所有这些案例中，那些熊在抵达我开始追踪的地方之前就旅行了很多公里，而在我离开它们的足迹之后，它们又继续前行了很多公里，因此，它们究竟走了多远,我并不知道。

尽管灰熊是一个地区的永久居民,但同时也是天生的漫游者。它喜欢探索,一般离开几天或一周,可能仅仅走出几公里,也有可能踏上漫长的旅途。

据我所知,犹他州的一头灰熊堪称长途旅行家。偶尔,它会从自己位于山中的家园出发,旅行到240公里之外的地区。在这样的漫长旅途中,它总是不断地行走,又往往顺着原路返回家园。

据我了解,这种一年一度在秋天前往冰原的旅行,是熊类所做出的最具规律性的旅行的组成部分,但也许它们还为寻觅鱼类、浆果或其他季节性食物而踏上漫长的旅途。在每一年渐渐推进的时光中,灰熊都要做很多次旅行。

在群山中追踪漫游的大角羊群

但是,这些熊并不是唯一的旅行动物,大角羊也如此。在我家附近的巴特尔山(Battle Mountain)上漫游的一群大角羊,越过高高的群山旅行了好多天。我动身去追踪它们,探究它们的漫游活动。第一天,它们位于林木线之上,我忙碌了好几个小时,试图把它们一直保持在视线之内,且不去惊吓它们。

第二天,它们越过一道深深的峡谷,攀登大陆分水岭。在这样的旅行中,它们穿越了另外3群大角羊的领地——我不曾看见前面的两群大角羊,然而当第三群大角羊出现的时候,我还不曾深入它们的领地。这些处于自己领地上的大角羊和那些来访的大角羊花了一个多小时，相互仔细审视、嗅闻、嬉戏。然后，它们静静地伫立着，观看那些旅行者继续前行，直到我的气味被它们发现，它们才惊跑而去。这些旅行者在遭遇到另一群羊的时候，一刻也没停下来就匆匆经过了。

在距离它们的活动范围大约32公里的高原上，这些旅行的大角羊开始绕着圈子回来。它们从高处下山，拜访了一处可以舔食岩盐的盐渍地。在这里，它们跟另一群大角羊混合起来，并且嬉戏。那群大角羊跟它们一样，也离开了家园好多公里，出来到处漫游。

离开盐渍地，它们就跑上一道高高的山岭，进入生活在大陆分水岭东边的大角羊的领地。我猜测这些旅行者正在前往这个地点的途中，就绕了一个圈子，率先抵达那里，等着它们来临。

当这些大角羊蹦蹦跳跳地走向那群生活在当地的大角羊时，那些当地大角羊便从悬崖上匆匆下来迎接它们。当地的一只公羊和来访的一只公羊还进行了一场技能比赛，可能是一场搏斗。这两只公羊从那些围观的同伴中徐徐移开，走出一段距离之后转身，随即朝着对方疾奔而去，在双方接触的那一刹那，它们都用角猛烈地撞击对方，扭打在一起。它们就这样表演，重复了好几次，有一两次，其中的一只公羊还被凶悍的对手狠狠地抛到了一边。

当来访的羊群呈单行纵队朝着巴特尔山顶进行最后的攀登，其中的两只失踪了。我不知道它们失踪到哪里去了。也许，它们在夜里遭到了悄悄潜来的山狮的无情猎杀，也许仅仅是它们在与另一群大角羊混合之际，便决定放弃原来的群体，而加入对方的阵营。

跟踪动物个体和群体具有一定难度。但是，凭借对领地的了解，凭借望远镜和热情，我多次成功地追踪那些动物个体和群体到其旅程的尽头。这些年来，我偶然遇到一些我的动物邻居，我能确定它们的生活范围就在我的小木屋附近，却又远离家园，那头灰熊就是其中之一。我第二次发现了一只山狮，而第三次则发现了一只松鼠——它们都是我的邻居。其实我并没有刻意去追踪这些动物，不过是在偶然间发现了它们的行踪而已。

就像那头灰熊一样，大多数动物似乎是为了取乐才去旅行。通常，当它们在家里拥有充足的食物，且无所事事的时候，它们就会动身出发，一路慢慢前行，在它们抵达目的地后就开始四处漫游。它们野餐、嬉戏，其中还不乏历险。

对于它们，这样的旅行可以获得对其他领地的认识，这样的收获常常是大有裨益的。万一自己的家园发生森林大火、干旱，或者其他灾难事件把它们赶出故土，它们就可以前往自己曾经旅行、探索过的其他地区，那里能为其提供必要的生存之处。当然，它们通常还了解怎样抵达那个新的家园。

很多动物旅行，仅仅是为了取乐

在一次冬天的旅行中，我发现一只山狮尾随了我大约 32 公里的路程。起初我并未察觉，直到我折身原路返回的时候，才知道那家伙一直在尾随我。它的足迹紧紧地跟随我的足迹，直到在距离我的小木屋大约 3.2 公里的范围内才停止了尾随。我回溯这只山狮的足迹，一路追踪到它那将近 5 公里之外的巢穴。我不知道它离开自己的家园这么远，究竟来干什么。令我没有料到的是，仅仅在 3 天之后，那家伙竟然又卷土重来了。它似乎对我颇感兴趣。

在一个下雪的 10 月，当我离家超过 64 公里，一头黑熊的足迹进入了我正在前行的小径。我开始追踪这些足迹，越过两道山岭，一路前往距离我的小木屋大约 3.2 公里的一个布满岩石的地区。后来，当我再次发现它的足迹，我就知道了它的冬眠巢穴就在那个岩石嶙峋的地区。我不知道它离家走出了多远，因为当我回溯它走过的漫漫长途的足迹，发现那只是它的归程中的一部分而已。

很多次，在群山里的漫游之中，我都看见了熊、山狮和花白旱獭等动物的足迹，它们远离自己的活动范围。我没有查明这些动物究竟走了多远，但是它们确实在旅行，而所走的路程也肯定不会太短。

它们旅行的目的，并不是去探访它们那些生活在别处的同类，因为在大多数案例中，我都发现它们在独行，或者跟自己的群体在一起游历。仅仅在路过自己所探索的那些领地时，才会对当地的同类给予仅有的一点注意。

同样，当地的动物通常也很少注意这些来访者。它们仅仅对其看上一眼，就继续干自己的事情去了。然而，河狸是个例外。在夏天，河狸们一般都要外出去度过漫长的暑假，很多来自不同聚居地的河狸可能会相遇。它们会聚集在一起,日复一日地嬉戏,久久不肯散去。

它们的旅行,也有些不同于大多数其他动物的旅行。熊、灰狼、山狮,一年之中可能会做出一些短途旅行,而且很可能仅仅是为了取乐,也可能是为了不同寻常的食物。但我认为,河狸很可能在一年中只有一次漫长的旅行,这就意味着那是一次贯穿整个夏天的假期,可能长达数月。

野生动物从来不曾听说过没有道路的荒野。对于它们,一条公共大道是必须存在的。当它们旅行的时候,它们就沿着一条小径前行——沿着一条动物们使用了很长时间而被磨损的道路前行。这是最容易行走的道路,万一它们必须撤退,它们就知道自己要原路返回。如果小径被森林火灾或洪水毁坏,一条新的小径立即就会被开辟出来,重新投入使用,上面留下来来往往的蹄印来作为标记。

在漫长的旅途结束要回家的时候,动物们常常会原路返回。但是,如果它们没有使用同一条道路,也依然会使用另一条熟悉的小径。动物,还有人类,如果要去任何地方,都必须遵循一条明确的道路,以便抵达目的地。

很长时间,荒野都是一个由无数小径密布而成的网络:那些弯弯曲曲的小径;那些在当地纵横的小径和通往远方的漫长的小径;那些越过无数动物和动物种群家园的小径;还有那些荒野中每只动物有时候都会使用的小径。沿着那些动物们移动、撤退和嬉戏的浪漫小径而行,你就能频频地看见动物出没,并充分地欣赏它们。

一些动物旅行家会翻山越岭

在我旅行的小径上,我看见两只灰狼留下的很多足迹。但是,我根本不知道在我遇到这些足迹的时候,那两只灰狼就已经走了多远。当这些足迹转向一边,我又追踪了两天,灰狼很少漫游。然而它们的踪迹继续前行了接近100公里,才显示出它们折身返回了。

好几次,我追踪一只,或有时候追踪两只丛林狼的足迹,我几乎从大平原边缘上的铁路一直追踪到我那位于48公里之外的家——原来它们的巢穴就在我的小木屋附近。

水獭(otter)主要通过水路旅行,但一对水獭在陆地上旅行期间,会不辞辛劳地翻山越岭。在沿着一条溪流行进的过程中,我发现了它们从冰层上的洞孔走出来,走到外面的积雪上。它们的足迹通往上面的山腰。在林木线之上的一道山岭,我追踪了好几公里。然后,它们转身返回,在经过32公里或更长的陆地旅行之后,才回到了它们最初出发的那条溪流。

在旅途上翻山越岭的动物中,似乎还常常包括肥胖的土拨鼠和鼠兔。有好几次,我都在海拔4270米的山峰顶上见过它们的身影,这就意味着它们在陡峭、岩石嶙峋的地区要攀登好多公里的路程。当然,这样的旅途危机四伏。

生活在高海拔地区的鼠兔,经常顺着山腰朝山下漫游很多公里,然后又攀爬上山,返回到它那位于岩石间的巢穴。

这些动物旅行家通常很警惕,会探查沿途有什么事情发生。

除了预防危险，它们常常停下来观察其他种类的动物嬉戏。如果它们在途中偶然遇到自己特别喜欢吃的东西，那么就会停下来饱餐一顿，直到自己心满意足或被其他动物从那场盛宴上赶走，才会继续前行。

有一天，正当我观察一只河狸的时候，一只松鼠穿过树端匆匆跑来，仿佛在赶赴一场已经迟到了的约会。只见它朝着上游的方向而去，却一直保持在树上穿行，其间丝毫没有落地。

但很快，它的行进路线就被池塘阻断了。它没有像松鼠通常会做的那样停留在树上或绕池塘而行，却从树上溜到地面上，长时间跳跃，越过岸边的开阔地。它看见了我，便停了下来，发出一种古怪的叽叽喳喳的声音，开始动身朝我慢慢走来。在距离我约3米之处，它就停下来，仔细审视着我，然后迅速冲上一棵树，匆匆朝着家园的方向疾奔而去。这只松鼠是我的一个邻居，它的家就在我那位于3.2公里之外的小木屋附近的树丛上。

第二年夏天，我看见这只松鼠依然去了离家更远的地方。当它沿着最后一棵树而来，我正站在位于朗斯峰林木线之处的小径上。我呼唤它，它就停了下来。我们置身于高于小木屋约610米之处，从家园到这里，最短的路程也有4.8公里，但它显然是沿着一条溪流上来的，因此，它行走的路程可能是直线旅行距离的两倍。可见它走出了多远。

一只豪猪躲过大火,逃离火灾现场

旅行是动物们的普通习性。我不知道有哪种动物不会离家外出去旅行。相对而言,只有极少数人才去旅行,而且当他们旅行,其在旅途上的冒险经历大大少于动物。

爱默生,这位伟大的作家曾经把旅行称为"幸福的幻境"。而动物并非如此。对于大多数动物而言,旅行一部分是教育,一部分是为将来的生活做准备。

它们的旅行肯定是一种对周边地区进行探索的手段。在陌生的土地上,它们是陌生者;它们穿行在各个阶层的动物中间,入侵它们敌人的土地。为了进行这样的旅行,它们肯定异常机警,充满活力,且精明能干。旅行之后,它们就知道自己的其他同类在哪里生活、怎样生活,并且对自己的家园周围的一些陌生动物的生活,也会有一定的了解。

我清楚,一头成熟的灰熊,如果去旅行,就会对那些能使它长久而良好生活的事物进行精确地掌握。它能很好地适应地理和气候条件;它会知道周边方圆 80 公里范围内的食物资源、主要动物家族的生活方式和习惯、嬉戏和危险。它的脑海中很可能会存在着其他合适的地方——如果意外的灾难将它从自己的家园中赶出来,它就可以前往那里避难。

森林火灾可能导致了一只豪猪(porcupine)开始旅行。它本来生活在被焚烧地区的中心,但是当熊熊烈火席卷而来的时候,它因为躲藏在深深的巢穴中才逃过一劫。在一场10月的强劲暴风雪最终阻止了大火之后,它就逃出了巢穴,笨重地越过那片发黑的地区,前往远处的绿色森林。它在那里停下来,时间待得足够久,饱餐了一顿树皮之后,继续闲荡着下山。

大火之后,我就攀登上去,查看那个区域被焚毁的情况,却不料发现那只豪猪沿着我正在前行的小径走下来的足迹。我最终沿着它的足迹追溯,一路到达它曾经躲藏的那个防火的巢穴。

在我下山返回的过程中,我又追踪它的足迹。那些足迹是几天之前留下的,但幸好没有疾风吹动和积雪搅扰,因而那些足迹显得很清晰。在山脚下,那只豪猪越过了一道峡谷,攀登上对面那个陡坡。然后,它就在一道山岭上继续行进五六公里。

山岭上,那只豪猪遇到了一只臭鼬。臭鼬和豪猪这两个家伙向来都是独霸道路通行权的主儿,如果其他动物跟它们在路上相遇,通常会避让这两个家伙,允许它们拥有这样的优先通行权。而当这两个讨厌的家伙相遇的时候,它们互不相让,双方都朝着对方一路径直走去。在经过的时候,它们一刻也没停留,相互靠得如此之近,以至于它们都几乎踩到了对方的脚上。在前面更远处,一头黑熊停下来观看豪猪经过,然后那头黑熊转身拐进树林。

那只肥胖的豪猪不断前行。我至少在距离火灾现场16公里之外的地方才赶上它。此时它依然在沉重缓慢地前行,但显得毫不犹豫,仿佛它胸有成竹,坚定地走向自己要去的地方。

第 11 章 松鼠旅行记

Squirrel Travelers

有一年夏天，落基山东坡没有丝毫降雨，因而发生了严重的干旱，导致各种针叶树的果实歉收，令当地的松鼠找不到食物，难以过冬。到了秋天的采收季节，松鼠群落便发生了饥荒，食物短缺使得它们饥肠辘辘，迫使其不辞辛劳远行，前往更远的地方去觅食。就在山岭那边，一片黑松林挂着累累硕果——成千上万枚往年留下来的松果，其中饱含的松子成为松鼠们果腹的救命口粮。于是，方圆 32 公里之内的松鼠都闻风而动，从四面八方赶来，络绎不绝地汇集到这片黑松林中。这些避难者一边充饥，一边储存过冬的食物。不料它们栖居的一棵老树突然被风吹翻而轰然倒下，让一些松鼠非死即伤，也让另一些松鼠无家可归……

因为饥荒，松鼠纷纷外出觅食

过去几年中生活在我的小木屋旁边的那只老松鼠，一如既往叽叽喳喳地叫着，可是我有好几天都不曾听见或看见另一只松鼠了。然而，周围树丛和森林中有无数的松鼠成员，它们当中没有流行性的传染病，它们的敌人——鹰和猫头鹰，还有鼬鼠，也不再像以往那样多了，威胁大大减少，那么那只松鼠为什么就无缘无故地失踪了呢？

9月1日，我出去寻找那只松鼠。我拜访了一些被松鼠当作家园的树，我跟这些松鼠几乎是可以相互寒暄的朋友。我轻轻叩击和敲动树干，但树端上却没有传来平常松鼠发出的那种指责声，附近的粗枝上也没有传来叽叽喳喳的叫声。通常在9月初，这些松鼠都在忙碌地采集食物，为过冬而收获、储存松子。可是现在我根本就看不到它们的身影,它们似乎离开了家。

原来,这个地区发生了食物短缺,它们赖以为生的球果变得稀少起来。在落基山脉东坡一片辽阔的地区,夏天没有降雨,持续的干旱几乎导致了所有应该收获的松子和针枞子都枯萎了。到处都有独立的柔枝松(limber pine)和英国针枞,但上面仅仅稀稀拉拉地悬挂着几枚球果。花旗松(Douglas spruce)、黄松(yellow pine)和香脂冷杉(balsam fir)也没有结出果实。在大片的紫色森林中,应该收获的球果资源衰竭了。

对于松鼠而言,这无疑是一场灾难。北美星鸦(Clark's nutcracker)和其他啄食坚果的鸟类可以飞越北美大陆分水岭,前往其他坚果丰富的地区。可是弗雷蒙松鼠(Fremont squirrel)不能旅行到那么远的地方觅食,因此在冬天,它们的生计堪忧。

我继续寻找松鼠和球果。当我一路漫游,便瞥见一只松鼠在树冠之间匆匆旅行。它呈"Z"字形穿过树林,其间仔细检查每一棵树,搜寻饱含坚果的球果,以狼一般的机警和智慧来寻觅食物。但是,它的运气实在是不济,所找到的食物寥寥无几,难以果腹。

当我追踪它的时候,有迹象表明松鼠们吃完了蘑菇和熊果(kinnikinick berry),以及一些令它们并不满意的替代食物。但即便是这样的劣质替代食物也将消耗殆尽,而冬天正在一步步临近。

这只年轻的松鼠仔细地搜寻每一棵树,然后跳到下一棵树伸出来的粗枝上,继续搜寻。有时候,它在连绵不断的区域无望找到坚果,便看也不看一眼就匆匆穿过去。只要它在彻底地搜寻,我就不难用目光追踪它。

在一道山岭顶上，它突然在树端停了下来，竖起耳朵聆听，仿佛某种危险正在临近。我举目搜寻，原来在另一棵树上，另一只松鼠正在切割极少几枚剩下来的球果。

我所追踪的那只年轻的松鼠匆匆地奔上前去，割掉一枚球果，热切地获得了球果中饱含的坚果，饥肠辘辘地大吃起来，脸上涂满了树脂。我没有打扰它，让它欢快地进食。

瞥见另一只松鼠，我就赶忙追踪起来。它的行动可以说是匆匆忙忙，它没有以"Z"字形的路线前进，却以一条直线穿过树端。它并没有搜寻沿途的任何东西，却好像胸有成竹，完全知道自己要去哪里，以及怎样到达那里。

追踪松鼠类似于追踪鸟儿。这只松鼠在速度方面堪称高手。我偶尔会找不见它的踪影，因此有必要迅速找到它，要不然我就会完全跟丢它。在匆匆追踪它的时候，我很激动，且全神贯注地看着它那移动的身影，不曾注意脚下，因而无数次跌倒。我总不能一边注意自己的脚步，一边观察树端吧。这只松鼠一路朝着南边旅行，在某种程度上几乎像是得到了指南针的帮助。当暮色落在树林上面，它就停下来过夜。它找到了一个自己很感兴趣的啄木鸟洞穴，先是爬遍了整棵树，彻底探查是否安全，最后才决定留在那里过夜。

有很多次，有时候是一夜又一夜，我在有一头熊、一群鹿或一群山地野绵羊途经的地方扎营，也可能在一只松鼠活动的区域扎营，这是相当新鲜的事情。

到了下午，我已经追踪它超过了 6.5 公里。我不知道当我最初看见它的时候，它已经走了多远。

黑松林挂满松鼠喜爱的松果

松鼠依恋自己家园附近的小小的活动区域，通常会在那里度过一生。可是当它把家庭事务处理完毕，当它在旅行中可以离开乡间生活时，它就会抓住每一个机会离开，去短途旅行，探索周边的领域。我认为，松鼠通常会在外出一两天之后就会回到家园。

每一只松鼠都是优秀的旅行家，它们好像都喜欢旅行。它外出旅行，也许是为了好玩，为了历险，也许是为了了解严肃认真的事情，也许是因为这一切。在旅行的时候，它就像侦察兵一样使用自己的智慧。它记得资源和路线，有时还意识到它可以回到那个地区。

第二天早晨日出的时候，我追踪的那只松鼠继续它的旅程。它将鼻子指向南方一路前行。它保持在树端上旅行，并使之成为规律，这样会更安全。对于它，让自己在地面匆匆地前行，则会非常危险——在树林、圆木和岩石后面，可能潜伏着臭鼬、丛林狼、鼬鼠或其他敌人，那些掠食者在自己的觅食路线上等待某种猎物的气味或脚步。

来到树林中的一片空地，它就重复围绕空地而行，时而向右，时而向左。经过了空地之后，它继续向南推进。到了下一个转折之处，它一点也没耽搁，一直在高速行进。

大约到了正午，它便来到树林边缘停了下来。在它面前，有一片空地，约 1600 米长、400 米宽。更远处，在一道山岭上，矗立着一片面积约为两三公顷的黑松（lodgepole pine）林。我以前到过那里，而从这只松鼠的行动来看，它肯定也到过那里——它曾来此旅行、探索过。

除了西北部，这个树丛周围都环绕着一片开阔的空间。在这里，一块狭长的颤杨（quaking aspen）连接着一大片针枞林。那只松鼠会沿着树林去往这个树丛，大约有 3.2 公里的路程，并且不用去冒险越过那 400 来米的开阔地，这样设想是安全的。当它继续前行，我就一路跟随，在适当的时候，它沿着那片狭长的颤杨走进黑松丛。

原来，这个树丛就是它的最终目的地。

这里有好几千棵树，几乎每棵树都缀满了松果，几乎每一枚松果里面都结满了松子。只见那只松鼠热切地切割掉一枚松果，然后坐在一根粗枝上，背靠树干，悠闲地从松果上剥掉那些紧紧裹着核心的鳞片，就像从玉米的穗轴上剥掉外壳一样，取出松子吃起来。

在一年中的任何一个月走向黑松，你都会在它结出的松果的凹处找到松子，且异常丰富。黑松每年通常都要结出一大批松果，还至少会储存一部分收获的果实。这些松果在树上悬挂数年，紧紧地裹着松子。有时候，一棵树缀满了包括 20 批结出的松果，因此就有成千上万枚松果聚集在树上。对于松鼠和其他野生动物，在干旱和坚果歉收、闹饥荒的时候，树木的这种结籽习性就最为有用，可解燃眉之急。

松子历经多年也可以繁殖，而且多年滋养着那些以它为食的松鼠。尽管松鼠偏爱更新鲜的松子，但在饥饿不堪的时候，它们也会饥不择食，乐于接受和享用那些往年储存下来的松子——它们被包裹在那些很久以前就成熟了的松果中。

树丛中，一些松鼠刚刚到达，一些松鼠则正在络绎不绝地赶来。

我开始动身，围绕着这片树丛彻底地巡游，与其保持大约两三公里的距离。当我越过空地的时候，回顾空地那边的树丛。一棵枯死的老树矗立在长满金色叶片的山杨中间，在这枯死的老树的顶部，栖息着一只鹰。当我观看的时候，它犹如标枪飞向一只正在赶来的松鼠。两只丛林狼也正悄悄地围绕这片树丛的东南边缘行走，看得出来，它们无疑对往来的松鼠颇感兴趣，好像一场久违的盛宴。

进入树林，我就遇见一只松鼠朝东北方向旅行，显然是要前往那个树丛。不一会儿，我就看见两只经验不足的年轻松鼠正在穿过森林，仔细地搜寻松果。很明显，在它们以前离开家园的旅行中，从未游历到这个黑松树丛这么远。当我穿过黄松林走向东边，我看见另外两只松鼠在树端上搜寻，而一只松鼠——似乎是个经验丰富的老前辈，则径直地朝着那个树丛而去，因为我试图追踪它，它就急速地说着什么。

各路松鼠从四面八方汇集而来

在那个树丛东北方约 3.2 公里或更远处，我遇到一只看上去经验十分丰富的老松鼠，它沿着一条溪流朝西边而去，我决定去追踪它。

下午快要结束的时候，它来到一行沿着水边生长的英国针枞上。在每一棵树的顶端，都有很多饱含种子的球果，以及一些正在忙忙碌碌地享用食物的松鼠。

在一棵树的脚下，一只松鼠已经收集了好几十枚球果，准备用于过冬。这些食物处于从落叶和废物中扒出来的小洞孔中，宛若好多窝的鸟蛋。从那只松鼠急速的话语和责骂声中，我判断它是当地居民，而其他松鼠则是难民——它们是刚刚到来的，受饥荒的驱使而来到这里觅食。

另一只松鼠从溪流下游到来，还有一只松鼠来自北边的树林。这两只松鼠都匆匆忙忙地饱餐了一顿。它们俩都各自切割着自己的球果，并没试图去攫取和占有对方的成果。

第二天早晨，松鼠的数量明显增加了很多——结着果实的树端挤满了松鼠，现成的针枞球果已经差不多快要耗尽了。这些松鼠当中，究竟有多少会试图留在这里过冬呢？我离开这个地方，朝着林木线爬去，然后沿着林木线朝着南边漫步而行。

两只松鼠在我附近旅行，到处搜寻球果。我追踪、观察它们 3 个小时之后，便跟丢了它们。但我希望它们最终找到了自己喜爱的坚果。

松鼠四处疾奔，来来往往采集球果。它已经获得了好几十枚球果。在往年的这个时候，它可能采集到了大部分的过冬食物——大约300枚球果。然而现在，它附近的树上都没有球果了，食物资源已经耗尽。

当它动身出发的时候，我就开始追踪它。在距离它安家的那棵树几乎有600多米之遥的另一棵树上，它又获得了一枚球果。它肯定非常热爱家园，要不然早就移居了。

当我在林木线上一条冲沟的开端流连的时候，我看见4只松鼠正在接近，但它们都是独行者。两只松鼠一抵达山坡上最后的树木就折回身，开始从另一条路线向下而行。另外两只松鼠当中的一只沿着林木线朝北边进发。我告诉它，另外两只寻觅坚果的弗雷蒙松鼠在那个方向一无所获，可是它并不明白我说的话。

当第四只松鼠到达森林边缘的时候，它抬头仰望荒凉的山坡，似乎受到了惊吓，仿佛感到一切都完了，自己将颗粒无收。它是一只未曾远行过的年轻松鼠，是在自己家园附近的树林中被哺育长大的，因此毫无经验。

当它转身仔细看着我的时候，我对它说："你最好翻越这个山口，这里距离另一个山坡上的针枞仅仅3.2公里。那边的树上缀满了饱含坚果的球果。我上周才去过那里。"

它注视着我，急速地说着什么。我说："是的，旅程很危险，天空中有鹰隼，地面上有鼬鼠和狐狸，没有一棵可以让你躲避的树，可是有悬崖和岩石堆，可以作为你的临时躲避处。让松鼠踏上这种旅途，大约相当于建议鱼离开水并喜欢上树林，但这是一种需要重新调整的紧急情况。"

我朝着南边追踪到夜晚，也没有看见另一只松鼠。第二天，我穿过树林径直下山，这 1.6 公里的路程，却走了 3 小时。

沿途，我看到很多旅行的松鼠。一只松鼠正在上山。我试图让它转身，可是它恼怒地绕过我匆匆而去。另外两只松鼠正在呈"Z"字形穿过一片没有坚果的花旗松林寻找食物。

树丛中挤满了忙碌的避难者

在这一天的晚些时候，一些松鼠迅速旅行而来，它们像迁徙的候鸟一样带着明确性和方向感，朝着南边进发，每只松鼠的方向为东南、南或西南方向。从我看见这些松鼠的这个点上延伸，这些 1.6 公里或 3.2 公里长的旅行线最终都会在那个黑松树丛汇集。

那些狂热地呈"Z"字形行进于树林中、搜寻可能缀满球果的树木的松鼠，多半还很年轻。它们很可能不曾有过多少旅行，也不曾远行，当这场饥荒迫使它们离开家园的时候，它们还毫无经验。它们不熟悉周边的环境，不熟悉自己动身前去寻找的那些可能有食物的地方。因此，它们大都带着活力和技能，在家园附近的树林中觅食。

另一方面，几乎所有沿着一条明确的路线匆忙而行的松鼠，看上去都很年老，它们不断前行，好像知道接下来的路线，当然是前往一个明确的地方。也许在以往的岁月里，它们去过那个黑松树丛，知道在紧急情况下转向那里避难、觅食、充饥。在它们以往的生活中，它们都不愁食物，更从来不曾遭遇过这样一场如此严重的干旱。

第二天早晨，当我朝着南边漫步，我赶上了3只走在我的路上的松鼠，也许是一位母亲带着两个孩子。幼松鼠旅行的速度并不快，它们在跳跃的时候十分犹豫——跳跃树木粗枝之间的"深壑"，再越过位于散落的树木中间的空地时，它们还发出抗议。

我走出树林，进入一片通往那个黑松树丛北部的空地。所有东西都很干燥。夜里，一阵风完成了山杨上已经成熟的黄叶的剥离，那些叶片因为干旱而早早就成熟了，在那个松树丛边缘形成了黄色的落叶堆，千百万彩色枯叶铺垫和堆积在森林地面上。

"碰撞、滴答、滴答、滴答、碰撞、碰撞"，然后是一阵发出沙沙声的旋风，还有这些叶片的纷飞和搅动，仿佛是一群受到惊吓的鹿穿过这些枯叶堆而飞逃，或是十几个男孩子在这些落叶中间快乐地赛跑和角力。松鼠们来来往往，你争我夺，不时搅动起这些落叶。

这个树丛中挤满了忙碌的避难者。它们穿过树叶蹦跳着，沿着树干来回赛跑，从一根粗枝跳跃到另一根粗枝上面，从树端摇落球果，使其像冰雹一般落下，因此地面上落满了球果。

这些落到地面上的球果，其合法拥有者很难得知——球果弹跳、滚动、混合了起来。这并不要紧，因为对于所有松鼠，这里的球果已经足够了，几乎每一棵树上都悬挂着好几百枚饱含坚果的球果。

每一只松鼠都把自己过冬的食物堆积在废物、空心的圆木中，堆积在圆木上，堆积在树根之间，堆积在一堆堆落叶中间。

在围绕着这个树丛转了一圈之后，我得出结论：能看见的松鼠肯定有 300 多只。尽管大多数是成年松鼠，但也有一些半成年松鼠，还有一些松鼠如此年轻，以至于它们的母亲依然不得不引导它们进行采集。在这个树丛的南面，我发现一只年轻松鼠在追踪一只成年松鼠，它显然是在利用那只成年松鼠作为向导，前去寻觅球果。

就这样，松鼠们从各个方向赶来了。附近方圆大约 32 公里范围内的松鼠失踪了，它们很可能都聚集到了这个黑松树丛中。

老树被吹翻，松鼠们流离失所

通常，松鼠几乎都是隐士。它给自己确定了一片领域和一棵树作为家园。当然，它也会遭遇入侵者。在收获季节，没有拥挤，没有混乱。它并不喜欢群居，却喜欢像开拓者一样体验隐居生活。

在目前这种紧急情况下，松鼠群体过度拥挤，对于这些喜欢安静、独立并且脾气暴躁的家伙很苛刻。拥挤、运动和不必要的噪音、带着个性而发生冲突，需要它们把英雄气概重新运用到这种狂躁而不愉快的变化上来。它们躲避、急速地说话、发出威胁和责骂,但是以最低限度的打斗接受了这种情况。

数量、噪音、不断的运动和长时间的暴露,吸引了那些准备伺机捕猎的鹰和猫头鹰——对于松鼠,这当然是厄运,一旦不慎,便大难临头。

一股初冬的风吹了进来,吹散并混合了几千枚储存的松果,这引起了松鼠们一阵忙乱,它们一边收集和重新堆积松果,一边则不停地骚动,争吵不休。

不幸的是,在疾风吹来的时候,松鼠们栖居的那棵最大的树被吹翻了。那是一棵长着无数粗枝的老黄松。很多年来,它都是山雀(chickadee)和啄木鸟的家园。这些鸟儿纷纷给饥饿的松鼠让路,避得远远的。可是,一只猫头鹰依然使用这棵拥有无数松鼠栖居的老树,它不肯离开的原因,无疑是要伺机猎杀这些忙于采集的松鼠。

中午,那棵老松上面布满了松鼠蓬松的尾巴,这让人想起松鼠集会的场面。松鼠们不时探讨和争论,不时又大打出手。

我试图一再数点,对这棵老松上的松鼠数量进行统计。一次我数到有19只,下一次我数到有27只。每一次数点期间,松鼠们来来往往、改变位置,因此我只能猜测其数量大约有45只。

松鼠栖居的那棵树倒下来,酿成了一次大灾难,导致一些松鼠非死即伤,另一些松鼠则因为无家可归而离开了。树干迸裂而开,很多大粗枝被撞击成几段。然而,树木残骸中剩下的少数几个可居住的房间,即便因为靠近地面而相当危险,也仍然被松鼠们当成了家。

因为树丛中只有几棵老树或枯树，就造成了每一个现成的可居之地过于拥挤。

有时候，在冬天的疾风持续不断地吹击下，一棵松鼠栖居的树或其他树会轰然倒下，在栖居者中间引发混乱和死亡。

这个食物短缺的冬天，究竟有多少只松鼠死亡，还不得而知。在这个季节快要结束的时候，这个树丛中还有超过200只松鼠，当然也可能是这个数字的两倍。但这里的食物并不短缺：在其他黑松上，依然悬挂着几千枚松果，每一枚松果里面都饱含着松子。

在早春，很多以前生活在附近的松鼠，都纷纷离开了这个树丛，也许它们希望去发现另一处食物供应地，使它们能够重新享受到老家一样的舒适。可是它们在寻觅无果之后，都迅速回到了这个树丛，急躁地等待新的食物出现。

草丛和植物一开始生长，一场大规模的分散行动就开始了。我瞥见的每一只回家的松鼠都独自快速行进，知道自己要去哪里。我认得的一些松鼠回到了自己的故园。

在夏季，松鼠们以那些没有坚果的色拉为食——柳树和山杨的蕾、很多树的树皮、槲寄生（mistletoe）、寄生生长的植物、山野决明（golden banner）和其他野花多汁的嫩冠，都成了它们的食物。无数食物其实是令它们并不满意的替代品，它们一边吃着这些并不那么可口的食物，一边热切地等待第一批的蘑菇和第一批半成熟坚果的出现。

秋天来临,我拜访了一些松鼠们多年栖居的地方。在很多地方,看不见一只松鼠。以前的栖居者可能在饥荒期间死亡了,要不然就是它们在旅行期间找到了比故园更有吸引力的地方,并在那里安顿了下来,重新开始美好的生活。

第 12 章　河狸夏日历险记

Summer Travels of a Beaver

到了夏天，河狸一般都要外出去远足、度假，不过它们的行程大多都不远，仅仅游历到距离家园几公里之处。而一只外出度假的断齿河狸却不同凡响，其旅程不仅远远超越了一般河狸，其漫游的经历还堪称一部精彩十足的历险记：它和同伴从附近的河狸聚居地出发，一路远行，其间不仅沿着多条溪流上下探索，而且还翻越了一道干燥的山岭，途中遭遇了种种危险，从岩石嶙峋的群山漫游到一望无际的大平原，在游历了 96 公里之后才踏上归途，回到老家。在危机四伏的旅途中，它们险遭种种不测：不慎闯入野猫领地而遭到悄然追踪，被丛林狼发现而遭到穷追不舍，山狮偷偷潜来进行突然袭击……但每一次它们都机智地化险为夷，全身而退，最终安然无恙地归来。

经历冬天，断齿河狸外出度暑假

在我的小木屋附近的一个河狸聚居地，我发现了一个被新近切割的小山杨树桩。留在上面的齿痕表明，那只切割这棵树的河狸有一颗门牙断了，于是我就开始寻找这只河狸。几天之后，我就发现了它留在泥淖中的足迹：前脚的一部分缺失了——也许是以前它不慎踩到捕猎者设置的钢夹上，被钢夹的利齿咬掉了。

大约在每年的6月1日，无数生活在我的小木屋附近的河狸就会离开自己的房子，外出漫游，整个夏天都不在家，我无法猜测它们去了哪里。我曾经追踪过一些河狸，却通常在走出几公里之后就丢失了所有的踪迹。

追踪河狸很不确定，通常还不可能长途追踪下去，因为它们多半在水中旅行，因此在很长的旅程中，它们都不会在岸上留下任何踪迹。此外，某一只河狸的踪迹——那些留在树桩上的齿印和泥淖中的足迹，更像是任何一只河狸留下的。

但是，由于这只河狸身上带有两处缺陷：一颗断齿和一只缺失了一两个脚趾的残废脚爪，无论它在哪里切割树木或留下足迹，都会成为线索，让我能够充分利用这些特征来追踪这个河狸邻居。

它在6月初就出发了，踏上了夏天假期的旅程，或者更确切地说，踏上了漫漫长途。我肯定，它在我错过它之前的好多天就离开了。我接着就动身，希望能追踪到它，前往它会去的地方。

我来到第一条支流，停下来寻找踪迹。那里留下的踪迹表明，一只河狸最近才溯流而上。在那边的不远处，我找到了轮廓鲜明的脚印，不过经过仔细查对，我发现这只留下脚印的河狸的脚是健全的，不是那只断齿河狸。

因此我又返回，沿着溪流追踪了大约6.5公里，始终没有发现那只断齿河狸的任何踪迹。然后，这条溪流注入了一条更大的溪流。我沿着这条大溪溯流而上，仔细搜寻两岸。在溪流的上游源头有一些河狸聚居地，河狸们来来往往，其中有两组足迹显示出有脚趾缺失，但经过进一步认定，这些足迹并不是我追踪的那只河狸所留下的。

整个冬天，河狸们都沉闷地生活在密闭的、通风条件极差的房子里面，它们需要空气和阳光，因此，夏天便成了它们的假期和旅行时节。旅行期间，它们分散在溪流沿岸，还不时跟其他聚居地的河狸共享野餐。

我发现了一些河狸幼仔的足迹。有时候，幼仔们会跟着母亲离开聚居地去度暑假，可是它们可能只会走出两三公里。如果危机重重，河狸母亲就会停留在家园附近的地区转悠，不会走得太远。

我转身朝下游走去，沿着河岸追踪，在泥淖中寻找足迹，仔细检查每一根被新近切割过的树桩。那只断齿河狸肯定在旅行中动作神速，我大约走了8公里，才第一次发现它的踪迹：它把脚印留在岸上的泥淖中，还把断齿的印痕留在一根山杨树桩上。

在这些踪迹下面的不远处，这条河汇入圣弗兰河（the St. Vrain）。在圣弗兰峡谷（St. Vrain Canyon）的入口处，那只断齿河狸切割了一棵山杨。对于它究竟是穿过了这道狭窄而深深的峡谷，还是到上游去了，我都很感兴趣，也很想了解。在对上游地区搜寻了大约1.6公里之后，没有找到线索，我便得出结论：它到下游去了。

峡谷的岩壁长达数公里，而在每隔一两百米的河边，就点缀着一丛丛柳树等树木，可是有几个地段却十分狭窄、深切而下。在一个陡峭、狭窄的地段，岩壁几乎紧紧相贴，形成了"一线天"，其间只有奔涌、打漩的河流。如果不跋涉和游泳穿过去，根本就无法抵达下游。我以往不曾穿越过峡谷的这一地段，也从未听说有人穿越过，但我还是出发了，涉水前往下游。

当我从下一端出来的时候，天色已经黑了下来。不幸的是，在涉水的过程中，我所有的火柴都被打湿了。我费了半小时的工夫试图把火柴弄干，却未果，便放弃了生火的念头。我脱下衣服，拧干水，通过做一些身体运动来暖和身子。最后，我找到了一张深陷的干燥之"床"——由松针和枞针铺垫而成，便和着湿漉漉的衣服，把自己深深地埋在里面，呼呼大睡了起来。

断齿河狸越过山岭，和同伴一起旅行

在距离峡谷下方约 3.2 公里的地方，我在北岸发现了那只断齿河狸的踪迹。显然它在这个地点待了一两天，弄倒了两棵不同的山杨，还吃掉了部分树皮。我根据它躺下、移动又再度躺下之处留下的印痕判断，它有好几个小时都在安逸地晒太阳。

从这里开始，在大约每隔 1.6 公里的路程内，它都要停下来啃噬一棵山杨并且晒太阳。

这只河狸至少比我先出发一周，然而我在下游的河里赶上了它，我甚至有两次或更多次超过了它。

它不时转身，朝着上游而去。通常它只走出很短的距离，但它也曾经往回走了五六公里，除非它去找其他河狸玩游戏，否则我无法猜出其中的原因。

一天傍晚，在距离我的营地大约 400 米的下游，我又发现了它的踪迹：那一夜，它经过了我的营地，再次朝着上游而去，把脚印叠加在我在前一天下午留下的脚印上面。

大约在离家 24 公里处，我丢失了它的踪迹。难道是丛林狼或其他的捕食者逮住了它？我不断搜寻，在有一条支流汇入的河流上游，我终于看见了被它切割后留下的一根树桩。我折身溯流而上，在这条支流上面的不远处，我再度发现了它啃噬树木时留下的遍地木屑碎片。

我在溪流的这一边一路追踪它而上，来到一个河狸聚居地，但那里的河狸居民都不在家，它们很可能也像这只断齿河狸一样，外出远足度暑假去了。那只断齿河狸在这个附近逗留了一阵，继续游向上游，直到抵达它再也无法游动的浅水处。在这里，它大胆地离开了水域，动身越过一道干燥的山岭，前往另一条溪流。但是，对于河狸，在陆地上进行长距离旅行可以说是危机四伏。

河狸是游泳健将。在水中，它的动作从容而迅疾；但在陆地上，它的动作就非常缓慢而费力了，在攀登和翻越布满圆木和岩石的山冈时，就更为艰难。跟它的那些身形敏捷、行动迅疾的敌人相比，即便是它在下山时的那种最迅速的努力，也显得十分缓慢、笨拙。

野猫（wildcat）、丛林狼、山狮和熊，都喜欢河狸肉，对于这些捕食者，发现离开溪流的河狸，无异于发现离开水的鱼。

那只断齿河狸离开溪流，越过一条多沙的水道，这条水道只有在夜里和清晨才有一股细细的水流。然而，那只河狸在这里留下的足迹却表明，它是在没有水流的时候越过的，因此它肯定是在白天越过了这片乡野。

看不见人类，河狸在白天旅行就比较安全。在夜里，熊、灰狼、山狮和野猫进行大多数捕猎活动。不过，丛林狼也常常在白天游猎、觅食，有时候野猫也会在白天游荡。一般来说，河狸从来不会远离水域去冒险旅行，只有在紧急情况下，它们才会这样做。

那只断齿河狸离开溪流之后，就攀上一道漫长而陡峭的山坡。它在爬过一根圆木的时候，在木头上面留下了泥泞的印痕，而在柔软的细沙上，也到处都留有它的踪迹。

当我沿着河流追踪它的时候，我不停地问自己："这只河狸是否在单独旅行？"它所到之处，到处都留有无数的痕迹，但是就在它的踪迹附近，还留有别的东西。

在一个地方，靠近它留下齿印的那棵山杨，还有一棵山杨被切割倒了。我再次从侧边的小溪溯流而上，发现了两棵被新近切割的树木。一个树桩上留下了断齿的印痕，而另一个树桩是由牙齿健全的河狸咬断的，因此，似乎可以得出这样明确的结论：有两只河狸在一起旅行。

越过山岭的足迹表明我的推断是事实：那里有两组足印，其中一行足印就是由一只脚趾健全的河狸留下的。

野猫捕猎河狸，不料遭到丛林狼追击

这两只河狸的足迹一路越过山岭，显示了它们一路上都很安全，没有遇到什么麻烦，也许除了干燥的暑热、缺乏跳进去游泳的水域和陡峭的攀登，它们都很顺利。可是，就在山岭另一侧下山的途中，它们遭遇了危险的敌人。

它们靠近一道悬崖经过，未曾料到那里有一个野猫巢穴，而一只野猫正在巢穴里面。究竟是野猫看见了河狸的身影，还是闻到了河狸的气味，已经无法猜测，但是那只野猫发现了这两只河狸，便开始悄悄地追踪了起来。在两个地方，那个捕猎者蹑手蹑脚地潜近、犹豫，然后匍匐着爬行，显然是去另寻一个更好的攻击位置。但这两只河狸都是成年河狸，体重也许是那只野猫的两倍，一旦野猫发起攻击，也未必能占上风。

河狸很少跟敌人进行搏斗，一旦遇敌，它的首要策略便是逃逸，不会跟敌人纠缠。它的逃生之计就是要有一条没有阻挡物的撤退线路，并迅速逃进水里。只要进入水中，可能除了水獭，其他追逐者都无法给它带来麻烦。

那只野猫悄悄向前行进，蹲坐在一根树桩上，河狸可能会从旁边经过，那样的话，河狸几乎就可以说是"送货上门"了。不过，树桩旁边暗藏着一条通往小溪的野生动物小径，就在那只野猫伏下来等待之际，一只丛林狼似乎从下面走了上来，它可能嗅到了野猫的气味，便一路靠近，去跟那只野猫闹着玩。丛林狼在树桩的周围留下的踪迹和抓痕，表明它朝着那只野猫跳跃了好几次，而野猫最终从树桩上跳下来，朝着自己的老巢全速逃去，而丛林狼则紧追不舍。

同时，在山坡上一箭之遥的地方，那两只河狸似乎靠着一根树桩蹲坐着等待，野猫的撤退路线就在它们附近。由于丛林狼一心追逐野猫，便根本不曾怀疑河狸的存在，掠过它们而去，但在通往野猫巢穴的半路上，丛林狼好像突然意识到了什么，便停了下来，转身，左顾右盼着前行，追击河狸，最终沿着山坡把两只河狸撵了下去。

就在野猫从树桩上逃走的时候，河狸很可能就匆匆奔向小溪。究竟是丛林狼听见了它们逃走时发出的声音，还是闻到了它们的气味，已经不重要了。丛林狼在下山时留下的那些离得很远的足迹表明，它在全速追击河狸。

两只河狸先于追击的丛林狼到达小溪，但因为溪流很浅，无法钻进水中。当丛林狼跳起来扑向它们的时候，它们只得朝着下游匆匆跑去，丛林狼再次跃起，但它们在柳树中间躲避，使其未能扑中。但显然，它们并没有进行还击。

溪流上，有一道一两米高的多级瀑布，两只河狸从瀑布上翻滚而下。瀑布底部有一个深潭，潭里挤满了圆木，岸边还有洞孔。在这里，河狸能够远离那只丛林狼的追击，让其只能干瞪眼看着。丛林狼留在圆木上的泥泞的脚印，还有两岸的抓痕，以及岸上的足迹，无不表明它曾耗费了不少时间，尽最大的努力，试图抵达两只河狸的藏身之处。就在圆木下面的一个地方，丛林狼躺了下来，那里的印痕表明它曾经长时间等待过，很可能等待了好几个小时，一心想要抓住河狸。

两只河狸成功地逃脱了。在下面差不多1.6公里之处，我发现了两棵新近被切割的山杨，其中一棵就是那只断齿河狸咬倒的。这条溪流是山岭另一边那条溪流的支流，这两只旅行的河狸仔细检查了当地的一些河狸聚居地，盘桓了一阵才离开。

一只山狮偷偷潜来,企图扑击河狸

这两只河狸继续向下游行进,进入圣弗兰河 3.2～4.8 公里后,再转向另一条小支流并溯流而上。在它们探索这条小支流的上游源头的时候,我不曾发现是否有任何有趣的事情或历险发生。后来它们回到了圣弗兰河,继续向下游行进。

我尚未看见这两只河狸。它们切割的树木和偶尔留下的踪迹给我指明了方向,使我能够追踪它们。从它们留下的清新的踪迹中,我知道我接近了它们,还可能随时看见它们的身影。

它们悠闲地行进,也许多半是在夜间旅行。众多的痕迹都表明,它们曾经四处打滚、躺在阳光下好几个小时。但是,从它们游荡过的地方留下的痕迹来看,它们都可能在危险来临之前迅速潜入深水。

在一道距离河面约有两米的深岸的底部,它们躺在沙滩上久久地晒太阳。这个地方对两只河狸很有利,让丛林狼没有机会从背后悄悄潜来发起突袭。它们在那道岸边挖掘了洞孔,那样它们就可以躺在里面,避开敌人的视线,它们还在干燥的沙滩上打洞,洞孔恰好能容纳它们钻进去藏身。此外,它们还躺在草丛上四处打滚,似乎快乐不已。

在这条河流的沿岸,有无数的河狸在游荡。每一天,我都要看见很多河狸上上下下、来来往往,有时候会看见十几只或更多的河狸,一次两三只,则更是频频可见。

据我所知，我没有看见那只断齿河狸，然而我可能多次见过它跟其他河狸在一起，却没能把它从群体中认出来。在好几个地方，我看见它的踪迹跟其他河狸的踪迹混在一起。如果我能看见一只孤独的河狸从一棵刚刚咬断、留下了它的齿印的树桩走开，那么我就知道我看见了我的那个河狸邻居。

在一个阳光明媚的地方，我偶然遇到了一片留着印痕的沙滩，上面的痕迹显示，这两只旅行的河狸曾经九死一生，但最终幸免于难：一只山狮显然看见了它们，要不然就是闻到了它们的气味，对它们采取了突袭行动。

沿着对岸，那只山狮悄悄潜到圆木和岩石后面，却没能靠得够近，因此无法跳起来扑击河狸。然后，它就从高高的对岸俯视它们，伺机行动。也许，如果它跳跃，那么岸上突出的岩石就会成为障碍，阻止它扑到河狸身上。

一棵树倒在河上，它的粗枝很长，而树干则横跨河流两岸，在这棵倒下的树下面一点，就是那两只河狸躺着晒太阳之处。那只山狮沿着倒下的树干爬出去，可能在那里埋伏了很久，很可能等了好几个小时，准备扑击河狸。

最终，河狸朝着溪流下游出发。那只山狮肯定全身躺在木头上，否则它就看见了它们。但那只山狮后来还是发动了扑击，不过，它所做出的跳跃不仅很尴尬、笨拙，而且它在行动之前还没有注意到长长的粗枝向下弯曲的那一端，结果在跳跃时不慎把背部撞到了这根粗枝的端头——我在那上面发现了山狮留下的一些毛发。

这样，山狮的攻击就根本够不着那两只河狸，它在距离河狸前面大约0.9米处的溪流边落在地上，结果导致攻击失败。而那两只河狸则趁机从这个捕猎者的面前逃之夭夭，从它们最后留下足迹的地方匆忙潜入深水，逃过一劫。

游历96公里，断齿河狸在9月初归来

沿着这条河流，矗立着很多小小的河狸房子，岸边还有巢穴。我仔细检查了很多房子和洞穴的入口，但在这些入口附近，我无论怎样都没有发现那只断齿河狸留下的足迹。我认为，河狸们夏天通常都在洞穴和房子之外，因此附近的踪迹很少。

踪迹表明，第三只河狸加入那两只旅行的河狸的行列。在一个地方，它们曾经晒太阳和进食，留下的踪迹表明，3棵切割的树取代了通常的两棵。在下游，在它们停下来进食的下一个地方，我只发现了两棵被切割的山杨，但上面的齿印却显示出了3组不同的牙齿吃过树皮。

可能那3只河狸在一起走了好几公里。但有一件事情是确定的——只有两只河狸敢于越过那道干燥的山岭。如果第三只河狸跟它们在一起，那么它肯定是在面对陡峭的山岭时心生畏惧而退出了，却沿着水路绕过山岭，在溪流的下游等待那两个冒险者。

在河里的一个覆盖着树木的小岛上，这3只河狸再度涉险。

在北岸，一棵倒下的树横跨在北部水道上，从而形成了一座桥。

在小岛的下端，我遇到一棵被切割了一半的山杨。印痕是新近留下的，而且是那只断齿河狸留下的。我举目四望，又发现了另外两棵新近咬断的山杨。无疑，这3只河狸都在切割的劳动中遭到了干预，被吓走了。

我四处寻找踪迹，但直到我离开小岛，越过那根倒下的圆木前往北岸的时候，我才有所发现：在一个泥泞之处的边缘，我发现了野猫留下的足迹。这些足迹通往小岛，然后走上那根倒下的树木搭成的桥。然而野猫的足迹在圆木上停止了，圆木上留下了一大块薄薄的干泥，这很可能就是河狸们受到惊吓、野猫转身跳下圆木的地方。

现在，我的河狸邻居离家超过48公里了。但是，它可能艰苦地旅行一夜，或者不慌不忙地行进两夜，就能回家。在这个地点，河流离开了群山，开始越过大平原。平原上，河流沿岸只有极少树木，这样就使得河狸更加容易暴露在危险之下，暴露给那些人类设置的陷阱和猎枪。令我疑惑的是，它们会游历得更远，还是慢慢开始回家？现在是6月，它们还会有好几周的时间来旅行和探索。

一个设置陷阱的捕猎人写信给我说，7月中旬，他深入大平原的腹地，在普拉特河（Platte River）上发现了那只断齿河狸的印痕。很显然，这只断齿河狸和同伴本来一直在群山中旅行，那里有迅疾的溪流、两岸岩石嶙峋。而如今，它们来到了大平原上，因此很享受那里阳光明媚下而缓慢流淌的溪流。没有人知道它在大平原上的经历和冒险。

这只远行的河狸会回来做我的邻居吗？在夏天离开的河狸通常会在8月下旬归来。一般来说，大多数河狸仅仅会漫游到离家几公里之处，而这只充满探索精神的河狸却远行了大约96公里。一个夏天的漫游者，时时把自己的命运同河狸邻居联系到一起，永远走向河狸聚居地进行探访。而两个河狸伴侣也常常会交配，并开始建立新的聚居地。当然，也有一些河狸在旅途中丢了性命。

然而在9月初，就在我的小木屋附近，我在那只断齿河狸的老家重新发现了它留下的齿印和脚印。

第 13 章　野生动物的悠闲时光

Leisure Classes

一般情况下，大部分野生动物都安静、从容不迫地生活在自己的领地上，属于荒野世界中的清闲阶层，拥有很多快乐的悠闲时光——在夏季的3个月，河狸们都要外出远足，前往陌生的区域去度过漫长的假期；山狮悠闲地躺在早晨8点的阳光下，欣赏下面冲沟里的探矿人，观察他们劳作时的一举一动；肥胖的灰熊无所事事，像小丑一样玩弄着松果，仿佛在认真地表演杂耍特技；老臭鼬带着幼仔一起嬉戏，绕着松树奔跑、游戏；鹿群在领地上从容不迫地漫游，时而停下来观察松鸡嬉戏；一只接一只的水獭从小溪上游游下来，前往某个集合地，参加一场有趣的聚会；丛林狼即便是饥肠辘辘，也不忘聚在一起进行集体游戏，享受悠闲的时光……

一只山狮悠闲地观察两个探矿人

"像河狸一样劳作",这句话意味着至少要像大地上的任何动物一样劳作。很多年来,在我搭建于山中的小木屋附近,分布着一些河狸聚居地,我得知在大部分时间休息和野餐(附带也劳作一下)是"像河狸一样劳作"的示范性意义。

河狸很少做事,它常常只有效地做一点点劳动。作为一种聪明的动物,它并不仅仅为了劳动的缘故而劳动。它很少修理自己的房子和堤坝,但这些建筑物却能持续很多年而不颓败。

收获过冬的食物是它的主要任务。这项工作需要两三周的时间。然而,当足够的供应品被储存到了池塘之中并持续到春季时,它就要等到第二年秋季才有常规工作要做。因此,它每天都进食、睡觉、洗澡和梳理皮毛,但它还会一次游荡或嬉戏好几个小时。

但是，它可绝不是那种头脑简单和愚蠢的家伙。它会在夏天的3个月中离开家园外出度假。漫长的假期，旅行和嬉戏，始终让它保持活跃和健壮。它是生活大师。

假期如此漫长，大自然以充足的时间去给空寂的河狸房子消毒、杀菌，使得河狸们能够增强抵抗力并储蓄力量。

总的来说，很多悠闲的乐趣似乎是动物们的一种特性。当我观看一头灰熊跳进河狸池塘嬉戏的时候，就发现一只山狮站在对岸。它在那里伫立了好几分钟，欣赏着那头熊的玩笑、戏谑。它就像那头熊一样，在同一个地区出没，在米克尔山的山坡上拥有一个巢穴。

一年中有好几个月，这只山狮几乎每天都要享受一种特殊的娱乐。通常在每天早晨大约8点，它都要来到一道山岭的岩石上蹲伏下来，观察两个热切的探矿人在下面的冲沟里劳动。当他们从自己的小木屋沿着小径走上来，它就悄悄注视着他们，傍晚回家的时候，它又用目光追随他们远去的背影。它躺在阳光下，满足地观察着他们各种不同的活动。

也许，它在观察矿井辘轳转动的时候，比观察其他一切东西都要细致。当木桶出现在那矿井顶部时，它就会歪斜着脑袋，仿佛入迷了。当探矿人在矿井顶部为木桶中的泥石而摇摆木桶，它就聚精会神地聆听那些落石碰撞的声音。

有一些日子，它会在自己那个舒适的位置待上三四个小时，然而它却始终警戒着。它的鼻子不断捕捉微风带来的每一个气味信息，它还留意远处传来的每一种声音的变化。

探矿人曾经爬上山腰，去仔细检查露出地表的石英岩层。那一天，那只山狮并未待在它平常的位置上。它的缺席是其他原因引起的。那天傍晚，在回家的路上，那两个探矿人俯视一个河狸池塘。那只长期观察他们的山狮却躺在河狸堤坝上，目光在追随一些四处游动的绒毛幼鸭。

第二天早晨，它再次躺在岩石上，观察探矿人。他们伫立着看了它一阵。尽管那只山狮似乎意识到了他们在观察自己，却也没有走开。它显然在几周之前就得出了这样的结论：他们不会伤害自己。

有一天，正当他们观察那只山狮时，山狮移动耳朵，扬起脑袋，仿佛在聆听。然后它抬起鼻子，仿佛在嗅闻一种微风吹过去的稍微有些危险性的气味。它起身，面朝着对面，接着又重新躺回去。

那只山狮就像真正的猫科动物一样，一旦有机会，它都稳定地享受着某种舒适感，并度过很多个小时。两个探矿人前往它经常游荡的山岭，他们从山上搬运木材下山的过程中，在它曾经旋转、四处嬉戏的积雪上看见了它留下的踪迹。它很少花时间去猎取食物。它不时探索周边很多公里的乡野。偶尔，它也会离开自己的老巢或构筑新巢。然而，除非有意外发生，它的日子过得都比较悠闲。

肥胖的灰熊玩松果来打发时光

饥荒、森林大火或者某些其他不同寻常的灾难，可能会短暂地导致动物和人类去辛苦地劳动。但是，这些不过是例外的时段和环境而已。在一般情况下，大多数动物都过着一种安静、从容不迫的生活。它们似乎并不担忧什么，显然也不会去招惹麻烦。它们每天都平静地四处移动，充满力量。它们始终做着充分准备。它们看起来是那些长久地属于有闲阶层的动物。

一头肥胖的灰熊在树林边缘游荡，无所事事。很明显，它并不清楚接下来要把自己的注意力转向哪里，有好几分钟，它都仅仅伫立着。接着它又坐下来，观察附近的一只囊地鼠挖掘并堆积土堆。它从这个情景中转身，用后腿站起来，靠着一棵树，咬掉了一点树皮。它很容易一点点轻轻地啃掉树皮，将其咬住几秒钟，然后扔掉。我透过望远镜，从树林的背风面观察着它的举动。

一只豪猪开始越过开阔地。那头灰熊向前迈出三四步，像狗一样坐下来，观察那个行动尴尬、迟缓的家伙走向某处。随后它转身，把前爪高高地搭在一棵树上，伸展四肢，开始跟随那只笨拙的豪猪懒散地越过开阔地。

一阵活跃的秋风吹拂，摇荡着松林，于是从岩石嶙峋的山坡上，一枚松果从树上掉了下来，并顺着山坡弹跳而下。那头灰熊走向那枚松果，轻轻把左前爪放在上面，再轻轻地四处滚动它，仿佛在玩弹子球一般，接着它又用右前爪重复这种表演。它好像在扮演小丑，耍起这样的特技：铲起松果，让其在背上迅速滚动，用爪子在空中从一边摇到另一边。松果落下来，或许是被故意扔下的，因为它就跟在后面，跳跃着追逐起来，仿佛那枚松果是森林中唯一的松果，它丝毫舍不得丢失一般。

它后腿伫立着，高高挺立在空中，爪子里拿着松果，专注地看着它。然后，它倾斜着脑袋，将松果贴近一只眼睛，仿佛在用放大镜仔细检查它。它将松果放在牙齿之间，脑袋猛地一抽动，就将松果抛了出去。

突然，它活跃起来，脑子里有了明确的目的。它换了一种方式来进行表演：它用牙齿拾起松果离开，进入树林，露出一副充满尊严的姿态慢慢行走。不管怎样，它都显得就像是一只硕大的小狗，要带着自己得到的第一根骨头去埋藏。

这是一头年老的灰熊，在自己的活动范围内漫游和嬉戏。由于每天只需两三小时就能找到它所有的食物，因此在剩余的时间，它肯定要在某处以某种方式来打发和度过时间。在玩耍松果的前一天，它还穿过自己的家园，行走了24～32公里，它缓缓而行，没有明显的目的地。差不多一个小时，它停下来，在一个河狸池塘中洗澡、四处跳跃、溅起水花；它从池塘中出来，在青草上摩擦身子，还四处打滚，以便让身子尽快干起来。然后它翻了一个侧身筋斗，滚下山坡，突然又在河狸房子旁边坐下来观察什么东西。

对于这头灰熊，谋生只需要一点时间即可。然而它所在的那个区域所能提供的熊类食物，还不如很多有熊生活的地区那样充足。

晒太阳的老臭鼬跟幼仔嬉戏

这头灰熊善于随机应变,尽管它实际上是独自生活,它也很少讨厌自己的同伴。尽管它热情地表演种种杂耍特技,却完全是在孤芳自赏,根本没有伙伴观看和喝彩。它充满了好奇心,当它看见一只附近的动物在干某种新鲜的事情,或者好几只动物在嬉戏,它就会立即对其全神贯注,目不转睛地进行观察。

这个秋日,它显得有点无精打采,对于它来说,这样的情况实属罕见。然而熊类食物很丰富,它打算使用它在前一年冬天使用过的一个巢穴,没有其他灰熊入侵它的领地,因此它几乎也就无所事事。它很肥胖,准备好了冬眠。这是一种机会——它似乎能很自由地支配自己的时间。

在早些年以前,这头灰熊就到我附近的地区来生活了,占领了被那头破耳朵灰熊占据了很久的领地。在猎人射杀了破耳朵灰熊几周之后,它就前来接管了这个地区。

这头灰熊在我生活的山谷中漫游,我常常都能看见它的身影。偶尔,我会连续不断地追踪它好几个小时。大约一半时间,它都在自己的活动范围内沿着小径漫步前行,而剩余的时间,它则在享受某种娱乐活动——游泳、晒太阳或玩着它的那些杂耍特技。

这头灰熊很高雅,像荒野的有闲绅士。每年大约有 4 个月,它都在巢穴中冬眠。对于大多数时间——另外的 8 个月,它都让自己嬉戏,让自己充分享受各种娱乐带来的乐趣,还做好充分准备,随时四处走动，从来不去自寻烦恼。它给人的印象是很能干，准备好随时去应对任何事情。

它的活动范围很大，覆盖了山区的好多平方公里。在这个很大的领地内，同时还生活着无数种其他动物——大角羊、鹿、山狮、黑熊、丛林狼、河狸和其他动物。这些动物在这里出没，也属于有闲阶层。多年来，我常常在这个地区追踪和观察一头熊、一群羊和很多河狸，但在观察的过程中，我还频频遭遇其他动物，看到过它们展示的那种舒适从容的生活。这些动物从来不为食物问题而发愁，每天花极少时间去觅食。

在山腰的一棵松树脚下，一些黑白的物体在四处翻滚。早在几分钟之前，那头肥胖的灰熊曾在它们旁边翻滚。这些黑白的物体就是快乐的臭鼬幼仔。两只老臭鼬就在附近，展开身子躺在阳光下。那些幼仔厌倦了自己的嬉戏，便扑到老臭鼬身上，老臭鼬为了逗弄孩子，也加入了嬉戏，跟孩子们尽情地玩耍。它们跃过幼仔，四处行走，还紧紧扭住幼仔，呈单行纵队绕着那棵松树而奔跑，显然玩到幼仔们疲惫不堪的时候才会罢手。

这些臭鼬似乎没有更好的事情去干。它们肯定很容易找到食物——对于它们，觅食完全不成问题。打扫巢穴的工作，或者改变巢穴的内部结构，一年中只需要几小时就足够了，因此它们十分清闲。每当我接近臭鼬，都发现它们通体都很干净，流露出骄傲的神态，做好了充分的应对准备——它们的任何时间，都决不会因为那些不受欢迎的来访者而消耗。

鹿群在领地上从容不迫地漫游

有一次，我追踪一群鹿已经有两天了。它们位于一片相当开阔的树林中，其中3只鹿的头上长着巨大的头角，而另外6只鹿则没有头角。这些鹿是缓慢而行、逍遥自在的荒野居民，既不匆忙也不担忧，一路上走走停停，花了两三个小时才走出大约1.6公里的路程。

谋生对它们并不是什么艰难的工作。它们都肥肥胖胖，因为四周都有食物，根本饿不着它们，因此它们除了进食，就没有什么别的事情可干。由于每天最长的进食时间也仅有两三个小时，所以它们的日子就显得从容不迫。

在一个地点，这些鹿站立了一个小时，观察一群做游戏的松鸡（grouse）。我仅仅是瞥见了那些松鸡，但无论它们在做什么，都肯定让那些鹿感到了快乐，因此才长久地驻足观看。那群松鸡一共有14只，最终沿着一条小溪的边缘漫步，偶尔还到处停下来，流连忘返，用低沉的声调相互呼唤，转身看着是否有任何让它们感兴趣的事物，显然对出现在附近的那群鹿根本就漠不关心。

在松鸡的游戏场那边，那些鹿向前迈出几步，然后躺下来，其中那3只长着头角的鹿紧靠在一起，两只体型更小的幼鹿则肩并肩靠着。

在悠闲、轻松了一个多小时之后，它们才一一起身，漠然地看了看四周。一只鹿开始嬉戏，之后所有的鹿都开始跳跃、嬉戏起来，最终玩闹着离开，走进了树林。它们绕出一个大约 400 米的圈子，又回到出发之地，花了一个小时走向下游约 400 米之处的一道河狸堤坝。

在这里，它们呈单行纵队跃过堤坝，幼鹿走在前面，每一只鹿都轮流停下来嗅闻那些最近才覆盖在堤坝上的新鲜泥巴。在这附近，它们度过了下午，还在此过夜。第二天，当它们慢慢走回它们前一天所在之处，在经过那头肥胖的灰熊的时候，还停下来盯了好几秒钟。

动物们的一部分悠闲状态，归因于它们拥有的活动范围。由于长久生活在一个地区，它们熟悉了各种不同的资源和隐身之处，它们知道在何时、到何地去寻找某些种类的食物，也知道到何地去躲避暴风雨、避开苍蝇，或者逃避敌人。

于是，动物们也并不为自己未来的后代而储存、积累，也不会浪费精力去掠夺其他动物的积累。一些动物的确要为过冬而预先储存食物，但就绝大部分动物而言，春天的来临就完全是新的一年，只有极少数过去的食物跟新一年的食物混杂。

就像这群鹿，它们中的大多数都从容不迫地在自己的领地上游历，常常停下来嬉戏、观察或欣赏其他动物嬉戏，但并不会去干扰。有时候，它们似乎在四处移动，进行一场静悄悄的检阅之旅。

对于大多数动物而言，敏锐的嗅觉是它们非常显著的特征。嗅觉是悠闲生活的创造性因素——嗅觉可以让动物了解远处的物体究竟是敌是友。对于食肉动物，嗅觉可以探测猎物的存在。我追踪过一头外出觅食的熊,它不时在这里捕捉到一只耗子,在那里捕捉到一些蚂蚁。突然,它扬起脑袋来嗅闻,踮起后脚尖站立。它的动作让它跟一只几乎在1.6公里之外的死鹿的气味形成了一线,于是它一路寻踪,朝着那只死鹿直奔而去,它那发达的鼻子为它节省了大量觅食的时间。

水獭匆匆前往某处,赶赴一场游戏

有一天,正当我观察一只松鼠时,却不料一只水獭沿着我附近的那条小溪匆匆游下来,一刻也不停,仿佛正在前往某个有趣的地方,那里似乎非常吸引它。我没料到的是,就在它消失之后,另一只水獭也游来了,进入我的视线,紧接着,第三只水獭也紧随其后而来。这两只水獭都在急切地赶路,仿佛正在赶赴一场它们十分向往的约会。当时我正在追踪那只肥胖的灰熊,见此情形,我的好奇心被激发了起来,便干脆把追踪灰熊的事情扔在一边,一路追踪那几只水獭去了。

我按它们的路线匆匆往下游,追踪了半个多小时,但它们移动得如此迅速,以至于我已经跟不上它们了。于是我离开溪流,奔跑了一段路程,以便赶上它们而又不被发现,并先于它们之前到达。经过一番努力,我终于赶在它们前面抵达了小溪。然而,我的突然到来似乎很冒失,几乎破坏了水獭们的一场大型聚会。

在那里,我看见了两三个移动的黄褐色物体,便赶紧向前卧倒在松针上面不敢动弹，生怕它们发现我的行踪而被惊跑。安静了差不多一分钟之后，我才悄悄抬起头来，观察前面的情况，却发现自己偶然遇到了一条水獭滑道和一场水獭滑行聚会。幸好水獭们没有闻到我的气味，一段时间之后，它们就继续进行那场被我的到来打断的滑行嬉戏。我猜想我刚刚看见的那 3 只匆匆赶往下游的水獭，现在正置身于那些在场的水獭当中，虽然我并不曾看见它们的到来。

正当我观察的时候，一只水獭从下游赶来了，它丝毫没有犹豫，更没有得到在场的其他水獭同意，便沿着那条滑道爬上那陡峭的岸。它在抵达滑道顶端之后，就从上面俯冲下来，迅速滑向底部。

这条滑道位于小溪陡峭的南岸上面，在一个也许从溪流上面升起大约 15 米的地方。从靠近顶端之处，一股渗出的泉水涓涓流向小溪底部，水獭们就沿着这座陡峭而滑溜的山丘滑下来，悠闲地打发时光。

这些嬉戏的水獭多半呈单行纵队爬上去，在抵达顶端的那一瞬，每一只水獭通常就会跃到湿漉漉的斜坡上，急速滑下来。

不过，不时也有两三只水獭一起跳跃，有一次我还看见好几只水獭一起跳跃。由于周边树木密集，这些滑行者的运动又十分迅疾，而且我距离它们较远，让我无法正确地数出它们的数量，但大略估计，这里聚集着有 12 只或者更多水獭。

这条滑道的外貌看起来已经使用了两三年了。从在场的水獭数量来判断，大多数水獭并非当地居民，肯定是来自远方的旅行者，它们也许走了很长的路才抵达这里。尽管路程较远，但这些水獭都是优秀的旅行者，完全能够应对。

在这里，它们频频嬉戏，欣赏那种成群结队的群体性嬉戏。我还见过它们成双成对或单独嬉戏，可是在这些场合，这种游戏通常都伴随着一枚松果、一根树枝或者某个物体而进行。

丛林狼即便饥饿不堪，也不忘嬉戏

作为高地居民，鼠兔有很多空闲时间来让自己休闲。它生活在高山上，在那头肥胖的灰熊占据的领地范围内，有很多其他动物都拥有自己的家园和领地，而其中鼠兔的家园和领地就位于最高处。

在攀登朗斯峰的过程中，我时常会经过一块大圆石，那上面就常常栖息着一只鼠兔。它一般都栖息在阳光下，嘴里还不时发出"凯阿克"的叫声，它显然是在回应一个遥远的同伴传递过来的呼唤。

在冬、夏、秋三季，那只鼠兔大部分时间都栖息在那里。在夏天，我有好几次看见它在吃青草；在秋天，我有两三次看见它在以最快的速度进行劳动——收割青草和其他可食用植物，并将其一点点带回自己的巢穴边，堆积起来晾干，作为冬天的食物。

就这样，这个温血的伙伴就生活在那些山峰和冰原中间，在海拔大约3650米的高处。尽管几乎每一天都是它的悠闲时间，然而它却干着所有必要的劳动，一刻也没有放松，并始终显得非常欢乐。

现在是正午，从早晨开始，我就一直在那头肥胖的灰熊的领地上追踪一对丛林狼。它们留下的足迹表明，它们在前一天就不曾吃过任何东西了，而在那一天它们也不曾找到任何食物，现在肯定饥肠辘辘。但是，正当它们穿过树林中的一片小小的开阔地，另外两只丛林狼突然出现了，后者猛然冲向它们。我开始还以为那是一场打斗，可是等我靠近了一看，才发现它们原来是在嬉戏！看来，这些家伙即便是饥饿不堪，也忘不了休闲。

它们在积雪中到处打滚、拖着脚而行，先是一只丛林狼，然后是另一只丛林狼让自己挣脱出来，跑出一个小圈子，以最快的速度奔跑三四次，接着就尽可能高地跃起来跳到它们身上，游戏才告结束。此后，它会加入其他丛林狼，被到处推挤、袭击，而与此同时，另一只丛林狼则绕着它们形成的圈子奔跑，最后也跳跃到它们身上。

在这场游戏中，它们丝毫没有发出声响。在丛林狼尽情欢乐的时候，一些同伴常常会坐在或站在附近，轮流嚎叫，或者齐声嚎叫，进行荒野合唱。那声音在野外飘荡，一路传响远方。

有时候，单独一只丛林狼会吠叫和嚎叫好几分钟，然后又沉寂下来，直到它听见另一只丛林狼在远处回应，接着它不时会发出叫声来回应对方。

丛林狼——这荒野狡猾的小丑——有时候是瘦削的狼，可能会持续饥饿好几天，但它通常都不愁食物。大多数时候，它在旅行，且会花上好几个小时来让自己消遣、娱乐。

尽管这些观察是在一个地区完成的，观察中也包括了一些其他种类的动物，却代表了各处的野生动物的普通生活方式和习性。荒野中，只有少许的匆忙、担忧和劳动。一般来说，野生动物在很大程度上都过着一种娱乐、嬉戏的生活，它们正确地享用悠闲的时光，又始终让自己保持警惕，随时准备好应对紧急情况和突发事件。

第14章 潜伏的野猫

The Wild Cat in Ambush

尽管野猫体型不大，但它那轻盈的身体、强劲的肌肉、可怕的牙齿和爪子，还有它那时刻潜伏着伺机发起突袭的本能，都让它成为名副其实的战斗机器。不过在搏斗中，它也屡屡败北——猛然扑到路过的鹿身上，死死抓住不放，而面对进攻，鹿会采取一定的策略，将它甩下来；野猫突袭大角羊，两者都在搏斗中不慎跌入湖中，它再度失手；在进攻臭鼬幼仔的时候，野猫遭到了臭鼬母亲喷出的腺液的袭击，导致一只眼睛暂时或永久失明；野猫偷袭正在伏击松鸡的狐狸，双方的较量未分胜负；野猫对抗丛林狼的时候，双方势均力敌，打了个平手；在追捕老河狸的行动中，野猫却被对方反咬一口，遭到了致命的一击，最终一命呜呼。同时，野猫的好奇心极强，时时大胆地尾随人类……

一只潜伏的野猫猛然跃到鹿身上

在我的身后,突然传来了一阵穿过柳树丛撞击、奔跑的声音,紧接着一头雄鹿就疾奔而出,几乎跟我撞了个满怀:一只野猫扑在它的脖子上,紧紧咬住不放。在那头雄鹿跃进开阔地的那一瞬,野猫还死死紧咬住它的喉咙。于是那只鹿便旋转到一片桤木(alder)丛之中。很显然,它试图将那只催命的野猫甩掉,或者将其挤压到桤木上。它带着那把一只爪子紧抓在自己身上的野猫,继续跳跃,进入一片柳树生长的密丛,消失了。

我匆匆地追踪那只鹿,却再也无法看见它的身影。在一丛柳树的边界和一个河狸池塘之间的一条狭窄的通道中,那只雄鹿和那只野猫就这样突然来到我的面前,还让我有些措手不及。我希望在那只野猫攻击雄鹿之处找到搏斗的痕迹,便穿过柳树丛,开始寻找。

大约往回走了 30 来米，我就见到了冲突现场：在一个开阔的空间里面，一堆大圆石旁边，两只鹿一前一后经过那里，而就在那时，那只野猫突然从石头上一跃而起，扑到领头的那只鹿身上。那只鹿身陷险境，却并没有惊慌，而是立即旋转，跃进了柳树密丛，发出了我此前听到的那些撞击声。那只鹿猛然冲到密丛中，显然是故意为之，它意欲把那只扑到身上的野猫甩掉。

足迹表明，另一只鹿越过了开阔地，在树林边缘停了下来，转身、跺脚，然后径直逃走了，也可能是前去寻找那个受伤的伴侣了。

正当我仔细检查鹿留下的足迹时，一只独耳野猫从那堆大圆石下面的一个洞孔中爬了出来，观看了片刻，接着跳上前去迎接一只正在走近的野猫。那只野猫拖着身子，显然受了伤，沉重地走向那堆大圆石。在我移动的那一瞬，两只野猫都迅速消失在洞孔下面。

这对野猫生活的这个地区，有丰富的猎物，野兔、松鸡和其他猎物……因此它这次扑击到那只雄鹿身上，并不是因为它饥肠辘辘，而很可能是因为它觉得这是一次非凡且诱惑力十足的挑战和机遇。

在周边的森林中，除了松鸡和野兔，还有无数的鸟儿和花栗鼠。大约在 60 米之遥的地方有一条溪流，那里的鳟鱼有时候会被捕捉到，而且附近还分布着一些河狸聚居地，沿着溪流，有一条被频频使用的野生动物小径，山地野绵羊偶尔会从林木线使用这条小径走上接近5公里的陡坡。在附近的一个沼泽中，还生活着一些麝鼠（muskrat），而每年夏天，一些幼鹿都会在沼地中出生。

在周边地区，很多成双成对的野猫实施了那么多杀戮，以至于它们的食物逐渐减少。因此，每隔三四年，它们就有可能被迫迁移，前往新的领域和新的巢穴去生活。然而，在这个巢穴周边，食物充足，因此，连续7年这对野猫捕猎时都不曾迁往别处。

数年前，我曾经追踪过一只野猫来到这个巢穴，很可能它就是这对野猫当中的一只。当时，在距离我的小木屋数公里之处，我在积雪上偶然遇见了它的足迹，那些足迹很新，差不多是一天前才留下的，可是，因为这些足迹的走向跟我所前往的方向大致相同，于是我就开始追踪它们。我当时猜测，在追踪不超过1.6公里之后，它们就会消失在一堆岩石中间。可是追踪超过1.6公里时，我发现了那只野猫绕出半圆形、匍匐爬行、埋伏以待。原来它所做的一切，都是在跟踪一只经过九死一生才逃脱的雪鞋兔。

在前面几公里处，那只野猫转向一边，攀登一道高高的山岭，显然它以前在那里找到过松鸡。当那只野猫仍在好几米之外时，一只松鸡便发现了它的行踪，匆匆逃走了。

大多数时候，那只野猫都在一条野生动物小径上游历，在一些地方，它停下来聆听，溜到岩石或树木后面去窥视前面的动静，然后才走出来。在一个窥视之处，它立即伏倒在积雪上——仿佛有什么东西正在临近。片刻之后，它就跳跃起来，扑到一只过路的野兔身上，当场将其猎杀。

吞食了那只野兔之后，它就越过一道山岭，前往另一条小径，并沿着这条小径前往距离它巢穴一两百米的地点。我无法猜测，在这次旅行中，它究竟去离家16公里或更远的地方干什么。

扭打中，野猫和大角羊双双跌进湖泊

在另一次远足中，我看见一只野猫对一只大角羊发起攻击，而那只羊则处于羊群中心，可见野猫之大胆。当时，那些羊稀稀拉拉地散落在一个山湖的岸边附近，其中一些羊站立在林木线上那些矮小的树木中间，两三只远远散落的羊则躺了下来，所有的羊都显得悠闲自在。

我从附近的一道悬崖上透过望远镜观察它们，恰好看见一只独耳野猫从一个1.2米的障碍物顶上一跃而下，那些羊见状立即一哄而散，四处奔逃，仿佛被炸开了锅一样。

那只野猫可能一直隐藏在一丛树木之中，也有可能一直蹲坐在被疾风吹来的沙子所摧毁的枯死而低矮的大树干上。那些羊肯定感知到了它的临近，它们即便没有看见这个敌人，也能闻到了它的气味。尽管如此，它们却并没有拉响警报。

那只野猫落下来之后，扑到了一只一岁的大角羊的肩上。当这只大角羊跳起来时，那只野猫就向前面对着它，把爪子攫进猎物的脖子顶部。第二次或第三次疯狂的跳跃，使得那只大角羊从一道高约 1.5 米的湖岸上跌入湖中。当它跳跃之际，野猫还紧紧地抱着它，并死死抓攫着脖子侧边，丝毫不肯放松。我认为仅仅是抓住了皮肤。若不是跌入湖里，它的抓攫可能就会更为有效一些。

就在双方扭住跌落之际，那只大角羊在空中转身，头部和身体侧朝下，落到深水之中，把野猫完全压在下面，两者都从水面消失了，但气泡不断冒出水面来，有好几秒钟，水面都有激烈的拍打声，可就是看不见野猫和大角羊。然后，隐隐约约之间，显示出那只大角羊在水下用前蹄踢踹并猛烈敲击那只被甩下来的野猫。这种踢踹很可能是故意的，然而也有可能是一只受了刺激的羊随意而为的本能性踢踹。

那只野猫被甩下来之后，就游到湖泊下面，在距离大角羊 30 多米处才上岸。而那只大角羊喉咙流着血，攀登到岸上，它的十几个同伴来到岸边迎接它，将脖子和鼻子伸过来，似乎是在安慰它。

有一天，在我穿过树林慢慢行进的时候，我希望看见一头熊，却没料到突然看见了两只老野猫，随后是它们的一大家子。它们靠近自己那位于崩塌的岩石堆中的巢穴入口，幼猫们正在欢跳、嬉戏，我又向前迈出一步，在一棵大针枞后面隐藏起来，拿出望远镜开始观察。

两只幼猫展开身子，直挺挺地躺在地上，其中一只幼猫侧身躺着，伸出一只爪子去抓挠那站着的野猫父亲的腿；另一只幼猫则四处滚动，偶尔把 4 只脚举到空中。第三只幼猫，一会看看这只幼猫，一会儿又看看那只幼猫，有时候还会伸出爪子去触摸野猫母亲。一部分时间，它还伫立着，时不时用后腿站起来在周围跳舞。

野猫父亲移到一边，那3只幼猫找不到玩耍对象，便索性跳到母亲身上，把它的毛发拉扯了好几秒钟，接着就突然停了下来。此时，野猫父亲发出了威胁性的嚎叫，它沿着崩塌的岩石堆察看。野猫母亲也站起来嚎叫。显然，有某种可能存在的危险，可是并不严重，要不然，幼猫们早就在父母的命令下撤退，钻进巢穴逃之夭夭。

原来，一只豪猪正在缓慢地走来。当它位于野猫下面，距离还有一两米远的时候，它就转身走向那堆崩塌的岩石，显然是有意要去进一步观察和探究野猫们所使用的那个入口。

在那只豪猪意识到要发生什么之前，或者在野猫们意识到要发生什么之前，那个浑身长满刺的家伙就逼近了幼猫，老野猫试图阻止它，便开始大声嚎叫起来，随即露出一副可怕的威胁相。

那只豪猪若无其事地靠近洞穴入口，而幼猫们目瞪口呆地站立了几秒钟。随着一只野猫在侧面威胁豪猪，另一只野猫也在豪猪前面发出威胁，这个莽撞的家伙才如梦初醒。豪猪朝着旁边迈步，把它那长满刺的尾巴猛然向上掴打。两只老野猫急忙躲避，幼猫们则爬上了岩石。那只愤怒的豪猪口喷白沫，转过身子退回到下面，消失在树林之中。

野猫遭到臭鼬的反击，一只眼睛失明了

野猫，有时候被称为山猫（lynx），这种猫科动物堪称野性的斗士。尽管它的体重和尺寸都并不大，却是一台超常有效的战斗机器，它经常能够克服极大的困难而赢得胜利。它十分机警，并且无论输赢，它都会从一场搏斗中走出来，而且很少受伤。

每当野猫找到特别难得的机会，以及在被饥饿所驱使的情况下，它就会尝试对大动物发起攻击——它捕猎的大猎物通常是羊羔和幼鹿。尽管如此，它还是多半把注意力放在松鸡、花白旱獭、野兔和耗子之类的小动物身上，因为捕捉这些猎物容易得手，而且狩猎起来很安全，通常都无须进行搏斗即可获得。

在我的小木屋附近，以及我所探索的整个区域，生活着很多野猫。我常常看见它们留下的足迹，但偶尔才看见它们的身影。一般来说，一只野猫或山猫独自在夜里进行捕猎，或者在清晨和黄昏的晚些时候捕猎，可是，我所见过的野猫却在正午单独或成双成对地进行捕猎。

野猫的行为很低调，极少招摇，它通常潜伏起来发动突然袭击，其成功之处就依赖于不被对手听到和看到。它潜伏于视线之外，轻轻地迈步，悄悄地移动，还不时发出一声表示满意的呼噜或者一阵喜悦、激动、恐惧或痛苦的尖叫。

当它静止的时候，它的皮毛上的保护色就将它充分地隐藏起来，不容易被发现。我曾经没看见一只蹲坐着定睛注视的野猫，就

不知不觉地走近了它。它充分利用它的这种天然的隐蔽性，来作为捕猎的有利条件。也许，比起任何其他动物，野猫更多是埋伏着等待，伺机进行伏击。在很多地方，它其实只是蹲坐着，之所以看不见它，只不过是因为它的颜色把它隐藏了起来，与周边环境融为一体。

一些动物依赖于猛烈的攻击和力量来确保获得猎物，另一些动物的获胜方式就是比猎物跑得快，而还有一些动物则通过娴熟的追踪技能来找到猎物，但野猫却颇具耐心，它可以长久地等待，伺机而动。捕猎时，它通常会前往一个可能逮住猎物的地点，在那里蹲伏下来，前面没有任何障碍物和隐蔽处阻挡，等到有猎物经过，便突然一跃而出，发动突袭。

有一天，我靠着一棵树观察 4 只臭鼬幼仔打闹、嬉戏，这些小家伙在臭鼬巢穴几米之外的地方享受着阳光浴。一只硕大的野猫似乎也在一直观察着它们，而那些未成熟的臭鼬幼仔根本没有办法保护自己，就像小野兔一样无助。

我在那里待了几分钟，没有注意到野猫的临近，也不曾看见臭鼬母亲躺在幼仔们附近的一根树桩旁边。

我看见那只野猫猛然跃起，朝着一只幼仔落下去，然而，就在它落下的那一瞬，臭鼬母亲似乎早有准备，就像对待所有入侵者那样，立即把它那刺激性的致命的腺液狠狠地喷射到野猫脸上。那只野猫立即疼痛难忍，显然是失明了，发出一声可怕的嚎叫。开始跌跌撞撞乱跑，却不料撞上了一棵树，又撞到臭鼬母亲身上，接着才盲目地逃进柳树丛。

在遭到臭鼬把腺液猛然喷射到眼里之后,很多动物会因此失去视力,并且慢慢死去。这只野猫完全失明了,跌跌撞撞穿过柳树丛,把自己的面部浸入小溪,然后又把面部紧贴在岸边的泥巴上,试图擦掉满脸的腺液。偶尔,它极度痛苦地发出一连串叫声。在这场战斗发生两天之后,那只野猫就离开了柳树丛,我透过树林观察,从它的动作上来判断,它的一只眼睛肯定是暂时并且很可能永久失明了。

野猫跟狐狸和丛林狼之间的战斗

有好几次,我见过野猫在展示它那具有优势的结合体:轻盈的身体结构、强劲的肌肉、可怕的牙齿和爪子,还有它那偷偷摸摸、鬼鬼祟祟的行动。

一只狐狸潜伏着狩猎松鸡,却不料"黄雀在后"——遭到了一只野猫的攻击。深厚却相当柔软的积雪,十分有利于野猫的行动,无疑帮了它的大忙。积雪上,它的脚仅仅陷下去一点,而狐狸的脚却陷得很深。足迹表明,那只狐狸正伺机狩猎,而野猫却在它身后偷偷溜上来,猛然跳到狐狸的脖子上。于是双方开始在积雪中搏斗,大打出手,但不久狐狸就渐渐落了下风,便竭力尝试着逃走。最终,在一个岩石嶙峋、疾风扫掠的地方,它才摆脱了野猫的纠缠,一路滴着鲜血逃之夭夭。而野猫也受了伤,它的足迹中留下了斑斑血迹。

我曾经观察一只丛林狼守候在浅溪的涟漪中，等待一条试图挣扎着通过、前往上游产卵的鳟鱼，而就在那时，一只野猫也沿着溪流而下，前来觅食鳟鱼。直到那只野猫悄悄潜到了丛林狼的脚跟前，它才惊讶地看见对方。于是它立即转过身去，跟野猫对峙，而野猫发出可怕的嚎叫，还吐出口水来。

那只野猫置身于开阔地，如果它试图逃走，丛林狼就会跳跃起来穿过这个开阔地追逐它。开阔地四周都布满了浓密的灌木丛，丛林狼背后是溪岸，岸下就是溪流。丛林狼打起精神，做好了战斗的准备。那只野猫声东击西，佯装要跳跃，却依然伫立在那里，没有出击。反过来，丛林狼也做出欺骗性的短短的跳跃，仿佛要跃上前去抓住野猫。

那只野猫见状，便迸发出一阵愤怒的吼叫，迅速跳跃起来，而丛林狼则向前伸出两只爪子去迎击对方。半空中，那只野猫抓住丛林狼的脖子，而丛林狼则向后翻倒，结果两者都跌进了溪流的深水处。丛林狼压在上面，它们在水里不断挣扎和搏斗，溅起了一阵阵水花。然后，那只浑身湿透的野猫杀开一条血路，强行突破密集的灌木丛逃走了，而丛林狼也不敢追击，悻悻地离开了现场，不过每走几步都要回头观望动静，生怕野猫卷土重来。

有好几次，一只野猫在夜里穿过树林尾随我。尽管它很胆怯，但有时候它就是按捺不住自己的好奇心而偷偷接近，或许在野猫这个种族中，只有一些成员才具有如此强烈的好奇心。我知道，野猫除了自卫，一般都不会主动攻击人类，这些野猫尾随我是由于其他原因，而不是想要对我发动攻击。它们可能是受到了我的吸引——要么是我的衣服散发出来的某种不同寻常的气味，要么是衣服的颜色，要么是我的行动……然而，它们确确实实在尾随我，有时候，它们还会长时间尾随，每次会超过一小时。

在一个冬日下午，我早早就扎了营，前往1.6公里之外的一道旁侧峡谷去观察一个大型河狸聚居地。就在我转身返回营地的时候，我偶然发现一只野猫一直在尾随我，它在我身后紧紧跟随了几秒钟之后，便跳进了柳树丛，避免跟我直接面对面相遇。

它的行为让我好奇，我就回溯到它开始尾随我的地方。显然，我从营地出来5分钟便经过了它的潜伏之处。当时它伏倒在一根圆木上面，允许我靠近它经过，但当我仅仅走出几步之遥，它就从那根圆木上一跃而下，开始尾随我。

还有一次，我看见一只野猫卧在一根靠近小径的圆木上面。由于它没有移动，我就想它可能会尾随我。我猜得没错，它的确尾随而来，我故意以"Z"字形的路线行进，还绕出半圆的路线，想要看看我是否能甩掉这个家伙并且对其进行测试。我试图看见它的身影，便在一个条件有利的地点突然卧倒下来，还往回匍匐爬行了几米，朝后面窥视。它就在那里，伫立在一个小小的开阔空间里，完全静止下来，显然在聆听我的动静。

很快，它就显得不耐烦了，半蹲坐着，向后回收耳朵，把脖子伸向右边，然后又伸向左边，再仰起来看一眼。它的毛发竖起，对我不再前行表示出了恼怒。最后，它站了起来，先是扬起一只前爪，接着又扬起另一只，用力打击，爪子掠过它的脸，接着就发出一阵野性而愤怒的高声嚎叫，才匆匆离开，消失在灌木丛中。

老河狸转身奋起搏斗，一口咬死野猫

一个冬日，由于我的接近，无意间打断了一场好事——一只野猫正在追逐一只野兔。

在两道平行的冰碛山岭之间，有一个河狸池塘淹没了一片差不多1600米长、400米宽的沼地。这个地区长满了柳树，其间是野兔的家园，生活着很多棉尾兔（cottontail）和一些雪鞋兔。

我从一边进入了这片沼地，去查看河狸修建的堤坝，却不料遇见一只逃亡的野兔。它显然是在拼命逃离危险，然后又有一只野兔跑了过去，片刻之后，又跑过两只野兔，显然它们都在快速奔逃，肯定是受到了极大的刺激。

我本来应该静静地站立，相反我却匆匆走上前去，试图警告它们。正在此时，又有两只野兔掠过我飞奔而去，接着我就跟一只野猫面对面相遇了。片刻之后，我又看见了另外两只野猫，它们都在竭力驱赶那些野兔。我对野猫们可能会干出什么依然感到好奇，便继续前往探查，很快就发现了另外两只野猫的足迹。从那时起，我就不断听说野猫有时会聚集起来，进行这样一场集体狩猎。

它们的计划显然是要通过协同作战来确保捕获野兔。此外，

还有一两只野猫隐藏在野兔被驱赶而匆忙奔往的柳树丛尽头,在那里以逸待劳,这真的是守株待兔!在野猫的追赶中,野兔们轻而易举就被吓得惊慌失措,一旦一些野猫冲向它们,它们就不知所措,从而轻而易举地沦为这些追逐者协同作战的牺牲品。

在一个河狸聚居地附近,我发现了一些野猫的巢穴,这让我有些担心,因为我害怕偶然有一只年轻的或受伤的河狸,或不时有一只成年的健康河狸,会沦为野猫的口中食。

偶尔,一只野猫会猎杀体型比自己还大的河狸。一天傍晚,我偶然遇到一只野猫在几分钟之内连续猎杀3只河狸的场景。这几只河狸都远离了池塘,第一个牺牲品在劳动的时候遭到奇袭,很快丧命;另外两只河狸见势不妙,便竭尽全力一路奔逃,却被野猫迅速赶上来捉住,而其中一只在距离池塘仅一两米之处惨遭杀戮。

不过,河狸也并非总是成为野猫的牺牲品,事情总有意外。一天下午,正当一只野猫对一只身材硕大的河狸穷追不舍时,没想到那只大河狸在奔逃中突然转身,紧紧抓住了野猫,因而那只野猫很可能还没来得及经历它一生中最大的惊吓,便一命归西了。本来那只野猫悄悄潜近一些正在池塘岸边啃噬树木的河狸,但它还没来得及跳起来扑击,河狸们便察觉到了它,纷纷朝着水边逃去。

正当那些河狸为了抵达池塘而拼命奔逃的时候,我在靠近岸边的树林边缘观察。除了一只肥胖而硕大的老河狸,其他河狸都成功地钻进了水里得以脱险。而那只老河狸行动缓慢,但就在它快要接近岸边的时候,它正确地判断出了一路追来的野猫即将跳起来扑击它。

就在池塘边缘，它猛然转过身来，用后腿微微地站起，伸出两只前爪，仿佛要去紧紧抓住那只野猫。就在野猫扑下来的那一瞬，老河狸仅仅对其猛然一咬，那只野猫喉咙便被咬断而翻滚在地，还没来得及挣扎一下，就一命呜呼了。

除了自卫，河狸很可能从来不会主动进行搏斗，即使在搏斗时，也很少有人看见过它们搏斗的场面。可是，这只老河狸征服那只野猫所采用的娴熟而有效的方式，暗示着它以前曾经面对过野猫，具有一定的应对经验。

野猫放弃快要得手的松鸡，转而尾随我

还有一次，当我外出前往荒野漫游之际，一只野猫从远处而来，悄悄潜近了我。然而，它无法进入我所行走的小径，尽管它有好几次接近了我，却都把自己充分隐藏了起来。但最后，我纯粹因为瞥了它一眼，就让我产生了要去进一步探究其行为的念头。

这肯定是一只好奇心极强的野猫。当时，它本来在大约800米开外的地方捕猎，正蹑手蹑脚地行进，悄悄潜近一只松鸡，就在那时，它的鼻子突然闻到了我的气味，尽管那只松鸡近在咫尺，它也几乎快要得手，但它还是立即放弃了松鸡，转而从山腰大步跳跃下来尾随我。

它避开了我的小径，没有在我的前面经过，却一直沿着我的

背风面向前移动。它还一度爬到一堆大圆石上面,注视我经过。还有一次,它从一棵倒下的树冠后面偷偷窥视,接下来,它又把身子伏倒在几块小石头后面。我在距离它仅有3米的范围内经过,却没能看见它。有半个多小时,它都跟我一起前行,当我转身的时候,它就停下来。

我沿着它的足迹一路回溯。

当然,它无意主动对我发起攻击,我猜测它仅仅是受到好奇心的驱使,才会前来尾随我。它的好奇心可能是被我激发起来的:我缓慢的行动、人类的气味或者从我的衣服上散发出的前一夜营火的强烈烟熏味,以及我的狗斯科奇两天前在我的外衣上留下的气味,都可能唤起它的好奇心。

在我右侧的一丛灌木中,那只野猫一下子就跳了出来,落在我前面,距离我仅仅一个身位。

它没有停下,并假装没有看见我。它又跳跃了两次,在我左侧的一丛柳树边缘停了下来,让我一目了然。

为了探索它的下一个动作,我等待了足足有半分钟。显然,它期待我前去追逐它,然而见我伫立不动,它就走出柳树丛,依然假装着没看见我而慢慢走开。这个家伙竟然胆大到了这种程度,不惜冒着被一个距离它很近的人所猎杀的危险而前来尾随,究竟是为了什么呢?

当我爬到前面的一堆大圆石上,它就迅速地掉过头来,再次接近我,把自己充分暴露在我面前。我一直在疑惑:当我在积雪中,在一块岩石下面的洞口旁边看见一只幼猫的时候，它又会怎么样呢？那时，野猫母亲为了幼猫的安全而一直注视着我的行动。当我过于接近幼猫的时候，那野猫母亲就大胆地利用这个充分暴露自己的计策，试图把我从它的孩子身边诱走。在我看来，没有哪种动物能比它的所作所为显示出更大的勇气。

第 15 章 臭鼬探索记

The Highly Specialized Skunk

作为荒野中的小伙伴，臭鼬从不会主动惹事，一般都会避开冲突。但它一向自行其是，即便是面对身材魁梧的灰熊，它也旁若无人地上前夺食，令对方只得放弃而退避三舍。它呼呼大睡时突遭山狮袭击，但它及时喷出臭气熏瞎偷袭者的眼睛，让对方夺路而逃。它侵入灰熊的巢穴，一番冲突之后，灰熊不得不杀开一条血路而匆匆逃离……同时，臭鼬还是个游戏爱好者，通常会参与集体舞蹈。在远处飘来的臭鼬气味引导之下，迷路者最后顺利地返回营地；摄影者试图爬到树上给臭鼬的巢穴拍照，却被它们上下围困，进退维谷。营地中，它们还不期而至，挤进帐篷把睡觉者团团围住。尽管如此，还有人将它当成宠物来豢养……

面对臭鼬,灰熊只得放弃到手的食物

我的鼻子通向一场野生动物的电影,而电影中的那些对白是一匹死马的气味传递给我的。我攀登一道低矮的悬崖,看见树林边缘有一具腐尸,腐尸前面是一片青草丛生的开阔地,一些喜鹊正在享用这场盛宴。此时,一头灰熊慢吞吞地挪动脚步前行,但在距离腐尸15米之处,它就停了下来,踮起脚尖嗅闻,然后又小心翼翼地呈"Z"字形奔赴那场盛宴。

突然,那个明星演员——臭鼬,不请自来地从右边走出了树林。灰熊见状,便立即发出带有威胁、声调起伏、模糊咕哝的叫声,朝着臭鼬向前迈出了一步。然而,那只臭鼬却并没止步,反而旁若无人地走上前来,仿佛自己是这里唯一的存在。它停下来看了看那具腐尸,但依然没有理会灰熊。那头灰熊毛发竖起,朝着它又向

前迈出一步。就在那时,那只臭鼬旋转过身子,抬起了尾巴。面对如此的情形,那只灰熊愤怒得咬牙切齿,却也只得立即退避三舍。臭鼬体重3公斤或更轻,而灰熊的体重则达到了300多公斤或更重,但在这个荒野的小伙伴面前,灰熊也不得不放弃已经到手的食物。

那头灰熊笨重地离开了几步,坐在开阔地中,如小丑一般尽力玩起了幽默。它用后爪抓挠自己的脖子后面,玩耍一丛灌木,还在地上打滚,总之,它正试图愉快地消磨时间。但与此同时,它也似乎心有不甘,密切注视着那只正在大快朵颐的孤单的臭鼬。

那头灰熊——荒野之王,就像一只硕大的幼犬坐着观察臭鼬的举动。那只臭鼬准备好离开,它舔了舔爪子,清洗了面庞。突然,那头灰熊原来愉快的态度变了,它凶相毕露,猛然冲向另一只正在接近腐尸的臭鼬。然而那只臭鼬并没有转变方向,灰熊只得让开,退到了一边,极不耐烦地击打着虚无的空气。当后来的那只臭鼬爬到腐尸顶上,灰熊只能极不耐烦地走来走去,伫立着,目不转睛地盯着对方的行动。

我有好些臭鼬邻居,我喜欢它们。一天早晨,靠近我的小木屋,5只臭鼬幼仔在阳光下嬉戏。臭鼬母亲露出一身皮毛外衣,呈现出光亮的黑色和最干净的白色在附近打盹。混战的幼仔们努力扑到对方身上,堆叠起来,相互紧紧地抱住、滚动、拍击对方,就像小猫一样嬉戏。

在一道岸边,是一棵枯死的针枞,就在这棵树的根须下面,有一个巢穴,一家子臭鼬很多年来都住在里面。这些小动物干净的黑白颜色、举止和习惯被物种标准化了,它们统一的制服让我知道它们需要我"这么远且不要再远"的明确态度。每一年当然不时都会有新的幼仔和不同的臭鼬先生和夫人出现在我的眼前。

我常常靠近这些嬉戏的小家伙坐着,或者慢慢绕着它转圈。有时候我呼唤它们,但不那么随便。作为邻居,它们就像开拓者,成为暗示尊重个人权利的自然环境的一个组成部分。

一天早晨,邻居臭鼬先生花了一小时来擦亮自己。它舔了舔爪子并梳理皮毛,把尾巴上的长毛擦了又擦。它停下来用指头触摸个别地方,就在它把自己的背部擦得完美之后,我惊讶地看着一颗蒲公英种子落下来,粘在它那微微闪烁的背上。

臭鼬朝着突袭的山猫喷射臭气

当然,这些臭鼬也自有其敌人,它们的幼仔也常常命丧敌手。有一天,一只鹰飞扑下来抓走了两只幼仔,将其抓到附近的一道悬崖上——那只鹰庞大的巢穴就坐落在那里,用很多树枝搭建而成。还有一天,一只路过的灰狼抓住了另一只幼仔,消失在树林中。丛林狼每一年都要前来,偶尔会发动袭击并取得成功。一天傍晚,就在黄昏时分,一只低飞的猫头鹰从我前面突然受惊而转向,扔下了一只身子还在蠕动的臭鼬幼仔。獾(badger)曾经挖掘到附近的另一个臭鼬巢穴之中,把整个一家子臭鼬都斩尽杀绝。

就在那个鹰巢的峭壁脚下,我清楚地旁观了一场野生动物之间的搏斗。当时我倚靠在一棵松树上观看一只啄木鸟，就在那时，一只山猫从树的那一边悄悄潜到了什么东西上面——原来一只臭鼬正在阳光下呼呼大睡。然而，就在山猫发起最后攻击的时候，那只臭鼬突然醒来了，它及时发挥自己种族的特长，对着那只山猫喷出了一阵臭气。

那只山猫立即躲避，不时还撞上树木和倒下的圆木，绕着臭鼬团团转。在这段时间里，臭鼬那支小小而有效的枪一直就没停歇，对着山猫远距离地射出一股稳定的气体，合围成一片宽大的喷雾。臭鼬通过压低或弯曲背部，立即改变角度和射界——臭气覆盖了那只试图躲避的山猫。

当那只山猫失明了，盲目中朝我乱撞过来，致使我不慎躲避到臭鼬的射击范围之内。臭鼬朝着附近的每一个移动的物体进行射击。那种液体，散发出琥珀色调和超级腐臭的气味，是臭鼬自卫的化学武器。这件宝贝让它成为荒野中最为臭名昭著的家伙。我以前从来不曾领教过这种酸性物质强烈的刺激性和渗透力。

在这片大地上，臭鼬绝对拥有自己的一席之地。我不知道有没有其他动物像它那样严格地专注于自己的事情。它并不会形成邪恶的联盟，相反，它们是入侵行为和帝国主义不屈不挠的敌人。

在特殊情况下，它的化学武器可能不会起作用。我的小木屋下面，一个新形成的河狸池塘中，上涨的水赶走了两只恼怒的臭鼬。我从安全的范围内用望远镜观察它们。它们游过池塘，然而上岸之后，它们的行为就像是陌生人来到了陌生之地，显然，它们并不熟悉池塘的这一边。或者，它们可能很害怕。

正当它们踌躇不前之际，一只山狮进入了我的视野，它们见状，赶忙钻进一堆岩石之中去躲避。一般来说，它们根本不会害怕敌人发起攻击。那只山狮停了下来，惊讶而好奇地看着它们退却。山狮放慢速度，仿佛很害怕，但一直保持在它们的射击范围之外。那两只臭鼬匆忙躲避，它们身上那纠缠的、湿漉漉的毛发暗示着它们被水浸湿之后，其自卫武器便失灵了。在其他一些场合，我看见湿漉漉的臭鼬到处寻求躲避，而不是对在那里走动的其他动物显出原来那种漠然的样子。

有一天，我跟一位植物学家相伴去做野外调查。他坚称，如果抓住臭鼬的尾巴将其抬起来，它的那种喷射液体的武器就被锁住了，无法摆开姿势而进行射击。很快，他就遇到了一个意外的机会来证明这一点。正当我们在小径旁边歇息的时候，一只臭鼬毛蓬蓬的长尾巴从一丛野蔷薇后面伸了出来，恰好他伸出右手便可抓住。我指了一下，用手势鼓励他去抓住那条尾巴，以证明他的观点是否正确。可是他的手却避开了那只臭鼬，根本不敢去抓住那条毛蓬蓬的尾巴，因此我就没有得到实验结果。

探矿人把臭鼬当成宠物来豢养

臭鼬是一个孤独的家伙，始终显得极度庄重。在它的脸上，我从不曾看见一丝愉快、顽皮的表情。它毫无幽默感，对所有的玩笑都严肃对待。

一个探矿人曾经催促我，要我接受他的款待。在我经过他的小木屋的时候，他就请我进去。而当我进去关门之际，却"砰"的一声撞到了一只硕大的臭鼬身上，使它展开四肢躺在了地板上。正当我完全意外、惊得目瞪口呆之际，我的鞋又踢到了另一只臭鼬的屁股上——然而什么也没发生。那个探矿人说："臭鼬是安全的宠物。"他一边走进小木屋，一边从他的衣兜里面拉住第三只臭鼬的尾巴，将其拖了出来，扔到我的大腿上。

臭鼬总是表现不错。它很安全而又清洁，作为宠物具有名列前茅的品质——始终位列所有其他家养宠物之前。它从来不会唐突无礼，只有在自卫的时候，才使用它的"终极武器"。

但是，由于那种臭气，臭鼬被人们误解了。它其实是和平主义者。就像戴维·克罗克特[①]（Davy Crockett）一样，它行事前有充分的准备，并且克制、忍耐。但是如果一旦遭遇危险，它就会立即转身——任何其他动物也会如此。

正是臭鼬的那种高度专业化的自卫武器，才使得它被人们普遍误解和不喜欢。而另一方面，正是因为它拥有那种武器，才被野生动物们作为一种严肃的角色来加以尊重，绝不敢小觑。

它并无侵略性，也不会主动去招惹麻烦，它专注于自己的事情，而且试图避开其他动物。然而它知道捍卫自己的权利，不会尊重

[①]戴维·克罗克特（1786—1836），美国政治家和战斗英雄。

入侵者。对于人类，臭鼬或许是个榜样：如果人类像臭鼬捍卫自己的地位那样，积极地捍卫自己的人权，那么官僚主义肯定就会从地球上消失。

臭鼬的臭气并不产生于其肾脏和储存在膀胱里面——其实我怀疑是否有任何动物的气味像那样产生和储存。臭鼬的臭气是特殊的腺的化学产物，那种液体拥有一个特殊的储存库。臭鼬还有一个特殊的喷洒器官，用于有效地射出这种刺激性的化学物质。

臭鼬很少需要或者根本不需要各种不同的气味信息，而这些信息则正是其他大多数物种所频频使用的。它的气味通常足以吸引朋友，却又不让敌人逼近。因为它的特殊装备，我怀疑它具有发送各种不同的气味信息的能力。

造物主进化出这种高度完美的器官，肯定耗费了成千上万年的时间。然而，为了获得这种有效的自卫手段，臭鼬丧失了它的一些智慧和身体上的耐力。

臭鼬跟水獭和鼬鼠有亲缘关系，但它的这两个亲戚都具有侵略性和非凡的体能。这两个家伙即使困难重重，也要加以克服，寻求进行不懈的战斗。而臭鼬则恰好相反，一般来说都会避开冲突。

在一次郊游结束的时候，我匆匆赶去乘坐火车。我把睡袋扔过一道栅栏，接着就跳了过去。那只睡袋恰好落在一只臭鼬身边，当我从栅栏上跳下来的时候，我便遭到了臭鼬对侵入者发出的那种常规性抗议——对我喷出了一阵臭气。

为了尽可能不去冒犯它，我就从街道中央一路走到火车站。

我唯一的礼服搭在背上。一家商店的标志牌映入眼帘。既然这家商店专为客人熨烫礼服，为什么不给我的礼服熨烫一下呢？于是我进入那家商店，待了很久，而顾客们都从另一边掠过我而离开，纷纷避之不及。原来我身上的气味迅速蔓延，熏到了他们。那店员非常不快，犹豫着是否要把我扔出去，因为我身上发出的气味毕竟不能连同我本人一同被扔出去。

灰熊拼命突破臭鼬的火力而逃走

除了在"安全第一"的情况下需要立即行动之外，臭鼬在展开那种战胜所有入侵者的行动之前，都会尽力发出种种不同的警告。它转身背对着冒犯者，竖起它那羽毛般的毛发，然后跺跺脚，那之后，它就开始喷射臭气了。

有一年秋天，在靠近林木线之处，我从一只臭鼬的路线上徐徐朝着它移动，尝试了一个小时去给它拍照。不过那家伙并不配合我的工作，它非但不领情，还恼羞成怒，到处寻找躲避处。它看见一个敞开的灰熊巢穴，便大摇大摆径直走了进去。当时那头灰熊正待在家里，显然在准备过冬，我感到这下可有麻烦了。果然，那头灰熊很快就冲了出来，从一边跳到另一边，摇摆着脑袋，仿佛失明了一般地冲撞到矮小的树木上。当时，它显然听到了我临近的脚步，正要动身出来探个究竟，却没料到一头撞上了那只不请自来的臭鼬，双方为了道路优先通行权而发生了争执，接着便短兵相接，结果那头灰熊拼死突破臭鼬喷射的火力而逃了出来。

我在一个猎人的营地度过了一晚。一些臭鼬在营地周围争夺残汤剩羹。薄暮中，两只臭鼬发生了凶猛的搏斗，为了一点点食物残渣而大打出手。那场战斗几乎没有噪音，两个斗士只用利齿和利爪攻击对方，只有压抑着的低沉的咆哮，正如它们的皮毛外衣如同加了衬垫，即便是它们到处翻滚也几乎没有发出声音。打斗中，它们一直都没有朝着对方喷射臭气，可是当我拿着一根木杆试图分开它们，这两个家伙竟然准备对我使坏——喷出臭气来！

臭鼬是被放逐者，没人喜欢它，因此它就到处去吃羊毛蠕虫、森林蜱和毛虫。它是昆虫根除者。我见过它四处捕食苍蝇、蟋蟀、蛴螬、蚊子幼虫、动物尸体的腐肉和耗子。这个卓有成效的害虫毁灭者之所以臭名昭著，不仅是因为它喷出的那种芥末般的臭气，还因为它的个别同类偶尔还是晚餐的不速之客——大肆享用农场鲜嫩的鸡肉。

它尽管很严肃，却并非阴郁孤僻和不愉快。它跟同伴一起享受生活，时常会热情地跳舞和嬉戏。

我就曾经旁观过一场臭鼬舞蹈。一个秋日下午，靠近我的小木屋，我从树林边缘转身，看见一片青草丛生的小草甸，那里有5只成年臭鼬在嬉戏。它们相互之间等距离间隔着，围成一个直径约为3.5～4.5米的圆圈，全都以立正似的姿态伫立着，面朝圆圈中心。

仿佛随着一个信号，它们僵直着腿向前跳跃，在圆圈中心相遇，把各自的鼻子触碰在一起，然后一动不动地伫立了好几秒钟。

接着，每一只臭鼬又一齐朝后跳，回到最初出发之处，面对着圆圈中心。接着，它们再次一齐蹦跳，它们绕着圈子，鼻子又触碰到一起，仿佛又在等待分离和退回的信号。就这样前前后后跳了几次之后，它们便以游戏似的舞蹈移动，所有参与者都很合拍，各自停在圆圈的边缘，全都以钟表装置那样的机械性规律开始、停下又移动。

别的时候，我也发现臭鼬在积雪中留下踪迹，呈现出巨大的旋转圆圈，这些证据都表明，这通常是它们的一种游戏风格。

迷路者顺着臭鼬气味顺利返回营地

我的另一次经历，意外地丰富了我的森林知识。当时，我正谋求给臭鼬拍照，但是，我又想尽可能在保持体面的情况下更多地了解臭鼬的生活细节，以便做进一步探究。罗杰斯和我曾经在一片河狸草甸上扎营，营地四周环绕着山峦和峡谷。罗杰斯是个新手，对于荒野的认识还不多，也不够深入。一天早晨，他说了一声"离开一两个小时"便独自出发了，出发之前当他经过我正在挖掘的一个臭鼬巢穴的时候，主动打趣地把他的雨衣留给了我，叮嘱我一定要披上那件雨衣，以抵挡臭鼬可能发动的攻击，然后他就独自上路了。

下午晚些时候，我一路挖到了那个臭鼬巢穴的尽头。10只臭鼬看见自己暴露在光天化日之下，便迅速射出一阵麝香雾幕屏障，阻止我靠近去给它们拍照。顿时，空气臭不可闻，令人作呕，在逐渐浓稠的黑暗中，我只能选择退却。眼见拍摄无望，我索性放弃了拍照的打算，返回营地去寻求新鲜空气和安全的环境。

外出的罗杰斯则迷了路。他在正午之前就在寻找营地，他设法在罗盘上确定方位，却并没有成功。在徘徊了好几个小时之后，他开始攀登一座山峰，恰好在日落之后到达了峰顶，他试图寻找营火和炊烟之类的提示物，但四周的黑暗遮蔽了他的视野，让他搜索无果。不过他还算精明——在吹上峡谷的微风中，他闻到了从我身上飘过去的那些臭鼬的气味。于是他凭借想象，把臭鼬的气味当作指路明灯，一路用鼻子嗅闻，最终顺着气味飘来的方向顺利返回。

很多年来，我都是臭鼬猎人——当然不是去猎取它们的皮毛，而是去了解它们的生活习性。当我经常在其他州或大北方扎营的时候，风传递给我的信息导致我转身离开某部野生动物电影的场景，前去拜访当地的臭鼬。每只臭鼬都向我讲述着同一个古老的故事——用它的另一端对抗我。

一个臭鼬猎人需要深深而持久的幽默感，这是本能的行为，就像气味本身一样持久。面对一个陷入臭鼬制造的麻烦困境的人，作为他的同伴，他们通常只是大笑。但是，当他需要朋友和旧衣服的时候，他们经常都会逃得无影无踪。

探访臭鼬形成你的想象力，其中充满可能性、奇特的期待，因为什么事情都可能发生，难以预测。悬念始终都在那里。

尽管臭鼬毫无幽默感，但它明白并制造更多大笑的机会，在这个方面，它超过了所有其他的动物。它把一个自大的攻击者变成别人眼中的玩笑，试图去抓它的那些自信的年轻人和新手突然拥有了让他们印象深刻的经验。

为拍摄而被臭鼬困在树上，进退维谷

在一棵高大的松树上，有一个枝条构成的巨大巢穴，庞大得就像普通的河狸房子。这个构造无疑引发了我的好奇心，于是我想靠近那里去拍照，看看那究竟是谁的巢穴。

在离地大约9米之处，我让自己稳定在一根粗枝上面——那根粗枝承受着那个由树枝搭建而成的巢穴。当我朝着那个巢穴转身，就看到了一只臭鼬露出的严肃小脸，它跟我面面相觑。我的内心鼓励我去拍摄它，可是，我所处的环境却没有太多可以倚靠之处。

那只臭鼬在巢穴中无所事事。它也认为我有什么问题，便摆出一副姿态来，并竖起了尾巴。这自然就让我大为受惊。一只豪猪、一只山猫甚至一只山狮都不可能导致这只臭鼬混乱，但我却做到了。

在下面第一根伸向另一个方位的粗枝上，我准备好给有一只臭鼬伫立在边缘的这个巢穴拍照。我曾经拍摄过一只攀登华盛顿山（Mount Washington）的臭鼬，一只在密苏里河（Missouri River）里游泳的臭鼬，可是在新墨西哥的这棵松树上，我看到的依然是一只不同寻常的臭鼬。

此时,在下面的粗枝上,有什么东西在移动——原来是另一只臭鼬正在爬上来!我卡在这两个化学敌人的自动灭火器之间,进退两难!

我立即动身,试图从树上下到坚固的地面上。随着这个动作,下面那只臭鼬试图马上做出反应。而就在此时,一些树皮碎片掉到了我的帽子上,这暗示着上面那只臭鼬可能正在爬下来。这个额外的因素促使我赶快下树,我甚至没敢抬头仰望。

而当我偶然扫视下面时,却看见了更多的臭鼬。我爬上树时,把一根木杆放在了下面那根粗枝的下端。一只臭鼬如今正试图顺着那根木杆爬上来;另一只臭鼬伫立在树干底部,前爪搭在树干上,正准备要爬上来攻击我;还有另一只皮毛光亮的黑白的家伙正昂首阔步走向这棵树,显然打算加入那些正摆出一副傲慢的态度来"迎接"我的家伙们!

有一次,怀俄明的一个测量者要离开帐篷去把他的妻子接来,他坚持要我在他的帐篷中睡两夜,帮他照看东西。那顶帐篷里面塞满了各种设备和补给品,不过在第二天早晨也挤满了臭鼬,其中两只臭鼬就在我身体上面嬉戏,把我给弄醒了。我看了一眼就蒙住了头。我的周围有9只臭鼬,每一只的体型大小如普通的猫。我等了很久,希望它们玩够了就会离开,可是它们实在是玩得很快乐,根本没有离开的迹象,于是我不得已头顶着一床毯子,匍匐着朝门边爬去,可是那些挡道的臭鼬根本就不想让路,我又只得退了回来。我把衣服小心翼翼地拖到远远的角落,在那里穿上衣服,在那些家伙的众目睽睽之下,毫无任何隐私可言。上午一点点过去了,可是这些臭鼬就是不肯离开,于是我决定从帐篷松弛的一角匍匐着爬出去,逃离这些讨厌的家伙。

  我想改变目前的困境,前往另一个舒适的环境。当我弯腰撩起帐篷帆布时,臭鼬们用认可的目光看着我。我听见外面有人的声音,便想赶快爬出去,免得有人进来一头撞上这样的混乱场景,还可能遭到臭气的喷射。可是就在匆忙之中,我不慎弄垮了帐篷,结果篷布塌下来覆盖在那些臭鼬身上。

第 16 章　荒野的眼睛

Wild Folk on the Watch

在人类深入荒野探索的过程中，山林间布满了野生动物时刻警惕的眼睛：大角羊、野猫、丛林狼、山狮、野兔、鹿、松貂、松鼠、蜂鸟、黑熊……当你在搜寻它们的时候，它们也在观察你、审视你，密切地注意着你的一举一动：一只野猫尾随而来，企图诱惑你去追逐它，从而远离它的巢穴和幼仔；为了避免落入人类设置的陷阱，灰狼会悄然窥探人类的行为，以免重蹈覆辙；山狮可能出于好奇而观察和尾随人类，夜里蹲伏在悬崖上窥视，直到日出时才肯离开；黑熊一家子坐在松树的粗枝上，好奇地观察下面的动静，闻到陌生气味后才蹦跳下来匆匆逃走；悄悄跟踪人类的山狮隐藏在崖壁顶端，根本看不见它，但它那硕大的影子却被阳光投射到对面的崖壁上，暴露了行踪……

观察野生动物,也被动物观察

我在一根倒下的圆木旁边经过,却没有看见两只丛林狼在窥视我。我突然转身,沿着我前来时的小径原路返回。就在此时,那两只丛林狼跃进一丛灌木,再次观察我。留在雪地上的足迹表明,一旦我走到它们附近,它们就偷偷摸摸地尾随我。我无论何时停下来,它们都会密切地观察我的一举一动。

除了丛林狼,其他动物也曾在我靠近它们的时候观察过我。当这些动物发现我靠近时,它们当中的一些就会隐藏起来,而另一些则蹲坐着、伏倒着,或者干脆停在原处,根本不会挪动身子。

这一次旅行,我从我的小木屋出发,越过白雪皑皑的群山而前进。在这场3小时的旅途中,我看见了7只鹿、一只大角羊、一只丛林狼和两只野兔。我想,在它们看见我之前,我就看见了它们。同时，那位于附近的机警的大角羊和狡猾的丛林狼根本没有看见我。我缓慢地行进，偶尔也停下来，时刻保持着警惕。当然，在我行进的过程中，无数我不曾看见的动物也看见了我。

在我折身返回的旅途中，最初发现的是整整一群鹿，它们越过我走的小径，在我后面仅有25～30步之遥。这次遭遇发生在两三分钟之前，可是我并没看见这些鹿的身影或听见它们发出的声响。它们留下的足迹表明，当我经过的时候，它们就站在一片松树后面注视我，而我还在它们前面径直停了下来，它们却一直停在那里，不曾挪动，直到我消失在一丛针枞后面。

回家的路上，我在我走向外面的小径上以"Z"字形路线行进，在积雪中发现了无数的足迹。大量的证据表明，我曾经行走在潜伏于我左右两边的众多动物眼中，而其中的一些观察者跟我的距离近得令人吃惊。也就是说，我在众目睽睽之下经过了那些地方。

那些小小的观察者更是数不胜数，当我最初经过的时候，它们依然待在原处。在这些小小的观察者中间，有两只雪鞋兔、5只棉尾兔和一只松鼠——那只松鼠就栖息在一根粗枝上面。当时我走向外面，在这根粗枝下停了下来，以便观察那7只鹿，然而有什么东西掉到了我的帽子上面——当时那只松鼠正吃着一枚松果，松果的鳞片一一掉了下来。我当时并没指望看见它，但现在我发现它还待在那个位置上，不曾离开。

我的脸还几乎擦到一只蹲伏的大野猫身上。在一个地方，我在一条向上翻起的高大的树根和一棵倒向树根的松树之间经过。为了避开那棵树，我就紧靠着根部挪动，没想到那只体重大约23公斤的野猫就蹲伏在上面，紧盯着我的脸，一动不动，而我根本没有注意到它的存在，毫无察觉地走了过去。

在我返回的途中，我发现的足迹所留下的故事让我战栗不已：我经过之后，那只野猫显然从那棵树上跳下来尾随了我半小时，有两三次还潜行到了距离我仅有几步之遥的范围内。从我停下的地方，还有那只野猫在附近停下几处足迹的位置，我判断出了这一点。我停下的那一瞬，野猫并没有停下，但它有好几次走上前来靠近我，蹲伏在一根倒下的圆木、一块石头或一棵树后面。

在一个地点，它疾奔而去，跑进树林，跑到了我的前面，蹲坐在一根粗大的松枝上面。从那里，它就能观察我穿越开阔地。然而我突然转向，并从那根粗枝下面经过。

那只野猫似乎在树上停留了好几分钟，接着又匆匆赶上了我。它最终停了下来，然后转身离开，进入一片柳树密丛。也许，那只野猫以前从不曾见过人类，只是因为好奇，要不然就是因为我的午餐盒或我身上散发出的某种奇异的气味刺激了它，它才如此大胆地一路偷偷尾随我。

这段时间里，我一直没看见它的身影。我不曾怀疑我几乎就贴着它掠过，但不知道它在尾随我！

其实，它那些躲藏在树桩下面的巢穴中的幼仔，才是它尾随我的原因。显然它害怕我发现了它的巢穴。也许，它满心希望我会离开这个地区，便一直观察我，害怕我不曾离开，对其巢穴和幼仔采取不利的行动。

当我原路返回，那只野猫也按原路返回，当我接近那棵立在野猫巢穴上面的树根时，那只野猫做了它很可能准备好了要去做的事情：它从我前面仅仅一两米远之处越过。我停下来看它，它也停下来确定我看见了它，于是它就慢慢前行，我则紧随其后。看得出来，它的希望就是即使冒着生命危险，也要诱惑我远离它的巢穴和幼仔。

荒野的旅途中，潜藏着那么多眼睛

我归来的途中，在距离我的小木屋约有 1.6 公里之处，我依然从我那条即将走完的小径上漫游到更远之处。在山腰上离开小径而行，在右边大约 240 米之处，我又有了新的发现：一只大角羊伫立在一块突出的岩石上，我猜想，它在观察我越过一片开阔地。在更远的山坡上面，约有一两百米之处，一头黑熊突然从一根它撕开的旧圆木上跳了下来。显然，就在大角羊看见我的时候，黑熊也闻到了我的气味。它在长长的一跳和短短的两跳之后，就用后腿直立起来，接着就走到一个它能看见我的地方，在那里停了几分钟，然后折身回到了那根充满了蛴螬美食的圆木旁边。

我曾经用半天时间去追踪一只离群且受伤的鹿。在大部分时间里，我都在疾行，眼睛盯着小径搜寻。在一些地方，我越过那些疾风把大多数积雪扫掠得干干净净的地段，而在没有积雪之处，则很难发现动物的足迹。

但是在平原地带，我不时左右扫视，在那些幽暗的地段，我时而还会停下来环顾四周，我只看见极少数动物的踪迹。然而在归途上，我在积雪中发现了很多足迹，那些足迹都表明，我此前经过时，两边都有许多双眼睛在密切地观察着我的一举一动。

两只大角羊曾经直接伫立在我的上方，而那里没有一点它们可以躲避的障碍物，它们就那样俯视着我在下面经过。尽管我在经过时步履缓慢，我猜想那两只羊也在等待，且疑惑我究竟在干什么。

我沿着一道漫长、狭窄的深壑而前行，深壑两边的好几个地方，都有倒下的树木搭成的树桥。回来的时候，我在我上行的足迹中看见了少许树皮碎片和溅撒的雪，但附近并没有树木，树皮和积雪不可能从树上掉下来。那些碎片和积雪其实是从上面一根高约7.6米的圆木树桥上掉下来的。那两只大角羊从这个高高的地方观察过我，而我显然是在完全没有看见它们或发现任何不同寻常的东西的情况下，就穿过了那道深壑。

我曾经在距离两只幼鹿极短的距离内坐了三四个小时，却根本不曾发现它们的存在。当我坐着的时候，一只严肃的松貂（pine marten）从我旁边的一棵树上爬下来，大约在6米开外的地方爬上一根圆木，再爬上一棵树，它花了半小时来仔细审视我、打量我。

还有一些野生动物从后面仔细审视我，观察我的行动。我曾经清晰地捕捉到了附近的一只鼬鼠和一只靠得更近的丛林狼的气味，可是我无论怎么搜寻，就是无法看见它们的身影。我还听见一只山地野绵羊走过去,转身,又再次慢慢走过,仿佛在反复打量我。

在我起身之前,我仔细地观察四周。在距离我的鼻子大约60厘米之内,我看见了一只蜂鸟(humming-bird)正在自己的巢穴中。那几个小时里,它都一直安卧在巢穴中,但我却不曾看见它。

就在那个蜂鸟巢穴下面,一只幼鹿瞪着大眼睛盯着我,由于它拍动耳朵驱赶苍蝇发出了声音,才吸引了我的注意。我怀疑,如果它不发出一丝声响,我根本就不会看见它。

我的身后传来一阵清晰的脚步声和松针的沙沙声。我转身去看,却面对着一头雌鹿的脸,它正注视我,充满好奇,却十分机警。我慢慢起身,可是雌鹿却跳了起来,一只幼鹿也跳了起来,而在我的右边,还有一只幼鹿,只是我根本不曾注意到它而已。

灰狼和山狮都会暗中尾随人类

另一次,两只灰狼穿过密林尾随了我半天。我伫立的时候就听见了它们发出的声响,但过了好一阵才看见它们的身影。当我伫立时,它们就在距离我10来米之处绕着我而行。当它们接近的时候,我偶尔会瞥见它们在我的身后,两度伫立在前面的一片开阔地的边缘,就在一箭之遥的范围之内。它们就像狗那样,绕着我行走,观察我,仔细审视我。这两只灰狼都是成年老狼,但是我无法弄清楚它们脑子里在想什么,为什么会紧随着我观察好几个小时。我想,我可能是它们看见的第一个人——对于它们,人类是一种完全陌生的两足动物。

有好几天，我观察了怀俄明的一个捕狼人捕猎的方式，他把一些烟熏过的钢夹隐藏在一具腐尸周围，另一些钢夹还被安置在水里，其他钢夹则被埋藏在泥土中。偶尔，我透过望远镜从附近的山岭上寻找羚羊的踪影，偶尔也会扫视下面的那个捕狼人。猛然，我看见一只灰狼在岸上不断窥探他，带着强烈的好奇心观察着他安置钢夹的过程。

从捕狼者最初到来的日子起，灰狼的智力就得到了迅速进化和发展。一旦某一种新的、聪明的毁灭方式被发明创造出来，灰狼就会迅速找到一种逃避的方式予以应对。它迅速学会了避开任何散发出哪怕是一丁点人类或钢铁气味的地方，而那些用来作为诱饵的腐尸、肉块和鸟儿，都被它避开、忽视，根本不予理睬。如此一来，灰狼的生存概率就大大提升了，狼群的数量也增长了——与此对应的是，猎取狼头的丰厚赏金也增加了。这意味着灰狼具有持久的警惕性和高度发育的感官，它们多半能把自己从形形色色的诱惑、计谋中拯救出来。为此，它们常常观察和探究人类的行为方式。

有一天，我从一个不曾注意到的山狮巢穴旁边经过。很可能当时那只山狮正朝外面窥视，要不然就是闻到了我的气味。无论如何，我刚刚一走过，它就从巢穴中钻了出来，站在它能观察到我的地方不断观望。它走向我留下的踪迹，用鼻子嗅，并沿着我的踪迹向前走出了好几步。然后，它想前去拦截我。显然，它推断我的路线会延伸到前面一段距离开外的某个地点，于是它就匆忙地绕出一个长长的半圆形前往那里，躺在一根倒下的圆木后面，当我临近的时候，它就能在那里偷窥和俯视我。我经过之后，它就向前迈步，以便在我后面盯着看。好一阵之后，它才返回巢穴。

曾经有一次，当我跨越大陆分水岭的时候，我怀疑一只山狮在尾随并观察我。我跨越之处十分狭窄，没有树木，但是林木线就位于分水岭两侧下面仅仅60~90米之处。

我在顶峰上暂停下来，举起望远镜沿着没有树木的地段搜索、观察，我看见在一两百米开外的高地顶端，有一个褐色的头颅躲在一块大圆石后面窥探。但是我隐藏着，它没看到我。在久久地观望之后，那只山狮才蹑手蹑脚地越过，但把身子压得很低，几乎看不见。在更远的一端，就在它进入树林之前，它再次从一块大圆石后面朝我这边窥探。后来它留下的足迹表明，在我进入了树林之后的一小时内，它就蹑脚蹑手地爬上来，近距离地尾随我，观察我的行动。

夜里，一双山狮的眼睛在悬崖上窥视

我曾经坐了一个多小时，观察两只水獭的活动。我站起身来前行，绕出了一个十足的圆圈，不曾看见山狮留下的任何踪迹，接着又走出一个小小的圆圈。当时我并没看见它的身影，然而，新近被剥落的树皮和留在上面的爪印表明，它就在附近的一棵树上，一直观察着水獭和我本人。

下午很晚的时候，接近傍晚，我出去收集木柴，我仔细观察泥土、圆木、树林，可是并没有山狮出现的迹象，我根本不知道它究竟躲藏在哪里。

靠着一道小小的悬崖，我生起一堆熊熊的篝火。在篝火前面，大约在八九米开外，有另一道小悬崖。几分钟之后，我就直挺挺地展开身子躺在篝火边。猛然，我不经意间就看见有双眼睛从上面窥视我。那双眼睛还不时在悬崖上改变位置，持续了半个多小时。我起身，四处走动，把木柴放在火堆上面，还唱歌，背靠着一棵树坐下。这段时间里，那双眼睛都一直在注视我、窥探我的行动。直到在日出之前，那只山狮才最终离开了悬崖。

我曾经沿着一道小峡谷顶部追踪，距离保持在峡谷底部的一个垂钓者后面不远的地方。那个垂钓者不时停下垂钓工作四处张望，他向前、向后并沿着峡谷侧边仔细观察，却什么也没看到。那天傍晚，我在跟他交谈的时候，我发现他根本不曾看见就在他附近的那些野生动物：鹿、狐狸、一群松鸡、两只松貂、两只河狸和一只水貂（mink），而这些动物都看见了他或者观察过他。然而，他无法把他手中那短短的钓线投向这些观察者当中的任何一个。

有一天，我旅行了大约400米，越过一些山岭和深壑。这些地方部分光秃，部分则覆盖着小树丛和一片片柳树。然后我转身返回，刚从我出发的小径走出几乎有30米，我就突然接近了一只正在观察我经过的鹿。更远一点，当我从背风面悄悄接近两只隐身观察我的丛林狼时，那两个家伙受到了惊吓，一溜烟逃走了。当时它们正在挖掘一个巢穴——这可永远是丛林狼天大的秘密,我的返回和发现,肯定让这两个正在秘密行动的家伙感到震惊。

在一个河狸聚居地,我的考察工作是在白天进行的。一天早晨,我动身前往那个地方。在路上,我穿过树林中一个青草丛生、鲜花遍野的开阔地,便停下来观察两只囊地鼠精力充沛地劳动,当时它们在地表下面挖掘,并把掘出的充满沙砾的泥土堆成了小土堆。

最终,我靠近一只囊地鼠坐了下来,慢慢接近它那个渐渐增高的小土堆。它一度停下了工作,然后继续以常规速度进行挖掘。平均一分钟有两次,它会从下面的洞孔中爬上来,用头部和面部推动它前面的那堆泥土。它没有使用自己的颊囊,却时时把头颅埋在那个不断增高的、松散的土堆顶部不断拱动,把大量泥土推到山坡下面。

我试图观察它退回去的速度。它停止推动泥土的那一瞬,就飞奔回洞孔中。如果它在停顿之前被打断,那么它就会闪电般退回去。

一段时间之后,它穿过地表,来到一两米外,甚至更远的地方,开始堆积新的土堆。我不知道我能欣赏它多久,然而当它在这个地点停止工作时,我就意识到自己在一个狭窄的位置上坐了一个小时或更久。

一家子黑熊坐在树上，好奇地观察

我在起身之前，我还仔细地环顾四周，看看能否再发现些什么野生动物。因为我坐着的时候，有两个方向都被高大的花卉和草丛半掩藏着，让我根本无法看见周边的情况。

而就在我面前的树林边缘，竟然端坐着两只丛林狼，它们用那狐狸般的面庞热切地观察我的行动。也许，它们对我一直静坐着感到好奇，还对我热切关注的某种它们看不见的东西而感到好奇。

在我的右边，就在几步开外的开阔地之中，伫立着一只雌鹿和两只幼鹿，它们也在静静地观察我，一动不动，就像雕像一般。在树林边缘，似乎还有另一只鹿，可是我无法把头掉转到足够的角度，去辨别它是否真的存在。为了不惊跑这些动物，我不想猛然移动身子，直到我转动脑袋，看见了周围的一切，我才开始慢慢动身。

就在我的左边，一只花白旱獭靠着一根圆木而躺着。它一边享受阳光，一边密切地观察着我。我想拿出望远镜更好地观察，可是又怕手臂的一点点轻微的动作，都可能惊动我身后那些我尚未看见的东西。

我注意到那两只丛林狼做出的一个动作，便将目光聚焦在它们身上。它们站了起来，倾斜着脑袋注视我，然后随着一个向侧边倾斜的姿势，把一只眼睛从我身上移开。

就在那个时刻，我猛然看见一棵树上靠着一个影子，这让我吃了一惊。天空中有了一层薄薄的雾霾，然而此时正是太阳最明亮的时候。

经过仔细观察，才发现原来这个影子是一头黑熊的脑袋和肩头。在丛林狼右边的开阔地边缘，立着一棵高大挺立的柔枝松，这棵树独立于其他树而孤零零地生长，从底部到顶部长着一排粗枝。靠近这棵松树的顶部，生长着三四根长枝，跟树干形成了垂直水平的形态。那头黑熊就站在或者半蹲在这些高高的树枝上面，用一只眼睛观察着我。显然，它也对我的出现而感到好奇。

当我坐着观察囊地鼠挖掘的时候，那头黑熊可能一直都在那里，或者待了更长时间。显然，我进入这片区域，靠近它而停了下来，它却并没有看见我。我相信，要是它看见我来到这里，很可能早就蹦跳下来撤退了。于是我决定尝试用望远镜去观察它，便把望远镜从盒子中慢慢取出来，然后更为缓慢地抬起手臂。这些慢动作让它颇感兴趣，却不至于让它惊恐。

它热切地观察着我，充满了好奇。在它的身旁，还有两只幼熊坐在粗枝上，朝我这边观望，看来这一家子几乎都以抑制不住的兴趣观察着我。有好几分钟，我透过望远镜观察这一群熊，发现它们并没流露出害怕的神情。

那头母熊几乎闻不到我的气味。当时只有极轻微的风，这样的微风横扫过我们的视线而吹拂，因此不会把气味传递给对方。几分钟之后，一阵旋风扫过开阔地，我相信它已经闻到了我的气味。果然，它立即惊恐起来，左顾右盼地四处张望，然后对着两只幼熊咕哝了些什么，转瞬之间，这一家子黑熊就从树上迅速爬下来，匆匆逃走了。

悄然跟踪的山狮，身影被投射到对面的崖壁上

我迅速起身观察那正消失而去的熊，同时却完全忘记了观察我身后的情况。就在我起身的时候，一只雌鹿和一只幼鹿迅速飞逃而去，我听见我身后的树林中响起撤退的脚步声。然而，我又瞥见了两只野猫的身影。它们正在退回那位于突岩上的洞穴，那个地方就在开阔地边缘的树林中间。当我坐着观察囊地鼠挖掘的时候，那块突岩就在我的身后，而那两只野猫就从上面的一个小小的突出部位上好奇地观察我，我不知道它们观察了有多久。

多年来，在我一次次往来于荒野的旅途中，所有这些荒野的居民，我不知道还有其他多少动物，无疑都暗中观察甚至追踪过我，而我自己却毫无察觉，也从不曾怀疑过它们当时的存在。

在深入荒野探索的所有旅行中，这些经历赋予了我一种奇异的兴趣。由于认识到自己经常被一个隐藏在附近的野性伙伴所窥视，我很多次停下来，拿出望远镜试图去发现它。有时候，经过搜索，我确实发现了它的身影——这一次可能是一只充满好奇的灰熊幼仔，下一次又可能是一只受伤的鹿，因为被我看见而瑟瑟发抖。

沿着一道浅浅的峡谷而前行，我注意到一只受惊的云雀（lark）飞离东边的崖壁。后来，一只野兔从同一个地方疾奔而下，仿佛受

到了惊吓。由于我一路前行的小径位于这道崖壁的底部，我根本就无法看见崖壁顶上有什么东西，可是我的好奇心却驱使我要去弄个明白，看看究竟是什么东西在我上面，迈着跟我相同的步伐前行。

由于西边的崖壁高于东边，且更容易攀爬，我就迅速而悄无声息地爬了上去。我拿出望远镜，沿着对面的崖壁仔细搜索、观察，却什么也没看见。可是，在那边的灌木丛和开阔的地点中间，很可能潜藏着一个人或一头大型动物，只是没被我看见而已。

回到峡谷底部，我朝着更远处前行了大约 20 分钟，却不料一片片蒲公英的花絮从我上面的崖边轻轻地飘落下来，于是我仔细检查了一块突岩。

当时我也是碰巧注意到了那些蒲公英。我搬起一块岩石让光透射下来，它们就飘了下来。另外两三片蒲公英随即也飘落而下。我立即推断我上面肯定有什么东西，便从崖壁边后退几步，静静聆听，偶尔还仰望上面和周围，尽管如此，却毫无发现。

不过几分钟之后，我就看见一个影子被光芒投射在对面的崖壁上。它形同山狮，脑袋扬起，身子低伏着。在岩石上或云朵中，我从不曾有过一点兴趣去看见动物或其他形态，可是这个身影无须我做出任何努力，就清晰可见。

我看了下太阳的位置，意识到这只被投射影子的动物肯定就在我上面的崖壁顶部。那个影子向前移动了片刻，整个形状若山狮，身形硕大，伫立在我的前面。

第 17 章　荒野鹿鸣

Nose Craft of the Deer

一只雄鹿追踪一只雌鹿,却不料一只灰狼悄悄尾随而来。不过,鹿凭借敏锐的嗅觉探查到了逼近的危险,便采取种种策略,成功地避开了追踪者。一只残废的雄鹿率领鹿群在林中游荡,但时刻保持着高度警惕,它们多半让口鼻部迎风前行,探测前方的气味信息,而且无论是在行进还是在休息,都要派出哨兵警戒。不仅如此,不同的鹿群之间还会相互协作:一旦发现潜在的危险,担任哨兵的鹿就会发出特殊的警报气味,告诫同伴和附近的其他鹿群。在密林中,在夜里,在暴风雨中,当视觉和听觉减弱的时候,当蹑手蹑脚的敌人像影子悄悄移动的时候,鹿的嗅觉就起到了决定性的作用:探测敌人是否临近,避免遭到伏击,用可靠的信息指引正确的前进路线……

雄鹿追踪雌鹿，灰狼却尾随而来

我穿过雪地，一路追踪一只鹿留下的足迹，但那些足迹很快就跟另一只鹿的足迹混合起来——第二只鹿是从左边进入树林的。我凭着肉眼追踪，可知这第二只鹿是雄鹿，它通过追踪气味，很可能知道自己在追踪一只雌鹿。这两只鹿的踪迹都很清晰，都是两小时前才留下的。

行不多远，大约在1.6公里之外的更远之处，我就发现了一只灰狼的踪迹跟这两只鹿的踪迹混合了起来。还在雄鹿开始追踪雌鹿之前，那只灰狼就从雌鹿踪迹的右边汇入进来。当那只一路前行的雄鹿遇到灰狼的足迹时，自然就惊骇地停了下来，然后犹豫地行进——当鹿接近敌人时，它有时就会那样做。由于动物们通过视觉或嗅觉来了解对方，因此那只雄鹿就很可能知道这是灰狼的踪迹和气味，因此就停滞不前，以免遭遇危险。

我几乎一路朝北方行进，一阵微风从西北方吹来。后来，我通过回溯那只灰狼的踪迹而得知，正当那只雌鹿在灰狼西边的一段距离外经过时，灰狼就闻到了它散发的气味。在一个地点，那只灰狼停了下来，然后为了追踪雌鹿而改变了路线，向西而行。接着，在朝北方追踪了800米之后，它便纵身一跃，离开了雌鹿的踪迹，匆匆跑向东边的树林。灰狼之所以离开并放弃追踪猎物，是因为它当时害怕遭到猎人的射击，不得不赶快改变路线，跑到庇护之处躲藏起来。

原来，那只灰狼闻到了远处一个猎人的气味。当时猎人位于西北方。而几乎就在同时，那个猎人的气味似乎也传递给了那只雌鹿，让它受惊而逃。当时雌鹿正在一道低矮的山岭上，就在那只灰狼前面不远处。它停下了前进的脚步，转身朝西南方疾奔而去。

尽管看不见猎人，那只雌鹿却也收到了风传送来的人类气味的警报，于是它就像所有鹿受惊时会做出的反应一样，散发出了一种特别具有感染力的气味。对于它所有可能就在附近的同伴，这种气味就像警报铃一样有效，飘到那些不曾闻到猎人气味的鹿的鼻子里，并让其受惊——当时，它的同伴们正在一个小树丛那边吃草，刚一闻到它发出的气味警报，便立即逃之夭夭。

那些鹿原来所处的位置，本来闻不到人类气味，也看不见、听不见那只发出警报的雌鹿的声响，可是它们留下的踪迹却表明，当这种警报性的气味传递给它们的时候，它们就显得有些激动，左右跳跃，还不知道危险在哪里。在试图确定危险来源的过程中，它们高高跃起，以便得到更广阔的视野，探察临近的危险，然后，它们才朝着东边跑去。

如果那只雄鹿没有看见灰狼的足迹，它也肯定在自己的脑海里有了灰狼的气味。就在距离灰狼疾奔前往之地的不远处，它转过身来，慢慢走回那些踪迹的起点，仿佛在搜寻改变的路线和丢失的气味，接着它就沿着雌鹿的踪迹继续前进。

在人类气味传给那只雌鹿之处，雌鹿散发出来的报警气味依然在踪迹上徘徊不去。当雄鹿到达那个地点，便立即停了下来。它在观察、聆听和嗅闻空气一阵之后，就向前疾奔，追踪雌鹿。

同时，那个猎人已经移动了位置。就在那股人类气味惊动雌鹿的一段距离开外，雄鹿第一次捕捉到了人类的气味。这可让它大为受惊，它一刻都没有耽搁就转变了方向，朝北方疾奔而去。

残废的雄鹿率领鹿群在林中漫游

"安全第一"始终是野生动物千古不变的生存法则，因此它们一闻到人类气味，便会迅速逃之夭夭。大多数动物仅仅通过自己的鼻子来了解人类，其中很多动物可能上千次逃避过人类气味，却终其一生也没有见过人的模样。

傍晚，在返回营地的途中，我追踪那只雌鹿留下的踪迹，并接近了它。本来，它在闻到人类气味的时候就应该飞逃而去，如今它却伫立在林边，看到我的时候还充满了好奇，但并不害怕，观察我穿过附近的一片空地。这是因为我处于背风处，我的气味并没有传到它的鼻子里。

在整整一天的追踪过程中，每只动物都在其鼻子的引导下移动，偶尔才使用其眼睛和耳朵。而恰恰相反的是，我却不停地使用眼睛，偶尔才使用鼻子。我闻到了臭鼬的气味、松香的味道，还闻到了猎人生起的营火散发出来的烟味。

大多数时间，鹿都过着闲散的生活，在一个家园——一个本土的领域中度过自己的岁月。在这个领域中，它们漫游觅食，躲避苍蝇，在暴风雨期间前往某个可以遮风避雨之处，逃避敌人，但更多的时间只是在悠闲地漫游、流浪。它们的大多数运动方向是风向所造成的。它们始终都有敌人，因此鹿群中的每个成员无时无刻不保持着高度警惕，它们无论是在旅行途中还是在休息的时候，都要派出一两个哨兵，对周边的动静和可能发生的危险进行严密的警戒，或许，正是它们之间的这种具有合作性的相互伴随，才增加了它们的舒适感和安全感。不过，它们的鼻子却始终是主要探查手段，胜过了其他感官。

9月的一天，我偶然看到一些踪迹，这些痕迹似乎是一只残废的鹿所留下的，这让我顿生好奇，便决定追踪。这只残废的鹿原来是一个鹿群中的成员，它和它的群体长期在树林中到处漫游。它们最初朝一个方向行进，然后又朝另一个方向行进，要是我猜得不错的话，这样的行为可能就告诉我：过去的几个小时里没有风。当空气平静的时候，动物的气味就呈辐射状散开。这些鹿从接收到的气味信息中可以得知，自己的周围究竟有什么动物在活动。它们没有闻到敌人的气味，就悠闲地到处游来荡去。有风的时候，仅仅来自一个方向的气味——即风吹来的那个方向的气味，就会很快传到它们的鼻子中。

在我看见了这些鹿之后，一股微风很快就吹下山来。接着，这些鹿就从树林走出来，进入一片开阔的河狸草甸。如果敌人在林木的掩护下悄悄接近，从树林中吹向它们的微风就会警告它们要提高警惕。一只鹿往往会走在同伴的前面，担任起哨兵的警戒任务。这只鹿很负责，它只是偶尔才啃食一口青草，却一直背对树林而伫立，一次次向左、向右、向前观望。当我观察它的时候，它不曾回头对树林观望过一次。

不久，风向就变了。还不到一分钟，这群鹿就停止了进食，匆匆离开树林。一个多小时之后，风向又有所变化，这群鹿就继续游荡，进入了更远的开阔地。在那里，它们能看见四面八方的情况，听见周边的动静。

一会儿之后，我就看见一只鹿迎风伫立，它的一条腿有些僵直，行动不便。此时，风吹向北方，变得强劲而稳定。不久，这只残废的雄鹿就带头离开，其他鹿则紧随其后，重新进入树林，朝北方行进。一路上，它们始终都让口鼻部迎着风，探测从前方传来的气味信息。

漫游的鹿群嗅到山狮的气味

当这群鹿消失在视线之内后，我就从一堆大圆石上悄悄溜下来，尾随跟踪，打算在这一天的剩余时间里观察它们的活动。它们跟着那只残废的雄鹿——领头鹿，穿过树林慢悠悠地行进。一个多小时之后，所有的鹿都在浓密的针枞林中躺下来休息。它们没有进食，也不像是要前往什么特别的地方，因此显得很悠闲。

我匍匐爬行，慢慢接近它们。它们刚一停下脚步，便转过身来，所有的鹿都躺了下来，把口鼻从风中转开。如果敌人从后面接近并发起袭击，它们依然会接收到风传来的警告性气味，但现在它们停了下来，某个敌人就可能沿着它们留下的踪迹，从后面悄悄追踪而来。因此，对于它们，现在重中之重的任务就是警惕那些可能追踪而来的敌人发起攻击。

周边的树林很温暖、宁静且干燥，时时刻刻都有松鼠在啃噬球果的声音，仔细聆听的鹿竖起大耳朵，朝着球果落下的啪啪声漠不关心地摆动。

休息了好一阵，它们才起身继续前行，所有的鹿都把口鼻转向迎风面，四处观望、嗅闻，在那只残废的雄鹿的带领下，再次朝北方走去。行不多远，前面便出现了一片青草地，看上去就像是树林中一条狭长的田野。我希望看见它们越过这片草地，便匆匆绕出了一个很大的半圆形，前往靠近那片开阔地东端的树林边缘，并躲藏在那里观察。如果它们在微风中继续仰着鼻子前行，那么它们就会在附近经过，我也就能顺利地观察到它们的身影。可是一个多小时过去了，它们还没有出现，我想它们肯定是在中途停了下来，改变行进路线，前往别处。

于是，我匆匆赶回刚才离开它们的地方，追寻它们的踪迹，却发现它们继续朝着北方行进，进入了开阔地，但从树林边缘根本看不见它们的身影。然后，它们肯定穿过了这片开阔地后转向了西边。对于它们，置身于开阔地里，无须考虑风向，前往任何地方都很安全，因为它们能够眼观八方，看得见周围的一切动静，完全能够凭借眼睛来保护自己。我爬上一棵高大的针枞，骑跨在枝丫上，透过望远镜观察：它们就在那边，伫立在那片青草地西端大约1.6公里之外。

避开它们的视线，我匆匆赶往它们嗅闻不到气味的背风面。当我向外窥视，却没有看见它们的身影，可能是它们再次转向了。于是我匍匐爬上那片开阔地中一道低矮的山岭去观察它们：它们正在漫步越过开阔地，进入北部边缘的树林。树林中，它们会再次依赖于鼻子，在风中一边前行，一边用嗅觉探测林中的情况，以免遭到掠食者的伏击。

自古以来，但凡能够获得成功的野生动物，往往都是凭借着敏锐的鼻子。当其他所有感官都失效了，鼻子常常是最可靠的。在密林中，在夜里，在暴风雨中，当蹑手蹑脚的敌人像影子一样悄悄移动，或者纹丝不动地潜伏在某处，仅凭肉眼很难看见或根本看不见，此时敏锐的鼻子就很机警且十分奏效：探测敌人临近，避免遭到任何伏击，用可靠的信息来指引正确的行进路线……

在我追踪之前，就在我等待那些鹿从树林中彻底消失的时候，我看见它们又跑回了开阔地，在距离树林一箭之遥的地方停了下来，扭头回望。它们的行为仿佛是遭到了追逐之后而伫立观察，也仿佛是期待着追逐者跟随它们走出树林。黑暗降临了，我渐渐看不清它们的踪迹，便赶回营地，生起一堆篝火休息。第二天早晨，我重返现场，探查之后才得知，前一天夜里，它们就是在这个开阔地过的夜。我还得知，它们在不曾看见敌人的情况下就发出了警报，显然是闻到了山狮的气味。于是，我决定再度动身去追踪它们。

猎人临近，另一群鹿发出气味报警

在白天，当万物似乎都很宁静、安详的时候，当我不曾感觉到有任何动静的时候，那群鹿却两度突然改变路线，飞逃而去。尽管每次我都会透过望远镜搜寻它们，却丝毫不曾发现向它们报警的动物或引起它们奔逃的原因。我的鼻子丧失了原始健康的可调控性，因此完全闻不到那引起它们飞逃的气味信息。

接近中午，那只残废的雄鹿率领它的群体缓缓而行，走向一道没有树木突出的山岭。在即将动身的时候，它们在长长的山坡上停下来，远远地俯视下面的山谷。我赶紧躲藏起来，占据了一个相似的地点，那个地方就在它们东边一两百米之外，是观察它们的绝佳位置。

秋天，在黄色阳光的照耀下，万籁俱寂，山杨上的金色叶片安歇了下来。但就在此时，一股未曾探测过的气流从下面的峡谷飘上了山坡。

原来，就在我下面大约300米处，在另一个突出的地点，另一群鹿正在歇息，其中一只担任哨兵的鹿伫立着，把鼻子伸到悬崖边缘，接收来自下面的气味信息，还不时东张西望，打探周边的动静。这群鹿既没注意到我的存在，也没注意到上面那个由残废的雄鹿率领的鹿群——此时，它们位于一个居高临下的地点，位于另一群鹿的上面。紧接着，下面这群鹿的哨兵就伫立在一个新月形的峡谷上端——那道峡谷延伸了超过1.6公里之后，在下面的一道山谷中渐渐变得开阔起来，而一股无形的人类气味，也可能是猎枪的气味，就从那下面飘了上来。

在山谷的另一边，我透过望远镜观察，远远地看见一个猎人的身影穿过山谷。他正穿过山谷，朝我所在的高地的一个突出地点攀登上来，而那个地点就在我东边大约800米之处。

在峡谷口，上升的气流裹挟着他的气味，如同将一条无线电警报送上来，传递给上面那头把鼻子伸出悬崖边的担任哨兵的鹿。尽管看不见猎人的身影，也听不见其声响，但它的鼻子却迅速捕捉到了猎人的气味。

它站着不动，将双耳迅速向前突出。但是，它立即发出了报警的气味，无疑是在对那群散落着打盹的同伴大喊："快走，危险！"只见同伴们迅速起身，全部走上前来，从悬崖边上探出脑袋朝下面看个究竟。然后，它们立即出发攀登了一两百米，接着再度停了下来，站在那里观察峡谷下面的动静。

那只残废的雄鹿也接收到了一条警告的信息，这条信息显然来自下面那群鹿的哨兵。气流的飘移，受到地形的指引，可能不会把人类的气味传给它，它也听不到下面那群鹿迅速移动的声响。它所处的位置，让它不太方便看见下面这群鹿，但就在下面的哨兵发出警报之后，它在仅仅几秒钟之内就警觉了起来。因为下面那群鹿的哨兵发出的警报——危险的气味，已经飘到了它的鼻子里面。因此，虽然这只残废的雄鹿没有听到或看到任何临近的危险，可是从相互合作的同伴那里，它获得了通过气味传来的危险信号或信息。因此，它和它的鹿群力求安全第一，便赶紧跑回树林的阴影中。

在试图追踪那只残废的雄鹿率领的鹿群的过程中，我几乎撞上了另一群鹿派出的侦查哨兵，幸好它未能发现我的存在。这群鹿跟在这位哨兵后面，就在它所在的山坡下面。我仔细观察了它们一个多小时，当它们前进的时候，我就退却了，时不时还转过身去，看看它们的行动。

此时，这群鹿就位于树木生长线之上，一阵微风从下面森林的山坡上吹向它们。过了一阵，除了那只担任哨兵的鹿，所有其他的鹿都转身俯视树林。那只哨兵鹿只看了一眼，便抑制住自己的好奇，继续坚守自己的职责，全神贯注地观察山坡和前方，不放过一点可疑之处。

经验告诉这些鹿,某种友好的动物肯定在树林中移动,对自己不会有什么危险。因此它们饶有兴趣地继续看着,却没有发出警报。原来,它们闻到的是一些山地野绵羊的气味——这就是让它们感兴趣的隐匿事物。很快,那些山羊就排成一线,从下面攀爬上来,一路经过这些镇定而饶有兴趣的鹿,它们看了一阵鹿群之后,每只山羊又相互看看,然后就走向鹿群的侦察兵和我。

跟残废的雄鹿和鹿群近距离接触

这些鹿朝着一个宽阔的山口前进,微风穿过山口吹了过来。我迅速穿过山口,朝更远的南端撤退,把自己充分隐藏起来,希望能在这群鹿经过山口时给它们抓拍一张快照。不久,它们就慢慢接近了山口北端,但由于我在另一端隐藏得极好,因此它们丝毫没有闻到我的气味。

当它们接近山口的最高处时,它们明显加快了速度。虽然它们无法察看,但它们的鼻子却这样告诉它们:在另一端的小径上没有潜伏的敌人。因此它们穿过山口北端,没有闻到我那被风裹挟的气味。

可是,山顶上的风流始终在不断冲撞、飘动,时常会改变方向。这些鹿正在渐渐靠近,再过一刻,我就能抓拍到它们了。可万万没有想到的是,风突然转向,把我的气味迅速传送到了它们的鼻子里。它们仿佛遭到了一记闷棍,立即转身,从另一侧的山坡飞快地逃走了。就在它们转身之际，我还是按动了快门，但拍摄效果极差，只拍到了一张映在天际线上的白色尾巴的图片，非常遥远而又模糊不清。

回家的路上，我惊喜地发现自己正意外地置身于两个鹿群之间！这次经历是在那片青草地的西端，靠近我前一天追踪那只残废的雄鹿及其群体的地方。这样的邂逅，无疑是意外的收获！

当时我从树林走出来，进入开阔地，开始朝着南方穿越。一阵微风从西边吹向我的右侧。走了几步之后，我朝那个方向观看，偶然瞥见有一只鹿就在距离我一箭之遥的林边。于是我停了下来，而那只鹿竟然朝我这边走出来，进入开阔地，两眼却一直紧盯着我。紧接着，一只又一只鹿从树林中慢慢走出来，每一只鹿仿佛都对我兴趣十足。随后，那只残废的雄鹿也出现了，它一步步走上前来，比其他鹿都更靠近我。显然，它和它的群体以前都没有如此近距离见过人类，所以显得一点也不怕我这个"两足物体"。因为当时它们闻不到我的气味，就只剩下好奇，而不是受惊。

我慢慢向前挪动身子，试图靠得更近，更仔细地观察它们。而它们也移动了一两步，靠得更近，耳朵竖起，鼻子朝向前方，瞪大了眼睛观察我，似乎在上上下下打量我，却丝毫没有流露出惊慌之态。

在我的左边，从一片突入开阔地的狭长针枞地带后面，突然传来了一阵重击声和跺脚声，但我看不见树林后面究竟有什么动物在奔跑。紧接着，一阵动物奔跑发出的沉闷声音就传了过来。在针枞林尽头的那边，一群鹿猛然冲进我的视野，它们不停地全速奔跑，根本没往后面看一眼，急奔着越过开阔地，消失在南边的树林之中。这些鹿很可能遭到了什么动物的追赶，但我却一直没有看见那追赶它们的动物。

那只残废的雄鹿及其群体一直在针枞后面躺着，在我进入微风里，跟它们形成一线的那一瞬，它们既没有听见我的声响也没有看见我本人，却立即闻到了从我身上飘过去的气味。收到这个气味信号的警告，它们立即起身撤退，在完全没看见我的情况下就飞也似的逃之夭夭。

其他的鹿同样充满野性，而且害怕人类，它们在一箭之遥的地方看见了我，却并没有受到惊吓，而是在好奇心的驱使之下慢慢走上前来，跟我靠得更近。因为它们没有闻到我的气味，所以不会惊慌。这群鹿依然看着我，我继续慢慢前行，大步越过开阔地。我在林边停下来看到了这样的情景：在西边洒满余晖的天空下，那只残废的雄鹿率领的鹿群留下黑色的剪影。

第18章 追猎大灰熊

Grizzly's High-Power Nose

在犹他州的放牧季节里，一头嗜血的灰熊频频出击，当着牛仔的面杀戮了众多放养的牛——在它15年的生涯中，它神出鬼没，斩获颇丰，先后猎杀了超过3200头牛，令牧牛人颇为头痛，视之为眼中钉。为了追捕这头作恶多端的灰熊，人们挂出高额赏金，且一路飙升至3000美元，吸引了各路英雄豪杰和捕猎高手纷纷出马一试身手。他们各显神通，使尽了种种招数，结果却全都无功而返——那头狡猾的灰熊凭借敏锐的嗅觉和超人的智力，一次次冲破大批猎人设下的伏击圈，其间还主动前去"拜访"两位猎人……很多年来，在一支支狩猎队的追捕之下，它不仅毫发未损，反而变本加厉地继续大行其屠杀之道。最后，一个经验老到的猎人出马，用与众不同的方式在一道峡谷中布下了恢恢天网……

一头灰熊作恶多端，频频杀戮小母牛

在犹他州，一头灰熊冷不防从一丛松树后面冲出来，惊得一群正在吃草的牛四处逃窜。那头熊竟然当着一个牛仔的面猎杀了其中的一头牛，面对这突如其来的攻击，那牛仔竟然惊得目瞪口呆，来不及做出任何反应。那头熊向前一跳，就把右前爪伸向一头惊跑的牛的脖子，再用左前爪抓住那头牛的鼻子，而那头牛本来在以最高的速度奔跑，遭到大熊这么一阻击，便立刻被摔翻在地，重重地跌了个仰八叉。

那群牛见势不妙，便四下狂奔而逃。尽管崎岖不平的地面让那群牛在奔跑中七零八落，然而它们却以破纪录的速度奔逃，一路狂奔到接近3.2公里之外的地方，才停了下来，却依然惊魂未定。实际上，那头灰熊发起攻击的时候，只有极少数牛看见了它，而

很多牛根本就不曾看见那个庞大的敌人，但很可能所有的牛都闻到了那头熊的气味。

接下来的两周之内，就在这道山岭上，很多牛都惨遭杀戮，而这些事情显然是同一头可恶的灰熊干的。通过测量那头熊的足迹，人们取得了一致的结论：它的右前爪上没有第二个脚趾。然后，足迹还显示出了那个牛仔所目击到的同样的杀戮方式。

那头熊通常偷偷摸摸接近牛群和自己选中的牺牲品。它迎风悄悄溜上来，这样牛群就无法嗅闻到它的气味了。它不断利用沟壑，变换藏身地点，逐渐向前推进，当靠得足够近的时候，它就仔细观察牛群，并从中挑选出一个牺牲品，伺机对其发动突袭。

有时候，那头大熊还会改变它那种聪明而成功地偷偷潜近的方式：它采用了扮演小丑的方式，把幽默与残杀完美地结合起来。它会做出一个翻筋斗的姿势，突然闯入一群牛的视野，再做出一个侧身筋斗而向前靠近，还不时追逐自己的尾巴，仿佛在自娱自乐，这样的行为貌似滑稽、幽默，实则暗藏杀机。

这种新颖的表演自然就激发了牛群的好奇心，然而它们通常还浑然不知危险正在逼近，却还要迎着它而去，或者等它走近。总之面对这样的情形，它们都充满了好奇和惊讶。当然，这是因为微风从牛群这边吹向这个扮演小丑的杀手，因此牛群根本闻不到它的气味，这种聪明的表演才得以成功完成。牛群很庞大，尽管所有的牛都从灰熊的气味中了解并害怕这个家伙，但其实很多牛从来都不曾见过它的模样。因此它往往从背风面行动，因为即便是它发出的最微弱的气味，也会惊跑那些对它的表演出神入迷的观众。

那头被它选中的牺牲品，几乎总是两岁的小母牛。一旦牺牲品被摔倒，那头熊就突然向后折断它的左前肩，撕扯出它的心脏，吃掉心脏并畅饮鲜血，但极少会吃其他部分。

更让人惊奇的是，那头熊从来不会回到自己业已杀戮的猎物身边。这可能是出于它单方面的智慧。当然，它在每一餐都偏爱牛身上温暖的鲜血和心脏。另外，它很可能并非因为饥肠辘辘而杀戮，相反是在享受杀戮的乐趣。不管怎样，好几年来，它每隔一天都要从容不迫地实施一场杀戮。

鉴于那头熊作恶多端，有人便开出高价悬赏它的脑袋。可是这一招并没能阻止这个家伙继续作恶，它一如既往地四处出击、不断攻击牛群。人们绞尽脑汁，试图消灭这个家伙：在它的猎物上投放毒药，在四周设置隐藏的钢夹，在它经过的小径埋伏一排排手持步枪的猎人，希望它会回到猎物身边。但是，它似乎能预感到危险，因而从不会回到上一次杀戮的现场，而它下一次实施的杀戮，往往远在16公里或32公里之外，让人难以把握其行动规律。

这个家伙行踪诡秘，留下的踪迹往往似是而非，人们唯一能确定的事情就是对于它的一切都不确切。它进行了一次残酷的杀戮之后，就会越过一座山，前往另一个地方活动；而下一次杀戮，它又会沿着溪流而上，隐藏自己的行踪；有时候，它在两个地点之间沿着一条特定的路线行进，然后它又改变了路线，采用别的方式和别的路线行进；它偶尔还会偏离自己的路线，凑近察看那些正在追捕它的猎人。总之，这个家伙的行踪始终飘忽不定、难以捉摸。

于是，有人想出了一招：用活的小母牛作为诱饵，引诱它落入钢夹的陷阱。那些钢夹被设置在小径附近——沿着那些小径，它从自己领地的一个地方频频走向另一个地方；在一道峡谷的尽头，钢夹被链条系在尖桩上，被安装在畜栏里面，所有的途径都派人把守。显然，那头大熊从来也没有接近过这些诱饵。它准确地避开了人们设置的伏击圈。

那头大熊狡猾多端，众多猎人无功而返

由于这头灰熊频频出没，给当地的畜牧业造成了巨大的损失，人们对于它的悬赏价也就一路飙升，最后被提高到了3000美元。猎人们被雇佣而来，按月计算报酬；设置陷阱捕猎者则按季节计算报酬。为了能猎杀这头狡猾的灰熊的荣誉和3000美元的赏金，经常都有独立的猎人和捕猎者满怀希望前来一展身手。可是，尽管人们做了很多努力，但那头灰熊还是逍遥法外，继续作恶，甚至采用自己的方式稳步推进其杀戮的进度。

它的鼻子，它那发育得令人惊奇的嗅觉器官，似乎是它成功的最重要的因素。当然，它也使用脑子，施展策略，计划下一步行动中的两个或更多的步骤，它具有耐心、力量、眼睛、耳朵、大胆、

小心和持久的机警等种种能力。它的鼻子尤其具有超凡的灵敏度和远距离的探测能力,使得它能够定位那些紧张的牛群,因而频频成功地实施杀戮。而更为重要的是,连续15年来,它还施展智慧,成功地胜过了无数技巧娴熟的猎人。

没有人知道究竟是什么原因导致这头灰熊开始其杀戮生涯,且如此令人瞩目。在100头灰熊中,也找不到这样一头。灰熊在饥肠辘辘的时候,可能对动物腐尸大快朵颐,要么捕杀陷入泥沼的牛,要么捕杀因为受伤而奄奄一息的牛。一旦品尝了美味的牛肉,它就会迅速上瘾,从此养成了嗜血的习惯。

它进行的第一次杀戮是在1898年的夏天。那时它也许才5岁,也可能两倍于那个年龄。这些年来,每一年中有5个月,它每隔一天都要进行一次杀戮,可是到了它对这些大动物进行屠杀的第14和15个年头,它的嗜血就开始变本加厉,变成了每天都要进行猎杀,或者更频繁。它所杀戮的牛的总数超过了1200头,很可能还多出好几百头。

尽管如此,它似乎从未碰过羊和马,或者也丝毫没注意过鹿和其他野生动物。它也从未骚扰过人类。在我收到的所有涉及它的报告或信件中,没有一件提到过它对人类发起攻击。它严格地专注于自己的事情,它是专业的牛群杀手。它沉迷于自己的猎杀,我行我素,日复一日。

很少有人见过它。在它的整个生命中,它是否被人见过十几次,是令人怀疑的。在它那15年活跃的猎杀生涯中,无数的猎人撒开大网,不停地追捕它,却根本没有看见它,而当它被人看见的时候,目击者又不是追捕它的猎人。

曾经一个牧场主赶着马车运送木材上山,在途中遇见它从山上走下来。它的皮毛为深褐色,夹杂着一点乳黄色;它的体重大约超过540公斤,比普通灰熊大1/3。它下山时速度不变,一路走来,丝毫没有让路的意思。当它并不打算向对方让出优先通行权的时候,那个牧场主的几匹马就受到了刺激,主动让开了道路。那头灰熊一刻也不停地走了过去,仅仅对那慌乱的、受到刺激的赶车人和几匹受惊的马瞟了一眼,简直就旁若无人。

一天夜里,那头灰熊竟然胆大包天,前去拜访了其中的两个猎人——他们试图在它常来常往的一条小径上伏击它。当时,他们把帐篷隐藏在密丛中。子夜时分,那头灰熊在夜色的掩护下前来拜访,先是环绕那顶帐篷而行,接着就挤进门内,平静地吃掉了一些打算用来做早餐的鳟鱼。然后它又停了下来,悄然看着那两个躺在床上的猎人。后面的那个猎人试图躲藏到前面那个人的下面,而前面那个人则因为避免被推到前面也向后退,两人就那样推推搡搡,恐慌不已。在观察了这两个惊慌失措的猎人之后,那头灰熊喝了一些水盆里的水,就大摇大摆地退了出去。它肯定没有听到猎人们对自己的评论,当然,猎人们也没有追逐它。

7支狩猎队试图截击那头大熊

这头熊反映了灰熊的真实本性:它永远都很机警。它的踪迹表明,它总是认为自己遭到了跟踪,对自己身后的事物始终保持高度警惕,因此从来不会遭到来自后面的袭击。它那种好奇或大胆的前进方式,表明它知道敌人在每一步都试图袭击它。然而,尽管它和猎人接近过无数次,却从来没有面对面相遇。

在它还年轻的时候,有一次,只有一次,这头灰熊似乎落入了钢夹陷阱,但它又奋力挣脱了出来,但把它右前爪的末端留在了钢夹里面。因此,它看起来好像曾经是左撇子。

荒野中,还有其他逃亡的灰熊。它们技巧娴熟地停留在活动范围之内数年后,不是被赶走,就是遭到猎杀。可是这头灰熊却毫发无损,继续待在原地活动,且一如既往地到处杀戮。

这头灰熊对自己的活动范围的认识程度,对于它具有意义非凡的价值。它熟悉当地的每一条冲沟、每一片森林、每一个隐居地、每一个洞穴、每一道山岭、每一个山口和每一个有利位置——在那里,它可以观察、聆听和使用它那可靠的鼻子进行探查。然后,它也熟悉每一条可能前进的路线,以及所有撤退的路线。它肯定还熟悉了那些在高山上旋转和上升的气流,否则它就几乎不能捕捉到周边环境、附近的敌人传来的气味信息,也不能在猎人闻到它的气味或者看到它的身影之前就逃之夭夭。

假设,但不确定,那头灰熊就诞生于这个地区,生长在这片土地上。其他灰熊似乎都对它退避三舍,尽量避开它的领地,否则就会像其他地方发生的一样:其他灰熊就很可能沿着它的踪迹觅食,捡拾它所猎杀后遗弃的牛尸。

  猎人们没有发现它在哪里冬眠。他们认为,它就在自己的活动范围中冬眠。这样的情况很普遍,也许它确实也是这样做的。然而,人们知道灰熊的冬眠之处距离其夏天的活动领域有好多公里之遥。那头灰熊冬天的巢穴,可能远在160多公里之外,远离它在夏天几乎陶醉于血腥屠杀、让人们紧张生活的现场。

  对于灰熊,政府从来就没有设立禁猎期。自从刘易斯和克拉克[①]一百多年前对它开火以来,灰熊们在一年四季遭到了猎人们不分昼夜地追猎。猎犬、毒药、猎枪的使用,隆冬时节对母熊及幼熊的袭击——灰熊经历了所有这些危险而幸存了下来。

  灰熊,这个大陆上最大的动物,一直遭到误解,关于它的大量错误信息就被铺天盖地暴露了出来。

  灰熊其实并不凶猛。但是在自卫的时候,它会进行可怕的搏斗,表现出智力、技巧、耐力和勇气。

  对那头大熊的追逐从来不曾停止。一段时间,一个猎人前来大展身手,然后又来了一个猎人,很快,一帮设置陷阱的捕猎者、牛仔和猎人组成了一个捕猎团队。他们分工不同,各显神通,其中一些人不分昼夜地追寻它的踪迹,一度有7支狩猎队到处设伏,

---

[①]刘易斯和克拉克:两位美国早期探险家,对美国广袤的西部地区进行过探索。

试图截击那头灰熊。

设置陷阱的捕猎者能获得成功，主要是靠一种美味食物或诱惑性的香料来吸引动物。一个又一个设置陷阱的捕猎者试验了形形色色的此类创造性产物。一个捕猎者使用了一种曾诱惑过一只逃亡的灰狼进入陷阱的香料：焚烧牛髓骨，加热蜂蜜，混合使用各种材料，香味飘向天空，四散开去。大多数香味抵达了那头遥远的灰熊的鼻子，却没能诱惑它，它根本就没有寻香而来进行探究。

灰熊顶风作案，智力过人

为了铲除这个恶魔，新的猎人被邀请而来。这些猎人经验丰富，曾经成功地捕杀过其他逃亡的灰熊。其中一个猎人把那头灰熊活动的领域中所有的牛都集合成一个大牛群，避开那些崎岖不平的区域；那些天然路径都被猎人严密地把守了起来。尽管如此，那头灰熊还是神出鬼没，每天对牛群照杀不误。

另一个猎人则在3个主要山口扎下了3个稻草人——那头灰熊在从山峦的一侧越过山脊前往另一侧的时候，这些山口是必经之路。一开始，那头大熊似乎确实受到了那些稻草人卫士的震慑，有两天或更久，它都隐藏在其中的两个手持真枪的稻草人附近，没有轻易露面。但是没过几天，它就识破了猎人的把戏，在山口上来往自如。

难道那头灰熊是能够进行推理的动物？它频频打乱猎人们制

定的计划，还常常用智力战胜猎人们精心设计的圈套。它一次又一次遭到围捕，却日复一日智胜那些在数量上具有压倒性优势的猎人和猎犬。它难道真的能进行推理？这样的情况常常给人的感觉是，一些猎人好像肯定在跟它合谋，阻止它遭到猎杀。可是所有的猎人和设置陷阱的捕猎者都对自己的不断失败十分在意，因此所谓的"合谋"纯属臆断。

在我看来，所有这些事情当中最让人震惊的是，在那头灰熊因作恶多端而不断遭到追猎的 15 年里，或者在它的一生中，竟然没有人对它开过一枪！

在它频频屠杀牛群的第 14 个年头，它每天杀戮一头或更多的牛。在一个为期 10 天的时间段内，它就在自己活动范围内的不同地方杀戮了 34 头牛。而此时，猎人们也一直在努力追猎它。

任何人类逃犯，在孤独无助的情况下，能够在如此活跃、技能娴熟的追捕之下继续进行这样的劫掠？任何人类逃犯，能否持续那头灰熊坚持时间的 1/10？人类逃犯通过长期蛰伏，通过敛迹潜伏，还通过转移到一个新的活动范围，来延长自己的逃亡生涯。

可是这头灰熊并没有遵从这样的战术和策略。尽管它的无数追逐者知道它在哪里，它也未曾停止行动。它不仅没有减少杀戮行动，相反还一度变本加厉，大开杀戒，致使被杀戮的牛的数量猛然增长。更为可恶的是，它竟然还当着很多猎人的面干下这些恶行，而当时那些猎人正试图采用最有效的已知手段来阻止它，但面对灰熊猖狂的劫掠却束手无策。那头灰熊的获胜，依靠的就是它那灵敏的鼻子。相比之下，人类鼻子的灵敏度就差了很多。

正是它那高度进化的鼻子讲述了它所经历的绵长的、令人惊奇的成功故事。它的鼻子探测到还在很远的距离之外的敌人——人和猎犬的气味，在它的鼻子中都暴露得一览无余。在人和猎犬能够探测到它的行踪之前，它已迅速转移到了另一个现场继续作案。当然，这种持续也面临着危险，需要一个始终清醒的大脑，一个提供了非凡活力的胃，还要有非同寻常的耐力。对于它，它那高性能的鼻子也许比十几个人类侦察兵还要管用，就像很多无线电操作员面对人类逃犯一样。

15年后，灰熊才落入陷阱归案

面对它那有增无减的杀戮，牧场主们几乎被逼得绝望，他们不断组织人手，对那头灰熊发起了规模令人惊叹的驱赶。大群大群的猎熊犬和追踪犬被带来投入追猎；大批猎人和设置陷阱的捕猎者集合在一起；一个个扎营基地被建立起来，放在包裹中的全套狩猎装备被带来投入使用。

当一切都准备就绪的时候，一支由猎人、猎犬和马匹组成的队伍被分成3支小队，每支小队各自负责搜寻那头灰熊的活动领域的一部分，但3支小队都会奉命协调一致地工作。

侦察兵——真正的军事侦察兵被事先派了出去，探查灰熊的踪迹；牛仔们带着紧急命令往来疾驰；小径被昼夜不分地严防死守了起来；灰熊活动领域的每一个角落都被彻底搜查，并迅速占领。

就在他们搜索的第一天，那头灰熊依然我行我素，竟然在一支小队殿后者的步枪射程之内杀戮了一头牛。第二天早晨，它又杀戮了一头牛，而这场杀戮则发生在另一支小队前面——它隐藏得极好，猎人们根本没看见它。它发动的这些胆大包天的袭击，会把你的兴趣激发到最高程度。

这头灰熊一次又一次突破由猎人、马匹和猎犬构成的防线，在他们的侧面活动，然后，当侦察队正试图弄清它的位置并将其逼入绝境的时候，它却又突然消失到若干公里之外，出现在一支狩猎小队前面——在距离哨兵和警戒人员仅仅一箭之遥的范围内，它频频往来经过。

灰熊是天生的冒险者。也许这头灰熊很喜欢这种非凡的战役。在这种要取其性命的追猎中，它的事务——它的谋生、杀戮，一如既往地进行着；每一天，它都像往常一样奇袭牛群并进行杀戮。这场战役进行了七天七夜，人们往来奔忙，而那个主要演员则到处出现，但是在追逐的过程中，甚至没有任何一个人看见它的身影。

最终，N. N. 加洛韦（N. N. Galloway），著名的河狸捕猎人、猎人、大峡谷的探索者，应邀赶到了现场。1912年，他仔细研究了这头灰熊的种种习性，并对它的领地进行了摸索和熟悉。他只身外出了好几周，在这期间，他究竟是试图直接猎杀还是设置陷阱来捕猎那头灰熊，就不得而知了。然而此时，放牧季节结束了，牛群被赶下山来，那头灰熊前往某处冬眠了。

在接下来的1913年初夏,加洛韦开始出马,负责追猎那头灰熊。他携带了一瓶由秘密配料配制而成的香水,这东西很可能具有香料气味,是他自己调制的。在往年,在其他人都说没有河狸的地方,他成功地诱捕了河狸。他之所以能成功,仅仅是因为他使用了自己调制的这种香水,其香气传递到河狸的鼻子里,引发了它们的好奇心或兴趣,前来探寻时便落入了陷阱。

在一道小小的箱形峡谷尽头,他放置了大量这种香水。在峡谷中,他把一些捕捉河狸的钢夹隐藏在小径下面15~18米之处,埋伏以待。

这种奇异的香水气味飘向远方,很快就传到了灰熊的鼻子里。这种香气的确奏效,它会让动物非常着迷。灰熊也没能忍住好奇,便小心翼翼地朝着香味散发之处前进。当它越是接近,它就越是陶醉于这种香气,忘记了所有要小心谨慎的行动原则。这种香气这样告诉它:一头情窦未开的母熊刚刚从那边经过,正陷入少女般的沉思。于是它就禁不住拔腿追逐,结果就落入了一只经过伪装的钢夹之中。

诗人译者 | 董继平

译著年表

诗集　　1991年《奥克塔维奥·帕斯诗选》

1995年《四季的枫叶：多伦多诗选》

1998年《纸上幻境：布洛克诗选》

1998年《秋天奏鸣曲：特拉克尔诗集》

1998年《从两个世界爱一个女人：勃莱诗选》

1998年《时间与水：二十世纪冰岛诗选》

1998年《玫瑰祭坛：索德格朗诗全集》

2002年《安东尼奥·马查多诗选》

2002年《伊凡·哥尔诗选》

2003年《索德格朗诗全集》

2003年《W·S·默温诗选》

2003年《托马斯·特兰斯特罗默诗选》

2003年《阿蒂拉·尤若夫诗选》

2003年《二十世纪冰岛诗选》

2004年《卡瓦菲诗歌精选》

2004年《洛尔迦诗歌精选》
2011年《特兰斯特罗默诗选》
2012年《欧美诗歌典藏丛书》(共5卷)

随笔　　2005年《清新的野外》
　　　　2015年《自然札记》
　　　　2015年《鸟的故事》
　　　　2015年《猎熊记》
　　　　2015年《秋色》
　　　　2018年《探访大灰熊》
　　　　2018年《荒野漫游记》
　　　　2018年《动物奇谭录》
　　　　2018年《追寻野蜂蜜》
　　　　2020年《林地小道》

2020年《荒野牧草地》
2020年《林间漫游记》
2020年《野林之路》
2021年《森林故事》
2021年《山林的情歌》
2021年《在动物中间》
2021年《追踪野生动物》
2021年《山巅乐园》

小说　　2017年《了不起的盖茨比》

自然物语丛书（第一辑）

这个世界的启示在荒野

无论你是在山林、湖畔、路边，还是在人类可以前往的所有荒野，都可以用约翰·巴勒斯的观察方式来探究自然。

——《自然札记》

鸟类世界与人类世界惊人地相似，充满了战争与爱情、欢乐与悲哀。

——《鸟的故事》

自然物语丛书（第一辑）

这个世界的启示在荒野

梭罗从季节的变迁、泥土的气味、种子的成长与果实的成熟中，捧出这些朴素然而闪光的文字。
——《秋色》

出人意料的是，一个政治家以优美的文笔描述了危机四伏的野外狩猎生活。
——《猎熊记》

自然物语丛书（第二辑）

每一个生命都值得敬畏

这是美国博物学家、著名自然文学作家、"落基山公园之父"埃诺斯·米尔斯作品在中国的首译。
——《荒野漫游记》

本书叙述了作者在山野间漫游时对北美最大的陆地野生动物——大灰熊进行探索的种种经历和真实奇遇。
——《探访大灰熊》

自然物语丛书（第二辑）

每一个生命都值得敬畏

地球上的一切生物都绝非呆若木鸡，造物主为自己可爱的小动物创造了一个个奇迹。
——《动物奇谭录》

当人们被困在水泥格子中大口喘息时，这样一本佳作却给我们带来了绿色的呼吸。
——《追寻野蜂蜜》

自然物语丛书（第三辑）

世界将自身缩小为一滴露水

我听到了堤坝上的水潺潺流淌的哼唱，听到了下面溪流的絮语，一只歌带鹀清晰、圆润、兴奋的嗓音，恰好穿过这些声音而传递过来。

——《林地小道》

穿过牧草地，香气从美洲葡萄的花朵上飘送而来。我只知道，它让我梦想到潘神在世界的早晨吹奏的笛管。

——《荒野牧草地》

自然物语丛书(第三辑)

世界将自身缩小为一滴露水

秋天,树叶开始飘落,从枝头飘向它们泥土中的家。地面上,风吹得落叶沙沙作响,仿佛是在演奏死亡进行曲。

——《林间漫游记》

北方飘来的雪把树林装扮得洁白,犹如神秘的世界,充满了形形色色的建筑,宛若仙境。

——《野林之路》

自然物语丛书（第四辑）

风景是我们最高贵的资源

当你随着很多个世纪可敬的沉寂，在松林中等待风来临的时候，这个美好的老世界，因为松林中的歌声和沉寂而变得更加美好。

——《森林故事》

鸟类世界跟人类世界一样，也存在着爱与恨、残忍与善良、愤怒与嫉妒、同情与悲伤、好奇与勇气、献身与忠诚。

——《山林的情歌》

自然物语丛书（第四辑）

风景是我们最高贵的资源

在这里，生活在密林深处、广袤草原、绝壁危崖、河流湖畔的动物们，轮番来到你的眼前，呈现出你从未遇见过的种种精彩和美妙。

——《在动物中间》

自然的张力，是起伏的群山、连绵的森林、奔流的江河、静谧的湖泊、变幻的季节，以及习性各异的动物和千姿百态的植物……

——《追踪野生动物》

自然物语丛书（第四辑）

风景是我们最高贵的资源

这个高寒地带挂着云朵，洒满阳光，一年四季都充满了趣味，绚丽的花卉和欢乐的鸟儿或动或静，或近或远，呈现出十足的美感，充满勃勃生机。
　　　　　　　　　　　　——《山巅乐园》